Hojas de papel volando

Seix Barral

Elena Poniatowska

Hojas de papel volando

Bajo el sello editorial SEIX BARRAL M.R.
Avenida Presidente Masarik núm. 111,
Piso 2, Polanco V Sección, Miguel Hidalgo
C.P. 11560, Ciudad de México
www.planetadelibros.com.mx

Primera edición en formato epub: agosto de 2023
ISBN: 978-607-39-0375-2

Primera edición impresa en México: agosto de 2023
ISBN: 978-607-39-0350-9

Impreso en los talleres de Litográfica Ingramex, S.A. de C.V.
Centeno núm. 162-1, colonia Granjas Esmeralda, Ciudad de México
Impreso y hecho en México - *Printed and made in Mexico*

A Linda Egan

LA RUPTURA

Ella sintió que las palabras aleteaban en el cuarto antes de que él las dijera. Con una mano se alisó el cabello, con la otra pretendió aquietar los latidos de su corazón. De todos modos, había que preparar la cena, hacer cuentas. Pero las palabras iban de un lado a otro revoloteando en el aire (sin posarse) como mariposas negras, rozándole los oídos. Sacó el cuaderno de cocina y un lápiz; la punta era tan afilada que al escribir rompió la hoja, eso le dolió. Las paredes del cuarto se estrechaban en torno a ella y hasta el ojo gris de la ventana parecía observarla con su mirada irónica. Y el saco de Juan, colgado de la percha, tenía el aspecto de un fantasma amenazante. ¿Dónde habría otro lápiz? En su bolsa estaba uno, suave y cálido. Apuntó: gas $18.00; leche $2.50; pan $1.25; calabacitas $0.80. El lápiz se derretía tierno sobre los renglones escolares, casi como un bálsamo. ¿Qué darle de cenar? Si por lo menos hubiera pollo; ¡le gustaba tanto! Pero no, abriría una lata de jamón endiablado. Por amor de Dios que el cuarto no fuera a oler a gas.

Juan seguía fumando boca arriba sobre la cama. El humo de su cigarro subía perdiéndose entre sus cabellos negros y azules.

—¿Sabes, Manuela?

Manuela sabía. Sabía que aún era tiempo.

—Lo sé, lo sé. Te divertiste mucho en las vacaciones. Pero ¿qué son las vacaciones, Juan? No son más que un largo domingo y los domingos envilecen al hombre. Sí, sí, no me interrumpas. El hombre a secas, sin la dignidad que le confieren sus dos manos y sus obligaciones cotidianas... ¿No te has fijado en lo torpe que se ven los hombres en la playa, con sus camisas estampadas, sus bocas abiertas, sus quemaduras de sol y el lento pero seguro empuje de su barriga? (¡Dios mío!, ¿qué es lo que digo? ¡Estoy equivocándome de camino!)

¡Ay, Manuela! —musitó Juan—, ¡ay, mi institutriz inglesa! ¿Habrá playas en el cielo, Manuela? ¿Grandes campos de trigo que se mezclan entre las nubes?

Juan se estiró, bostezó de nuevo, encogió las piernas, se arrellanó y volvió la cara hacia la pared. Manuela cerró el cuaderno y también volvió la cara hacia la pared donde estaba la repisa cubierta de objetos que se había comprado con muchos trabajos. Como tantas mujeres solteras y nerviosas, Manuela había poblado su deseo de «objetos maravillosos» absolutamente indispensables a su estabilidad. Primero una costosa reproducción de Fra Diamante, de opalina azul con estrellitas de oro. «¡El Fra Diamante, cielito santo, si no lo tengo me muero!». El precio era mucho más alto de lo que ella creía. Significó horas extras en la oficina, original y tres copias, dos nuevas monografías, prólogos para libros estudiantiles y privarse del teatro, de la mantequilla, de la copita de coñac con la cual conciliaba el sueño. Pero finalmente lo adquirió. Después de quince días jubilosos en que el Fra Diamante iluminó todo el cuarto, Manuela sintió que su deseo no se había colmado. Siguieron la caja de música con las primeras notas de la *Pastoral* de Beethoven, el supuesto paisaje de Velasco pintado en una postal con todo y sus estampillas, el reloj antiguo en forma de medallón que debió pertenecer a una joven acameliada y tuberculosa, el samovar de San Petersburgo como el de *La dama del perrito* de Chejov. Manuela paseaba su virginidad por todos estos objetos como una hoja seca.

Hasta que un día vino Juan con las manos suaves como hojas tersas llenas de savia.

Primero no vio en él más que un estudiante de esos que oyen eternamente el mismo disco de jazz, con un cigarro en la boca y un mechón sobre los ojos, ¿cómo se puede querer tanto un mechón de pelo?, de esos que turban a las maestras porque son pantanosos y puros como el unicornio, tan falso en su protección de la doncella.

—Maestra, podría usted explicarme después de la clase…

El tigre se acercó insinuante y malévolo. Manuela caló a fondo sus anteojos. Sí, era de esos que acaban por dar rasguños tan profundos que tardan años en desaparecer. Se deslizaba a su alrededor. A cada rato estaba en peligro de caerse, porque cruzaba delante de ella, sin mirarla pero rugiendo cosas incomprensibles como las que se oyen en el cielo cuando va a llover.

Y un día le lamió la mano. Desde aquel momento, casi inconscientemente, Manuela decidió que Juan sería el próximo objeto maravilloso que llevaría a su casa. Le pondría un collar y una cadena. Lo conduciría hasta su departamento y su cuerpo suave rozaría sus piernas al caminar. Allá lo colocaría en la repisa al lado de sus otros antojos. Quizá Juan los haría añicos, pero ¡qué importaba!, la colección de «objetos maravillosos» llegaría a su fin con el tigre finalmente disecado.

Antes de tomar una decisión irrevocable, Manuela se fue a confesar:

—Fíjese, padre, que sigo con esa manía de comprar todo

objeto al que me aficiono y esta vez quisiera llevarme un tigrito…

—¿Un tigre? Bueno, está bien, también los tigres son criaturas de Dios. Cuídalo mucho y lo devuelves al zoológico cuando esté demasiado grande. Acuérdate de San Francisco.

—Sí, padre, pero es que este tigre tiene cara de hombre y ojos de tigre y retozar de tigre y todo lo demás de hombre.

—¡Ah, ése ha de ser una especie de *Felinantropus* peligrosamente *erectus*! ¡Hija de mi alma! En esta Facultad de Filosofía y Letras les enseñan a los alumnos cosas extrañas… El advenimiento del nominalismo, o sea la confusión del nombre con el hombre, ha llevado a muchas jóvenes a desvariar y a trastocar los valores. Ya no pienses en tonterías y como penitencia rezarás un rosario y trescientas tres jaculatorias.

—¡Ave María Purísima!

—¡Sin pecado concebida!

Manuela rezó el rosario y las jaculatorias: «¡Tigre rayado, ruega por mí! ¡Ojos de azúcar quemada, rueguen por mí! ¡Ojos de obsidiana, rueguen por mí! ¡Colmillos de marfil, muérdanme el alma! ¡Fauces, desgárrenme por piedad! ¡Paladar rosado, trágame hasta la sepultura! ¡Que los fuegos del infierno me quemen! ¡Tigre devorador de ovejas, llévame a la jungla! ¡Truéname los huesitos! ¡Amén!».

Terminadas las jaculatorias, Manuela volvió a la Facultad. Juan sonreía mostrándole sus afilados caninos. Esa misma tarde, vencida, Manuela le puso el collar y la cadena y se lo llevó a su casa.

—Manuela, ¿qué tienes para la cena?

—Lo que más te gusta, Juan. Mameyes y pescado crudo, macizo y elástico.

—¿Sabes, Manuela? Allá en las playas perseguía yo a muchachas inmensamente verdes que en mis brazos se volvían rosas. Cuando las abrazaba eran como esponjas lentas y absorbentes. También capturaba sirenas para llevarlas a mi cama y se convertían en ríos toda la noche.

Juan desaparecía cada año en la época de las vacaciones y Manuela sabía que una de esas escapadas iba a ser definitiva… Cuando Juan la besó por primera vez tirándole los anteojos en un pasillo de la Facultad, Manuela le dijo que no, que la gente sólo se besa después de una larga amistad, después de un asedio constante y tenaz de palabras, de proyectos. La gente se besa siempre con fines ulteriores: casarse y tener niños y tomar buen rumbo, nada de pasteleares. Manuela tejía una larga cadena de compromisos, de res-pon-sa-bi-li-da-des.

—Manuela, eres tan torpe como un pájaro que trata de volar, ojalá y aprendas. Si sigues así, tus palabras no serán racimos de uvas sino pasas resecas de virtud…

—Es que los besos son raíces, Juan.

Sobre la estufa, una mosca yacía inmóvil en una gota de almíbar. Una mosca tierna, dulce, pesada y borracha. Manuela podría matarla y la mosca ni cuenta se daría. Así son las mujeres enamoradas: como moscas panzonas que se dejan porque están llenas de azúcar.

Pero sucedió algo imprevisto: Juan en sus brazos empezó a convertirse en un gato. Un gato perezoso y familiar, un blando muñeco de peluche. Y Manuela, que ambicionó ser devorada, ya no oía sino levísimos maullidos.

¿Qué pasa cuando un hombre deja de ser tigre? Ronronea

alrededor de las domadoras caseras. Sus impetuosos saltos se convierten en raquíticos brinquitos. Se pone gordo y en lugar de enfrentarse a los reyes de la selva, se dedica a cazar ratones. Tiene miedo de caminar sobre la cuerda floja. Su amor que de un rugido poblaba de pájaros el silencio, es sólo un suspiro sobre el tejado a punto de derrumbarse.

Ante la transformación, Manuela aumentó a cuatrocientos siete el número de jaculatorias: «¡Tigre rayado, sólo de noche vienes! ¡Hombre atigrado, retumba en la tormenta! ¡Rayas oscuras, truéquense en miel! ¡Vetas sagradas, llévenme hasta el fondo de la mina! ¡Cueva de helechos, algas marinas, humedezcan mi alma! ¡Tigre, tigre, zambúllete en mi sangre! ¡Cúbreme de nuevo de llagas deliciosas! ¡Rey de los cielos, únenos de una vez por todas y mátanos en una sola soldadura! ¡Virgen improbable, déjame morir en la cúspide de la ola!». Si las jaculatorias surtieron efecto, Manuela no lo consignó en su diario. Sólo escribió un día con pésima letra —seguramente lo hizo sin anteojos— que su corazón se le había ido por una rendija en el piso y que ojalá y ella pudiera algún día seguirlo.

Juan prendió un nuevo cigarro. El humo subió lentamente, concéntrico como holocausto.

—Manuela, tengo algo que decirte. Allá en la playa conocí a…

Ya estaba: el río apaciguado se desbocaba y las palabras brotaban torrenciales. Se desplomaban como frutas excesivamente maduras que empiezan a pudrirse. Frutas redondas, capitosas, primitivas. Hay palabras antediluvianas que nos devuelven al estado esencial: entre arenas, palmeras, serpientes cubiertas por el gran árbol verde y dorado de la vida.

Y Manuela vio a Juan entre el follaje, repasando su papel de tigre para otra Eva inexperta.

Sin embargo, Manuela y Juan hablaron. Hablaron como nunca lo habían hecho antes y con las palabras de siempre. A la hora de la ruptura se abren las compuertas de la presa. (A nadie se le ha ocurrido construir para su convivencia un vertedor de demasías). Después de un tiempo, la conversación tropezó con una fuerza hostil e insuperable. El diálogo humano es una necesidad misteriosa. Por encima de las palabras y de todos sus sentidos, por encima de la mímica de los rostros y de los ademanes, existe una ley que se nos escapa. El tiempo de comunicación está estrictamente limitado y más allá sólo hay desierto y soledad y roca y silencio.

—Manuela, ¿sabes lo que quisiera hoy de cena?

—¿Qué?

(En el silencio ya no hubo pájaros).

—Un poquito de leche.

—Sí, gato, está bien.

(Había en la voz de Manuela una cicatriz, como si Juan la hubiera lacerado, enronquecido; ya no daría las notas agudas de la risa, no alcanzaría jamás el desgarramiento del grito, era un fogón de cenizas apagadas).

—Sólo un poquito.

—Sí, gato, ya te entendí.

Y Manuela tuvo que admitir que su tigre estaba harto de carne cruda. ¡Cómo se acentuaba esa arruga en su frente! Manuela se llevó la mano al rostro con lasitud. Se tapó la boca. Juan era un gato pero suyo para siempre… ¡Cómo olía aquel cuarto a gas! Tal vez Juan ni siquiera notaría la diferencia… Sería tan fácil abrir otro poco la llave antes de acostarse, al ir por el platito de leche…

LA IDENTIDAD

Yo venía cansado. Mis botas estaban cubiertas de lodo y las arrastraba como si fueran féretros. La mochila se me encajaba en la espalda, pesada. Había caminado mucho, tanto que lo hacía como un animal que se defiende. Pasó un campesino en su carreta y se detuvo. Me dijo que subiera. Con trabajos me senté a su lado. Calaba frío. Tenía la boca seca, agrietada en la comisura de los labios; la saliva se me había hecho pastosa. Las ruedas se hundían en la tierra dando vuelta lentamente. Pensé que debía hacer el esfuerzo de girar como las ruedas y empecé a balbucear unas cuantas palabras. Pocas. Él contestaba por no dejar y seguimos con una gran paciencia, con la misma paciencia de la mula que nos jalaba por los derrumbaderos, con la paciencia del mismo camino, seco y vencido, polvoso y viejo, hilvanando palabras cerradas como semillas, mientras el aire se enrarecía porque íbamos de subida —casi siempre se va de subida—; hablamos, no sé, del hambre, de la sed, de la montaña, del tiempo, sin mirarnos siquiera. Y de pronto, en medio de la tosquedad de nuestras ropas sucias, malolientes, el uno junto al otro, algo nos atravesó blanco y dulce, una tregua transparente. Y nos comunicamos cosas inesperadas, cosas sencillas, como cuando aparece a lo largo de una jornada gris un espacio tierno y verde, como cuando se llega a un claro en el bosque. Yo era forastero y sólo pronuncié unas cuantas palabras que saqué de mi mochila, pero eran como las suyas y nada más las cambiamos unas por otras. Él se entusiasmó, me miraba a los ojos, y bruscamente los árboles rompieron el silencio. «Sabe, pronto saldrá el agua de las hendiduras». «No es malo vivir en la altura. Lo malo es bajar al pueblo a echarse un trago porque luego allá andan las viejas calientes. Después es más fácil volver a remontarse nomás acordándose de ellas…». Dijimos que se iba a quitar el frío, que allá lejos estaban los nubarrones empujándolo y que la cosecha podía ser buena. Caían nuestras palabras como gruesos terrones, como varas resecas, pero nos entendíamos.

Llegamos al pueblo donde estaba el único mesón. Cuando bajé de la carreta empezó a buscarse en todos los bolsillos, a vaciarlos, a voltearlos al revés, inquieto, ansioso, reteniéndome con los ojos: «¿Qué le regalaré? ¿Qué le regalo? Le quiero hacer un regalo…». Buscaba a su alrededor, esperanzado, mirando el cielo, mirando el campo. Hurgoneó de nuevo en un vestido de miseria, en su pantalón tieso, jaspeado de mugre, en su saco usado, amoldado ya a su cuerpo, para encontrar el regalo. Vio hacia arriba con una mirada circular que quería abarcar el universo entero. El mundo permanecía remoto, lejano, indiferente. Y de pronto todas las arrugas de su rostro ennegrecido, todos esos surcos escarbados de sol a sol, me sonrieron. Todos los gallos del mundo habían pisoteado su cara, llenándola de patas. Extrajo avergonzado un papelito de no sé dónde, se sentó nuevamente en la carreta y apoyando su gruesa mano sobre las rodillas tartamudeó:

—Ya sé, le voy a regalar mi nombre.

LAS LAVANDERAS

En la humedad gris y blanca de la mañana, las lavanderas tallan su ropa. Entre sus manos el mantel se hincha como pan a medio cocer, y de pronto revienta con mil burbujas de agua. Arriba sólo se oye el chapoteo del aire sobre las sábanas mojadas. Y a pesar de los pequeños toldos de lámina, siento como un gran ruido de manantial. El motor de los coches que pasan por la calle llega atenuado; jamás sube completamente. La ciudad ha quedado atrás; retrocede, se pierde en el fondo de la memoria.

Las manos se inflaman, van y vienen, calladas; los dedos chatos, las uñas en la piedra, duras como huesos, eternas como conchas de mar. Enrojecidas de agua, las manos se inclinan como si fueran a dormirse, a caer sobre la funda de la almohada. Pero no. La terca mirada de doña Otilia las reclama. Las recoge. Allí está el jabón, el pan de a cincuenta centavos y la jícara morena que hace saltar el agua. Las lavanderas tienen el vientre humedecido de tanto recargarlo en la piedra porosa y la cintura incrustada de gotas que un buen día estallarán.

A Doña Otilia le cuelgan cabellos grises de la nuca; Conchita es la más joven, la piel restirada a reventar sobre mejillas redondas (su rostro es un jardín y hay tantas líneas secretas en su mano); y doña Matilde, la rezongona, a quien siempre se le amontona la ropa.

—Del hambre que tenían en el pueblo el año pasado, no dejaron nada para semilla.

—Entonces, ¿este año no se van a ir a la siembra, Matildita?

—Pues no, pues, ¿qué sembramos? ¡No le estoy diciendo que somos un pueblo de muertos de hambre!

—¡Válgame Dios! Pues en mi tierra, limpian y labran la tierra como si tuviéramos maíz. ¡A ver qué cae! Luego dicen que lo trae el aire.

—¿El aire? ¡Jesús mil veces! Si el aire no trae más que calamidades. ¡Lo que trae es puro chayotillo!

Otilia, Conchita y Matilde se le quedan viendo a doña Lupe que acaba de dejar su bulto en el borde del lavadero.

—Doña Lupe, ¿por qué no había venido?

—De veras, doña Lupe, hace muchos días que no la veíamos por aquí.

—Ya la andábamos extrañando.

Las cuatro hablan quedito. El agua las acompaña, las cuatro encorvadas sobre su ropa, los codos paralelos, los brazos hermanados.

—Pues, ¿qué le ha pasado, Lupita, que nos tenía tan abandonadas?

Doña Lupe, con su voz de siempre, mientras las jícaras jalan el agua para volverla a echar sobre la piedra, con un ruido seco, cuenta que su papá se murió (bueno, ya estaba grande), pero con todo y sus años era campanero, por allá por Tequisquiapan, y lo querían mucho el señor cura y los fieles. En la procesión, él era quien le seguía al señor cura, el que se quedaba en el segundo escalón durante la santa misa, bueno, le tenían mucho respeto. Subió a dar las seis como siempre y así, sin aviso, sin darse cuenta siquiera, la campana lo tumbó de la torre. Y repite doña Lupe más bajo aún, las manos llenas de espuma blanca:

—Sí. La campana lo mató. Era una esquila, de esas que dan vuelta.

Se quedan las tres mujeres sin movimiento bajo la huida del cielo. Doña Lupe mira un punto fijo:

—Entonces, todos los del pueblo agarraron la campana y la metieron a la cárcel.

—¡Jesús mil veces!

—Yo le voy a rezar hasta muy noche a su papacito…

Arriba el aire chapotea sobre las sábanas.

CANCIÓN DE CUNA

A una señorita bien educada para que olvide a quien no le conviene.

Es preferible dejarse rodar de la cama para que no empiece el día ni con el izquierdo ni con el otro. Dos vueltas y ya está usted en el tapete. Las señoritas bien educadas tienen un tapetito al pie de su cama, el suelo está frío… ¿Recordar los gatos? No, ¡Dios mío! Parece que se tragaron la noche. ¡Cómo gritaban! ¡Qué gatos tan llenos de noche! La gata negra gemía despacio primero, luego más fuerte y de pronto su maullido reventó en mil oídos. Una vez los buscó en la azotea. Le costó trabajo, pero allí estaban los ojos debajo de un tinaco: ojos turbios con lentos canales amarillos que iban lejos, lejos. Obstinada en su miel, comenzó a dejarse ir; temblando, atrapada como un buzo; se alargaron los ojos, se hicieron múltiples, gato y gata, gato y gata agazapados, arqueándose, a punto de saltar, quejándose, unidos en el mismo alarido, gato y gata juntos en su cuerpo. ¡Dios mío!

Un desayuno sustancioso siempre apacigua. Si el cuarto de baño se espesa de neblina, tanto mejor, pero, ¿para qué detenerse ante el espejo, quitarle el vaho con la mano y ver el rostro de la mañana todo arañado de gatos? «¿Soy yo?». Le aconsejo salir a pisar el día con pasos de sargento, empujarlo hasta la noche, no dejar que se convierta en cadáver, porque cargarlo está muy por encima de las fuerzas de una señorita bien educada.

Después de las abluciones, puede usted entregarse a sacudimientos y acomodos. No es recomendable usar el plumero de plumas pintadas de violeta porque las nubecillas de polvo son todavía más melancólicas. Y por favor no repegue los muebles contra la pared, deje siempre un espacio para que detrás de las sillas quepa el Ángel de la Guarda. De un arreglo floral puede usted pasar a la cocina a ocuparse del pastel de los ahijados, sin más transición que un puñito de alimento a la pecera, casi como rociar un asado. Y por favor no teja al pie de la ventana, no se haga penélope, que no hay moros en la costa azul del cielo. Podría quedarse así ochenta años desmadejando sueños. Dé usted cuatro vueltas a la manzana oyendo el redoble de un tambor imaginario. ¡Atención! Una moción de orden, señorita. El día la está cercando. No se deje. No deje que se le monte encima. Cójalo usted con sus dos manos, como un bloque de topacio, y arrójelo amortajado en el crepúsculo, óigalo caer como piedra en el pozo, dele la espalda y no se atreva a salirme con la zarandaja aquella de que usted no le hace falta a nadie y bien puede estrellar honestamente su vida contra el suelo.

Al atardecer la luz cede conmovida. Los esfuerzos serán premiados. Pero todos los gatos son pardos. Por las dudas, échese usted en la cama y recite sus oraciones sin erratas. Archive usted todos sus desengaños. Una tacita de tila, de manzanilla o de té limón con una pizca de valeriana y dos terroncitos de azúcar para olvidar dan muy buen resultado. La bolsa de agua caliente siempre reconforta, a falta de otra cosa (¡Pero qué cosas se le ocurren, criatura de Dios! ¡Dese un champú con agua bendita!). A las diez de la noche es de tomarse en cuenta, señorita de buena familia, que está por conciliar un sueño reparador.

A la rorro, niña,
a la rorrorró,
duérmete, mi niña,
duérmete, mi amor.

Ya que se está usted sintiendo vieja y buena y sana e irreprochable, los párpados caen pesados y comprensivos.

Gorrioncita hermosa
pico de coral
te traigo una jaula
de puro cristal.

Bajo el cuerpo contrito yace la tierra con sus grutas, sus ríos que se mueven a grandes rayas, su cruce de caminos, su fuego, su oro, sus diamantes sumergidos en el carbón, y más abajo todavía, se percibe el sordo latido de la lava; el lento palpitar de la materia gelatinosa y grasienta que se hincha de lodo espeso como crema, de resinas, de espuma, de brea, de lúpulo, de felpas, de lagunas de fondo verdinoso, de sedimentos blancos, la tierra que estalla en volcanes como espinillas impúberes, la tierra que se cubre de vegetaciones capilares y sombrea su labio con un bozo de musgo insatisfecho. Éste es el momento decisivo. Sobre todo, no abra los ojos porque la noche se mete hasta adentro y se pone a bailar en las pupilas. Y de golpe todo arde. Mi amor, te quiero. Mi amor, no puedo estar sin ti. No puedo. Este día ya no me cabe con su afán. Y los lirios del campo, desnudos. Día estúpido e inútil. Mi amor. Mis cabellos están tristes y los tuyos de tan negros son azules y se hacen más tiernos y más míos en tu nuca.

Para defenderse, sólo tiene usted, decentísima señorita, el blanco escudo de la almohada.

ESPERANZA NÚMERO EQUIVOCADO

Esperanza siempre abre el periódico en la sección de sociales y se pone a ver a las novias. Suspira: «Ay, señorita Diana, cuándo la veré a usted así». Y examina infatigable los rostros de cada una de las felices desposadas. «Mire, a ésta le va a ir de la patada...». «A esta otra pue' que y se le haga...». «Ésta ya se viene fijando en otro. Ya ni la amuela. Creo que es el padrino...». Sigue hablando de las novias obsesiva y maligna. Con sus uñas puntiagudas —«me las corto de triangulito, para arañar, así se las había de limar la señorita»— rasga el papel y bruscamente desaparece la nariz del novio, o la gentil contrayente queda ciega: «Mire, niña Diana, qué chistosos se ven ahora los palomos». Le entra una risa larga, larga, larga, entrecortada de gritos subversivos: «Hi ¡Hi! ¡Hi! ¡Hi! ¡Hiiii!», que sacude su pequeño cuerpo de arriba abajo. «No te rías tanto, Esperanza, que te va a dar hipo».

A veces Diana se pregunta por qué no se habrá casado Esperanza. Tiene un rostro agradable, los ojos negros muy hundidos, un leve bigotito y una patita chueca. La sonrisa siempre en flor. Es bonita y se baña diario.

Ha cursado cien novios: «No le vaya a pasar lo que a mí, ¡que de tantos me quedé sin ninguno!». Ella cuenta: «Uno era decente, un señor ingeniero, fíjese usted. Nos sentábamos el uno al lado del otro en una banca del parque y a mí me daba vergüenza decirle que era criada y me quedé silencia».

Conoció al ingeniero por un «equivocado». Su afición al teléfono la llevaba a entablar largas conversaciones. «No, señor, está usted equivocado. Ésta no es la familia que usted busca, pero ojalá y fuera». «Carnicería La Fortuna». «No, es una casa particular, pero qué fortuna...». Todavía hoy, a los cuarenta y ocho años, sigue al acecho de los equivocados. Corre al teléfono con una alegría expectante: «Caballero, yo no soy Laura Martínez, soy Esperanza...». Y a la vez siguiente: «Mi nombre es otro, pero, ¿en qué puedo servirle?». ¡Cuánto correo del corazón! Cuántos: «Nos vemos en la puerta del cine Encanto. Voy a llevar un vestido verde y un moño rojo en la cabeza...». ¡Cuántas citas fallidas! ¡Cuántas idas a la esquina a ver partir las esperanzas! Cuántos: «¡Ya me colgaron!». Pero Esperanza se rehace pronto y tres o cuatro días después, allí está nuevamente en servicio dándole vuelta al disco, metiendo el dedo en todos los números, componiendo cifras al azar a ver si de pronto alguien le contesta y le dice como Pedro Infante: «¿Quiere usted casarse conmigo?». Compostura, estropicio, teléfono descompuesto, 02, 04, mala manera de descolgarse por la vida, como una araña que se va hasta el fondo del abismo colgada del hilo del teléfono. Y otra vez a darle a esa negra carátula de reloj donde marcamos puras horas falsas, puros: «Voy a pedir permiso», puros: «Es que la señora no me deja...», puros: «¿Qué de qué?», porque Esperanza no atina y ya le está dando el cuarto para las doce.

Un día el ingeniero equivocado llevó a Esperanza al cine, y le dijo en lo oscuro: «Oiga señorita, ¿le gusta la natación?». Y le puso una mano en el pecho. Tomada por sorpresa, Esperanza respondió: «Pues mire usted, ingeniero, ultimadamente y viéndolo bien, a mí me gusta mi leche sin nata». Y le quitó la mano.

Durante treinta años, los mejores de su vida, Esperanza ha trabajado de recamarera. Sólo un domingo por semana puede asomarse a la vida de la calle, a ver a aquella gente que tiene «su» casa y «su» ir y venir.

Ahora ya de grande y como le dicen tanto que es de la familia, se ha endurecido. Con su abrigo de piel de nutria heredado de la señora y su collar de perlas auténticas, regalo del señor, Esperanza mangonea a las demás y se ha instituido en la única detentadora de la bocina. Sin embargo, su voz ya no suena como campana en el bosque y en su último «equivocado» pareció encogerse, sentirse a punto de desaparecer, infinitamente pequeña, malquerida, y respondió modulando dulcemente las palabras: «No, señor, no, yo no soy Isabel Sánchez, y por favor, se me va a ir usted mucho a la chingada».

LA JORNADA

Creo que lo amé desde que lo vi.

Allí estaban los otros mirando mis piernas, mis pechos; invitándome a bailar, a tomar una copa; con sus risas calientes, sus miradas oblicuas y su cuatachonería, dándose recias palmadas en los hombros, en la espalda, en los riñones, en la cacha de la pistola, picándose la barriga, las costillas, en esa cachondez sospechosa de la parranda. Me sopesaban. Eran como tenderos que colocan sobre el mostrador un kilo de lentejas y otro de azúcar. Mis dos pechos.

Él me miró a los ojos y yo hubiera querido acariciar los suyos en agradecimiento. Ni siquiera se acercó y sentí que debía irme. Afuera me tomó de la mano para caminar tantas, oh, tantas calles. Llegamos hasta la tierra, cayeron las primeras gotas y la tierra se hizo potente, más negra, húmeda, como que se llenaba de ganas. La buena siembra se hace en la tierra suelta, bien penetrada por el agua. Dormimos bajo la bóveda de nubes. Cuando quise arropar las semillas, él dijo que se darían fuertes al aire, al viento, que sólo así arraigarían. Su mano era una raíz y la mía una semilla. Yo ignoraba que las raíces asfixian a las semillas y seguí caminando confiada. Anduvimos varios años, oh, tantos años. Él me decía que la tierra sólo es buena cuando está abierta, entonces creí adivinar tras sus gestos el cuchillo del hombre.

Deseé habitar casas como placentas, cuevas que se amoldaran tibias a mis deseos, pero me tocó un mundo de empistolados, de hombres que llevan su pistola al cincho golpeándoles la cadera y otra pistola, más fea aún, boca abajo entre las piernas, hombres cuyos pantalones caen mal sobre sus nalgas, lastrados por esas pistolonas. Escogí al único que no portaba arma, pero se me impuso con otra. Fue llenándome la boca de palabras, las horas de palabras, los días de palabras, la vida de palabras, palomas que revoloteaban como palabras golpeándose en contra de mi pecho, mi vientre, mis piernas jóvenes, duras al sol, que caminaban bien, lo seguían a él: chivitas buenas, brinque y brinque, hábiles en senderos escarpados, felices, ¡son bonitas las piernas felices!, livianas tras de sus palabras que ondeaban en el aire en círculos concéntricos, para luego detenerse ensimismadas, vueltas sobre sí mismas y lanzarse de nuevo agrandadas, sonar entreveradas en las ramas de los árboles, mecidas por las hojas, diciendo musgo, pastito, roca, hortensia, olivos, acacias, robles, calandrias, ardilla, montaña, muro, valle, castaño, amor, jazmines, hormiga, alondra, abedul, manzano, viento, hasta que un día amaneció y me miró con ojos fríos, sin brillo, para concluir fastidiado: «No tengo ya nada qué decirte».

Vi cómo guardaba celosamente sus palabras, las volvía a meter en la cuenca de sus ojos. Supe que las sacaría brillosas, más tarde, ante otro carrizo igual a mí. Porque yo fui la varita hueca, el canutito por el cual fue devanando una a una todas sus palabras, silbándolas entre mis paredes. Encontraría otra flauta, todos la encuentran. A lo largo de nuestra jornada, dentro del agua andariega, habíamos contemplado juntos cómo se daban altos, verdes y maduros, cientos de carrizales.

ESTADO DE SITIO

Camino por las grandes avenidas, las anchas superficies negras, las banquetas en las que caben todos y nadie me ve: nadie voltea, nadie me mira, ni uno solo de ellos. Ninguno da la menor señal de reconocimiento. Insisto. Ámenme. Ayúdenme. Sí, todos. Ustedes. Los veo. Trato de imantarlos; nada los retiene, su mirada resbala encima de mí, me borra, soy invisible. Sus ojos evitan detenerse en algo, en cualquier cosa, y yo los miro a todos tan intensamente, los estampo en mi alma, en mi frente; sus rostros me horadan, me acompañan; los pienso, los recreo, los acaricio. Nosotras las mujeres atesoramos los rostros; de hecho, en un momento dado, la vida se convierte en un solo rostro al que podemos tocar con los labios. Ámenme, véanme, aquí estoy. Alerto todas las fuerzas de la vida; quiero traspasar los vidrios de la ventanilla, decir: «Señor, señora, soy yo», pero nadie, nadie vuelve la cabeza, soy tan lisa como esta pared de enfrente. Debería gritarles: «Su sociedad sin mí sería incompleta, nadie camina como yo, nadie tiene mi risa, mi manera de fruncir la nariz al sonreír, jamás verán una mujer acodarse en la mesa como lo hago, nadie esconde su rostro dentro de su hombro… señores, señoras, niños, perros, gatos, pobladores del mundo entero, créanme, es la verdad, les hago falta».

Me gustaría pensar que me oyen, pero sé que no es cierto. Nadie me espera. Sin embargo, todos los días tercamente emprendo el camino, salgo a las anchas avenidas, a ese gran desierto íntimo tan parecido al que tengo adentro. Necesito tocarlo, ver con los ojos lo que he perdido, necesito mirar esta negra extensión de chapopote, necesito ver mi muerte.

CINE PRADO

Señorita:

A partir de hoy, debe usted borrar mi nombre de la lista de sus admiradores. Tal vez convendría ocultarle esta deserción, pero callándome, iría en contra de una integridad personal que jamás ha eludido las exigencias de la verdad. Al apartarme de usted, sigo un profundo viraje de mi espíritu, que se resuelve en el propósito final de no volver a contarme entre los espectadores de una película suya.

Esta tarde, más bien esta noche, usted me destruyó. Ignoro si le importa saberlo, pero soy un hombre hecho pedazos. ¿Se da usted cuenta? Soy un aficionado que persiguió su imagen en la pantalla de todos los cines de estreno y de barrio, un crítico enamorado que justificó sus peores actuaciones morales y que ahora jura de rodillas separarse para siempre de usted, aunque el simple anuncio de *Fruto prohibido* haga vacilar su decisión. Lo ve usted, sigo siendo un hombre que depende de una sombra engañosa.

Sentado en una cómoda butaca, fui uno de tantos, un ser perdido en la anónima oscuridad, que de pronto se sintió atrapado en una tristeza individual, amarga y sin salida. Entonces fui realmente yo, el solitario que sufre y que le escribe. Porque ninguna mano fraterna se ha extendido para estrechar la mía. Cuando usted destrozaba tranquilamente mi corazón en la pantalla, todos se sentían inflamados y fieles. Hasta hubo un canalla que rio descaradamente, mientras yo la veía desfallecer en brazos de ese galán abominable que la condujo a usted al último extremo de la degradación humana.

Y un hombre que pierde de golpe todos sus ideales, ¿no cuenta para nada, señorita?

Dirá usted que soy un soñador, un excéntrico, uno de esos aerolitos que caen sobre la tierra al margen de todo cálculo. Prescinda usted de cualquiera de sus hipótesis, el que la está juzgando soy yo, y hágame el favor de ser más responsable de sus actos, y antes de firmar un contrato o de aceptar un compañero estelar, piense que un hombre como yo puede contarse entre el público futuro y recibir un golpe mortal. No hablo movido por los celos, pero, créame usted: en *Esclavas del deseo* fue besada, acariciada y agredida con exceso. No sé si mi memoria exagera, pero en la escena del cabaret no tenía usted por qué entreabrir de esa manera sus labios, desatar sus cabellos sobre los hombros y tolerar los procaces ademanes de aquel marinero, que sale bostezando, después de sumergirla en el lecho del desdoro y abandonarla como una embarcación que hace agua.

Yo sé que los actores se deben a su público, que pierden en cierto modo su libre albedrío y que se hallan a la merced de los caprichos de un director perverso; sé también que están obligados a seguir punto por punto todas las deficiencias y las falacias del texto que deben interpretar, pero déjeme decirle que a todo el mundo le queda, en el peor de los casos, un mínimo de iniciativa, una brizna de libertad que usted no pudo o no quiso aprovechar.

Si se tomara la molestia, usted podría alegar en su defensa que desde su primera irrupción en el celuloide aparecieron algunos de los rasgos de conducta que ahora le reprocho. Es verdad; y admito avergonzado que ningún derecho ampara mis querellas. Yo acepté amarla tal como es. Perdón, tal como creía que era. Como todos los desengañados, maldigo el día en que uní mi vida a su destino cinematográfico. Y conste que la acepté toda opaca y principiante, cuando nadie la conocía y le dieron aquel papelito de trotacalles con las medias chuecas y los tacones carcomidos, papel que ninguna mujer decente habría sido capaz de aceptar. Y, sin embargo, yo la perdoné, y en aquella sala indiferente y llena de mugre saludé la aparición de una estrella. Yo fui su descubridor, el único que supo asomarse a su alma, entonces inmaculada, pese a su bolsa arruinada y a sus vueltas de carnero. Por lo que más quiera en la vida, perdóneme este brusco arrebato.

Se le cayó la máscara, señorita. Me he dado cuenta de la vileza de su engaño. Usted no es la criatura de delicias, la paloma frágil y tierna a la que yo estaba acostumbrado, la golondrina de inocentes revuelos, el rostro perdido entre gorgueras de encaje que yo soñé, sino una mala mujer hecha y derecha, un despojo de la humanidad, novelera en el peor sentido de la palabra. De ahora en adelante, muy estimada señorita, usted irá por su camino y yo por el mío. Ande, ande usted, siga trotando por las calles, que yo ya me caí como una rata en una alcantarilla. Y conste que lo de señorita se lo digo porque a pesar de los golpes que me ha dado la vida sigo siendo un caballero. Mi viejita santa me inculcó en lo más hondo el guardar siempre las apariencias. Las imágenes se detienen y mi vida también. Así es que..., señorita. Tómelo usted, si quiere, como una desesperada ironía.

Yo la había visto prodigar besos y recibir caricias en cientos de películas, pero antes, usted no alojaba a su dichoso compañero en el espíritu. Besaba usted sencillamente como todas las buenas actrices: como se besa a un muñeco de cartón. Porque, sépalo usted de una vez por todas, la única sensualidad que vale la pena es la que se nos da envuelta en alma, porque el alma envuelve entonces nuestro cuerpo, como la piel de la uva comprime la pulpa, la corteza guarda al zumo. Antes, sus escenas de amor no me alteraban, porque siempre había en usted un rasgo de dignidad profanada, porque percibía siempre un íntimo rechazo, una falla en el último momento que rescataba mi angustia y consolaba mi lamento. Pero en *La rabia en el cuerpo* con los ojos húmedos de amor, usted volvió hacia mí su rostro verdadero, ese que no quiero ver nunca más. Confiéselo de una vez: usted está realmente enamorada de ese malvado, de ese comiquillo de segunda, ¿no es cierto? ¿Se atrevería a negarlo impunemente? Por lo menos todas las palabras, todas las promesas que le hizo, eran auténticas, y cada uno de sus gestos estaban respaldados en la firme decisión de un espíritu entregado. ¿Por qué ha jugado conmigo como juegan todas? ¿Por qué me ha engañado usted como engañan todas las mujeres, a base de máscaras sucesivas y distintas? ¿Por qué no me enseñó desde el principio, de una vez, el rostro desatado que ahora me atormenta?

Mi drama es casi metafísico y no le encuentro posible desenlace. Estoy solo en la noche de mi desvarío. Bueno, debo confesar que mi esposa todo lo comprende y que a veces comparte mi consternación. Estábamos gozando aún de los deliquios y la dulzura propia de los recién casados cuando acudimos inermes a su primera película. ¿Todavía la guarda usted en su memoria? Aquella del buzo atlético y estúpido que se fue al fondo del mar, por culpa suya, con todo y escafandra. Yo salí del cine completamente trastornado, y habría sido una vana pretensión el ocultárselo a mi mujer. Ella, por lo demás, estuvo completamente de mi parte; y hubo de admitir que sus deshabillés son realmente espléndidos. No tuvo inconveniente en acompañarme al cine otras seis veces, creyendo de buena fe que la rutina rompería el encanto. Pero, ¡ay!, las cosas fueron empeorando a medida que se estrenaban sus películas. Nuestro presupuesto hogareño tuvo que sufrir importantes modificaciones, a fin de permitirnos frecuentar las pantallas unas tres veces por semana. Está por demás decir que después de cada sesión cinematográfica pasábamos el resto de la noche discutiendo. Sin embargo, mi compañera no se inmutaba. Al fin y al cabo, usted no era más que una sombra indefensa, una silueta de dos dimensiones, sujeta a las deficiencias de la luz. Y mi mujer aceptó buenamente tener como rival a un fantasma cuyas apariciones podían controlarse a voluntad, pero no desaprovechaba la oportunidad de reírse a costa de usted y de mí. Recuerdo su regocijo aquella noche fatal en que, debido a un desajuste fotoeléctrico, usted habló durante diez minutos con voz inhumana, de robot casi, que iba del falsete al bajo profundo... A propósito de su voz, sepa usted que me puse a estudiar el francés porque no podía conformarme con el resumen de los títulos en español, aberrantes e incoloros. Aprendí a descifrar el sonido melodioso de su voz, y con ello vino el flagelo de entender a fuerza mía algunas frases vulgares, la comprensión de ciertas palabras atroces que puestas en sus labios o aplicadas a usted me resultaron intolerables. Deploré aquellos tiempos en que llegaban a mí, atenuados por pudibundas traducciones; ahora, las recibo como bofetadas.

Lo más grave del caso es que mi mujer está dando inquietantes muestras de mal humor. Las alusiones a usted, y a su conducta en la pantalla, son cada vez más frecuentes y feroces. Últimamente ha concentrado sus ataques en la ropa interior y dice que estoy hablándole en balde a una mujer sin fondo. Y hablando sinceramente, aquí entre nosotros, ¿a qué viene toda esa profusión de infames transparencias, ese derroche de íntimas prendas de tenebroso acetato? Si yo lo único que quiero hallar en usted es esa chispa triste y amarga que ayer había en sus ojos... Pero volvamos a mi mujer. Hace visajes y la imita. Me remeda a mí también. Repite burlona algunas de mis quejas más lastimeras. «Los besos que me duelen en *Qué me duras*, me están ardiendo como quemaduras». Dondequiera que estemos se complace en recordarla, dice que debemos afrontar este problema desde un ángulo puramente racional, con todos los adelantos de la ciencia, y echa mano de argumentos absurdos pero contundentes. Alega, nada menos, que usted es irreal y que ella es una mujer concreta. Y a fuerza de demostrármelo está acabando una por una con mis ilusiones. No sé qué va a ser de mí si resulta cierto lo que aquí se rumora, que usted va a venir a filmar una película y honrará a nuestro país con su visita. Por amor de Dios, por lo más sagrado, quédese en su patria, señorita.

Sí, no quiero volver a verla, porque cada vez que la música cede poco a poco y los hechos se van borrando en la pantalla, yo soy un hombre anonadado. Me refiero a la barrera mortal de esas tres letras crueles que ponen fin a la modesta felicidad de mis noches de amor, a dos pesos la luneta. He ido desechando poco a poco el deseo de quedarme a vivir con usted en la película y ya no muero de pena cuando tengo que salir del cine remolcado por mi mujer que tiene la mala costumbre de ponerse de pie al primer síntoma de que el último rollo se está acabando.

Señorita, la dejo. No le pido siquiera un autógrafo, porque si llegara a enviármelo yo sería capaz de olvidar su traición imperdonable. Reciba esta carta como el homenaje final de un espíritu arruinado y perdóneme por haberla incluido entre mis sueños. Sí, he soñado con usted más de una noche, y nada tengo que envidiar a esos galanes de ocasión que cobran un sueldo por estrecharla en sus brazos y que la seducen con palabras prestadas.

Créame sinceramente su servidor,

PD.

Olvidaba decirle que escribo tras las rejas de la cárcel. Esta carta no habría llegado nunca a sus manos si yo no tuviera el temor de que el mundo le diera noticias erróneas acerca de mí. Porque los periódicos, que siempre falsean los hechos, están abusando aquí de este suceso ridículo: «Ayer por la noche, un desconocido, tal vez en estado de ebriedad o perturbado de sus facultades mentales, interrumpió la proyección de *Esclavas del deseo* en su punto más emocionante, cuando desgarró la pantalla del cine Prado al clavar un cuchillo en el pecho de Francoise Arnoul. A pesar de la oscuridad, tres espectadoras vieron cómo el maniático corría hacia la actriz con el cuchillo en alto y se pusieron de pie para examinarlo de cerca y poder reconocerlo a la hora de la consignación. Fue fácil porque el individuo se desplomó una vez consumado el acto».

Sé que es imposible, pero daría lo que no tengo con tal de que usted conservara para siempre en su pecho el recuerdo de esa certera puñalada.

EL LIMBO

—¡Niña!

La voz se hizo apremiante.

—¡Niña, niña, niña!

Mónica, reblandecida por el sueño, se irguió poco a poco en la cama.

—¡Ay, niña! ¡Aaaaaaaaaaaaaaay!

La joven abrió bien los ojos. Frente a ella, Hilaria comenzó a tronarse los dedos.

—¡Ay, niña, venga usted, apúrese usted, venga, pero ahorita! Vamos al cuarto de la canija de Rosa. Que no la oiga su abuelita.

Hilaria le tendió la bata, acercó las pantuflas, bajaron por la escalera de servicio, los perros ladraron. ¿Serían las seis, las siete de la mañana? Con ademán friolento, Mónica cruzó aún más la bata sobre su pecho. Al llegar al último peldaño, Hilaria detuvo a la joven, tomándola del brazo.

—Niña, anoche se enfermó la mustia de Rosa y se alivió.

—Por fin, ¿se enfermó o se alivió?

—Se alivió de su niño, la muy mustia.

—¿De qué?

—De su criatura.

Mónica despertó de golpe o el sueño se le quedó congelado. Entraron al cuarto de la sirvienta. Rosa, vestida, yacía sobre el colchón, el rostro pálido, la respiración entrecortada; en la cama, ni una sábana, ni un sarape, nada. El puro colchón.

—Rosa.

Rosa no contestó. Al poner su mano sobre el hombro de la muchacha, Mónica pensó que ésta respondería, pero continuó inmóvil. Lo único que se agitó fue el tablero de las campanillas enorme que colgaba de la pared. «Este timbrazo es insultante», se molestó Mónica, «despertaría a un internado de proporciones gigantescas». El rrrrrrrrrrín, rrrrrrrrriiiiiiiiín no cesaba.

—Dios mío, la señora, y ahora, ¿qué hacemos? Ya despertó la señora, tengo que subirle el desayuno.

Mónica siguió a Hilaria fuera del cuarto.

—Oye, Hilaria, estás loca, ¿dónde está el niño? ¿Lo soñaste?

Hablaba en un tono superior, enojado; después de todo, aunque Hilaria tenía treinta años en la casa, no era más que una sirvienta, no era nadie o casi nadie, por eso encajaba sus uñas en el brazo, para que la sintieran antes de no ser nada, la pura nada, un envoltorio, un costal de piel y huesos que echarían a la fosa común.

—No, niña, no, allí tiene que estar, nomás que esta mujer ya hizo la limpieza. ¿Qué no se fijó en la mancha café todita restregada? Parió y se puso a restregar el piso, a remover la moronga para que no se notara.

—Voy a avisarle a mi abuelita.

—Ay, niña, no, ay, qué apuración, no se le vaya a derramar la bilis a la señora grande, hoy le toca su huevo. ¿Cómo le irá a caer el desayuno si se entera?

Mónica no dejó de darse cuenta de su propia importancia.

Hilaria le había avisado sólo a ella y no a la señora grande. Apenas ahora estaba sucediendo algo emocionante, algo como se lee en las novelas, las de Carolyn Keene, los *thrillers* para jovencitas, que en la noche devoraba. A lo mejor no tendría que ir a la escuela. Regresó al cuarto de servicio.

—Rosa.

Olía mal. «Es el olor del pueblo», la cama desnuda con ese cuerpo tirado en el colchón rayado daba una sensación de abandono, de estómago vacío, de chiquero. Con razón decían los de buena familia: «Estas gentes no tienen remedio; todo lo estropean, son unos salvajes». Allí estaba la mancha descrita por Hilaria, pero… ¿El niño? Hilaria siempre les levantó falsos a las nuevas sirvientas, y ya la casa tenía fama en la cuadra de que ni las galopinas, ni las mandaderitas duraban por culpa de sus celos.

—¿Rosita?

Se acercó. Curiosa, puso su cara junto a la de Rosa. La mujer se estremeció. Mónica le repitió en voz baja: «Rosita» y luego le sopló en la mejilla: «¿Es cierto eso, eso que dice Hilaria, de que tuviste un niño?».

Rosa desplazando toda una serie de malos olores se volvió hacia la pared para darle la espalda a la joven. Después de un momento, con mucha dificultad, a empujones, susurró:

—Sí.

Mónica se quedó fría. Rosa se había rendido, agotada.

—¿Dónde está?

—Se me murió.

—Y ¿dónde está?

—En el ropero.

¿Cómo te quedó la cara, rota, catrina, hija de gente decente? A ver, trágate esa, pollita de leche, a ver, reacciona bestiecilla de salón. Mónica gritó. De miedo. De horror. Los perros volvieron a ladrar, pero la otra en la cama, no se movía. Mónica fue hacia el armario y con la inconciencia de sus años niños lo abrió. Las sábanas ensangrentadas se amontonaban. Pero nada más.

—Y, ¿el niño?

No tuvo respuesta. Seguramente Rosa sentía que ahora le tocaba a la otra, a la ternera cebada, a la cochinita pibil, niña bien, a la chica novicia. Esta siguió buscando. Allí, en un rincón envuelto en periódicos estaba un bultito rojo, blando, una materia floja. Mónica lo cogió como si fuera a desmoronársele entre los brazos. Rosa la miraba hacer con ojos apacibles. Puso el paquete en la cama, cerca de los pies cuadrados, chatos, groseros de Rosa. Levantó un poco el papel. Había una cabecita con el pelo muy negro pegado al cráneo.

—Tómalo Rosa, cógelo.

Como siempre, la abuela estaba recargada en sus cinco cojines de funda de encaje. No pareció indignarle el relato de Mónica, sólo ordenó:

—Háblenle al doctor.

—Hay que dar parte —insistió Hilaria con aires de experta, la delegación, el certificado...

Todo sucedió dentro de un remolino febril como en las novelas de misterio. Llegó el médico de la familia; llevaba en la boca un cigarro apagado que escupió a poca distancia de Rosa. Sus ojos beige miraban hostilmente a la criada, sus ojeras rosadas, casi fosilizadas acentuaban el desprecio en su rostro. Exploró el contenido del envoltorio para exclamar con frialdad:

—¡Este niño vive!

Un borbotón de lágrimas se anudó en la garganta de Mónica y el apretado nudo se deshizo en sus ojos. ¡Esto era un milagro, un regalo del cielo! El niño, todavía en los periódicos, respiraba; de su boca abierta salía un pequeñísimo aliento, apenas un soplo. El doctor se puso a limpiarlo.

En las aletas de la nariz brillaba un poco de sangre coagulada.

—Hay que ponerle una inyección para evitar una futura hemorragia. ¿Qué le pasó a su hijo?

Rosa gruñó como si estuviera mascando las palabras, pero en su voz había algo de sollozo.

—Se me cayó de cabeza.

—Pero, ¿cómo lo tuvo?

—Me acuclillé aquí a un ladito.

Hilaria preguntó, como profesionalmente:

—¿No lo va usted a curar de su ombliguito?

El doctor no se dignó contestar y sólo procedió con manos rápidas. Luego, haciendo caso omiso de los presentes, inquirió por la señora de la casa.

«La mayoría de estas mujeres, mi admirada señora, no quieren al hijo. Les resulta...... cómo diré... un estorbo oneroso. Lo sufren como un castigo y luego... no necesito decirle. ¡Ignorantes, supersticiosas, pobrísimas, no saben qué hacer con él!».

Con razón, pensó Mónica, había marcas violáceas en el pescuecito del niño, tan delgado, listo para desprenderse. El médico siguió hablando competente y rutinario. Todo tenía una explicación, y nada, en realidad, era importante.

—Quién sabe si el niño dure. Esa mujer le dio una buena maltratada. Voy a mandar a una enfermera para asear a la madre.

Al levantarse, besó la mano de la señora grande, tomó su maletín de la silla de bejuco y salió con su aire cansado de hombre que escucha las desesperanzas de los demás.

Mónica cogió las sábanas de su cama de muñecas. Era aquello lo que más se parecía a cosas de niño de que pudiera disponer. Las llevó al cuarto de Rosa y envolvió al niño de verdad. Rosa la miraba hacer, atenta como una perra que súbitamente reconoce al cachorro. El niño, tan a la mano, parecía una pobre maraña de tejidos, de venas, de trapitos.

«Dios mío, Dios mío, ayúdame», rezó Mónica. Se sentía torpe, sin recursos. Hubiera querido soplarle en la boca para que su pecho se ensanchara, hacerlo respirar, amacizarlo, recubrirlo con su propia carne. Tener tanta vida por dentro y no poder darla. Jaló la cobija en torno al tambache a que quedara lisita y de pronto se detuvo… Rosa la miraba entre desafiante y lastimera y de sus ojos rodaron gruesas lágrimas. Mónica, entonces, colocó aquel bultito a su lado, en el hueco del brazo materno. La mujer siguió llorando mientras atraía al hijo.

¡Había un niño en la casa, un niño chiquito! Se necesitaban pañales, camisitas, baberos, una almohada diminuta, una cobija con borregos pintados, qué ajetreo. Habría que sostener toda la frágil estructura de su cuerpo con frazadas. Mónica se puso a acomodar la canastilla en el aire; aquí las chambritas, allá el aceite y el algodón, todo limpio y blanco, imposible no conmoverse ante la pequeñez de las prendas: «¡Pero qué tiernito es, qué niño chiquito!». Todo lo salva por su condición de niño, Rosa tendría que quererlo al ver que otros se alegraban de su presencia.

Junto a lo blanco y lo azul danzaban otras imágenes: la sangre, la mancha en el piso que Mónica evitaba mirar, los cuajarones sanguinolentos envueltos en el papel periódico como las entrañas de un pollo, de una totola, de una guajolota, amarillas y verde espinaca, el cordón umbilical y la bolsa de la placenta, el cuerpo de Rosa, sus caderas, sus pechos, un niño que agita en vano una sonaja en el vientre de su madre, el cuerpo de Rosa que había contenido un niño sin que nadie se diera cuenta porque a nadie le importaba; sus paredes ensanchándose, y Rosa callada, callada: «voy a barrer la azotea», «voy a un mandadito», «pos a ver si me dan permiso», «mañana, me toca mi salida», Rosa en el teléfono, Rosa en el corredor, Rosa con una escoba en la mano, Rosa trenzando su pelo negro en el lavadero, Rosa desfajando en la noche el vientre que se abulta, Rosa acuclillada para dar paso a ese amasijo de carne: su hijo, ahora sí que el de sus entrañas porque al salir la había vaciado; allí estaba la carne en pedazos como la que el carnicero cortaba con tanto placer para los perros, «démela maciza» estipulaba Hilaria «y envuélvamela bien para que no escurra», y el carnicero la amontonaba en varias hojas de periódico, apretándola en un tubo, así como Mónica había alisado la cobija en torno al cuerpo del niño.

—Señorita, ¿ya vio usted al inocentito?

—Sí. Está bien, ¿no?

—¡Ay, niña! Rosa es la que está sosiega… la muy ladina… pero el niño, ¿lo destapó usted?

—No —contestó Mónica con asombro.

—Pues venga usted a verlo porque yo lo deviso grave.

En el cuarto de paredes vacías, salvo unos calendarios de Aspirina Bayer, la cama y el ropero de la Lagunilla que un mecapalero trajo a cuestas, la frente partida en dos por el mecate, Rosa luchaba contra el sopor. No pareció importarle que Mónica se inclinara de nuevo sobre el niño. Al bajar la cobija lo vio morado, los labios azules. ¿El milagro, dónde estaba el milagro? Su almita de educanda de monjas del Sagrado Corazón tuvo un brusco arrebato. ¿No que Dios había perdonado y se había decidido por el milagro?

—Hilaria, haz algo, Hilaria, ya se murió.

Mónica sintió que se paralizaba. ¿Sería por el pecado

mortal que había cometido Rosa? ¿Así de duro era Dios, así el juicio divino? «Jesús, Jesús, intercede frente a tu padre que no deje caer su mano de tres dedos, que no se vengue en esa forma».

—Hilaria, ¿qué hacemos?

—Cálmese, señorita. No está muerto. Nada más se ha puesto algo malito; está como tuturusco, chin, pinche Rosa, tenía que pasar orita que es hora de su comida de la señora y Rosa allí tiradota, sería bueno, ultimadamente que el doctor...

El hospital, eso era... El médico de cabecera ya no podría hacer nada porque no le importaba, pero en una institución especializada en que los doctores fueran más jóvenes, menos desencantados sí, lo volverían a la vida, llorarían con ella, vencerían con ella...

—Vamos, Hilaria. Envuelve al niño. Voy a sacar el coche, ándale.

Bajo el letrero: «Urgencias» la lentitud de la atmósfera contrastaba con la premura de la gente que entraba corriendo para detenerse frente al mostrador, recobrar su compostura y su respiración. Dos enfermeras pedían nombres, consultaban pausadamente ficheros, Mónica galopó, con toda su juventud entre las piernas.

—Señorita, por favor, una emergencia.

—Tome usted asiento —dijo la recepcionista enseñándole sus encías moradas...

—Es que, señorita...

—Todos los que están aquí son casos urgentes.

—Venga, usted niña, vamos a sentarnos —dijo Hilaria tímidamente.

Mónica le hubiera pegado. Era monstruoso sentarse, el niño se estaba muriendo. Plantada frente al mostrador, decidió echar raíces. La enfermera señaló molesta:

—Está usted estorbando el paso.

Hilaria se hizo a un lado, demasiado acostumbrada a obedecer. «Se ha solidarizado con la encía morada —pensó Mónica—, ya no está conmigo ni le importa la vida del niño, lo que quiere es quedar bien; toda la vida no ha tenido sino patrones».

—Dame al niño, Hilaria —ordenó Mónica. Aún más estorbosa con el envoltorio entre los brazos, la joven no dejaba de mirar hacia la puerta blanca que aventaba hacia adelante y hacia atrás, en perpetua resaca, al letrero «Silencio».

Se abalanzó sobre el primer doctor de pijama blanca a la vista.

—Doctor, por favor, traigo un niño que se está muriendo.

El doctor, tomado por sorpresa, miró a la catrincita a punto de llorar. «No vamos a permitir que lloren unos ojos tan azules», dijo señalándole la anhelada puerta. Por un momento, las mujeres en la sala de espera parecieron salir de su letargo, pero muy pronto volvieron a la postura imposible y desganada que las asentaba en las butacas. Allá ellas. Algún día Mónica, las sacudiría, las tomaría de los hombros, chúpense esa, sí, ella, sí, sí, ella la jovencita primeriza, la del baño diario y las tres hileras de perlas, ella picaría con sus espuelitas de oro a esa manada de vacas y se aventarían en tropel contra Palacio Nacional, ella sí, secundada por supuesto, por ese doctor tan fino (que también debía ser de buena familia) que acababa de franquearle la puerta pisoteando los derechos de las demás que se lo tenían bien merecido por dejadas, por rumiantes, por echadas cual flan de sémola, aplastadas sobre el asiento.

Dirigiendo a su ejército femenino, Mónica depositó al niño en la mesa indicada. Las superficies eran lisas muy bien cepilladas e Hilaria exclamó: «Qué buena tablita para picar mi cebolla». La nueva enfermera le preguntó a Hilaria si era la madre y sonrojada se alejó en menos que canta un gallo para evitar toda posible confusión: «Ay qué pena, ¡qué pena que vayan a creer que yo...». Veía con desconfianza, casi con asco a las madres de otros niños que esperaban, la mente en blanco, de pie junto a las mesas. El doctor desnudó al niño en un momento y emitió un ruidito de la tráquea.

—¿Cuándo nació?

Hilaria se hizo la desentendida, así es de que Mónica contestó:

—Esta mañana, a lo mejor anoche.

—¿Qué le pasó?

—La madre dice que se le cayó.

El médico ordenó a la enfermera:

—Que venga el doctor Vértiz.

Los dos se inclinaron sobre la mesa. Uno de ellos, despechugado, enseñaba un negrear de vello crespo. Cambiaron unas cuantas frases y llamaron a Hilaria: «El niño tiene que pasar a la incubadora, le vamos a poner suero, hay que fortalecerlo. Puede usted venirlo a ver todos los días de tres a cuatro».

—¿Estará fuera de peligro? —preguntó ansiosa Mónica.

—Sí, señorita.

—Muchas gracias, doctor.

—Esperen un momento a que la encargada tome los datos

—Pero si ya los dimos afuera.

—Estos son para el registro de la cuna.

—¿Son muchos los requisitos?

—Así es —sentenció el doctor.

Mónica no podía dejar de mirar a su alrededor. Sobre otras mesas de auscultación yacían otros niños la mayoría más grandes que el de Rosa, pero todos con los brazos y las piernas como hilitos, el cuello de pollo desplumado unido a una gruesa cabeza que se bamboleaba. Montoncitos de miseria rosa, montoncitos de miseria apiñonada, montoncitos de tristeza. Los médicos tomaban al paciente por las dos piernas para sostenerlo en alto como rata por la cola; algunos gritaban, gatos que van a ahogar en el agua ratas envenenadas, pero la mayoría no daba ni señal de vida. En muchos, el sexo era un higuito negro, una vejiga, un hongo venenoso. Cerca de varias mesas, Mónica miró a las madres inmutables y secretas. Algunas de ellas estaban gordas, las mejillas fuertes y los cabellos entretejidos de listones solferino, amarillo, verde perico; sus aretes brillantes colgaban de sus orejas, y sus ondas grasientas se sucedían marcadas por un batallón de pasadores.

—Doctor —se aventuró a decir Mónica—, ¿qué tienen estos niños?

—La mayoría están desnutridos.

—Pero si las madres no se ven tan pobres.

—Allí está lo malo, señorita.

Sintió que una ola de rubor, de rabia, le subía desde dentro; el doctor le había lanzado una mirada penetrante, grave, no exenta de acusación. Quería emparentarla a todas estas idiotas con sus aretes de piedrecitas de colores. Mónica abrió su bolsa.

—Pague usted afuera, señorita, en el escritorio de la salida.

—Vamos a verlo en la incubadora —dijo Mónica.

—¿Pa' qué?

—Para ver cómo quedó.

—Queda bien —dijo Hilaria, malhumorienta.

—No sabemos.

—Ya es muy tarde, la señora grande…

—La señora grande iría a ver al niño a la incubadora —cortó Mónica tajante.

—No dan permiso.

—Vamos a investigar.

Hilaria parecía decir: «Los ricos pueden darse esos lujos, cerciorarse, certificar; a nosotros no nos queda más que encomendarnos a la divina providencia, y no nos andamos con tantas exigencias».

También allí el piso era de linóleo, y relumbraban los aluminios, los canceles de vidrio de fondo de botella y las paredes blancas, agresivamente brillantes; materiales que oscilaban entre el plástico deleznable y el mosaico que puede lavarse con manguera. Una enfermera gorda, tiesa de almidón y con albo bozal, les dijo que les señalaría al niño tras un ventanal de doble vidrio que exhibía una gran cantidad de peceras rectangulares, donde los niños más que pescaditos parecían embarcaciones que hacen agua, barquitos de papel a punto de irse a pique. Casi todos tenían una aguja en el brazo prolongada por un tubo de plástico. La enfermera devolvió a Hilaria la cobija de borregos pintados y una sábana:

—Aquí no le va a hacer falta a su chavalito.

Nadie tomaba en cuenta a Mónica; simplemente no pertenecía a ese mundo.

—¿Se pondrá bien? —preguntó Mónica.

—Sí, cómo no, se lo vamos a devolver buenito —sonrió jovial la mujer.

Mónica pensó: «Qué buena gorda, todas las gordas son buenas gentes, qué buena es esta gorda por opulenta, por rozagante, me gustaría comer con ella, estoy segura que reiría en salud, ella le va a devolver el ánimo al niño, lo va a robustecer, a regocijar con su sola piel risueña y franca». Al bajar la escalera, en uno de los rellanos, un grupo de mujeres le hacía rueda a una de un viejo abrigo café deslavado, el pelo lacio en la nuca, las ojeras muy marcadas y dentro de ellas los ojos que miraban consternados, pero sin llanto, mientras explicaba con voz opaca, mansa:

—Dicen que le tocó el turno a una nueva y que se le olvidó enchufar la incubadora…

Entonces Mónica indignada, intervino:

—¿Por qué no protestó usted? ¿Por qué no fueron a la dirección? ¿Por qué no protestamos todas? ¿Por qué no vamos a los periódicos?

Se le quedaron viendo, y una de ellas, tan gorda o más entrada en carnes que la enfermera respondió:

—Ay, señorita, cómo se ve que usted no sabe…

Como era gorda, Mónica tomó confianza…

—¿Y qué tiene que ver la protesta con que sepa o no sepa?

—Es que usted no sabe porque usted no es de aquí…

—En primer lugar, sí soy, y aunque no fuera, ¿eso qué tiene que ver? Yo les estoy proponiendo que hagamos algo, levantemos un acta…

La misma gorda dijo con voz fuerte:

—A los jueces, las actas les sirven de papel de excusado —E hizo un ademán procaz, volteada hacia la pared, rechazando de plano a Mónica.

Hilaria se había separado de su patrona, esperaba con un pie en la escalera. De nuevo, como en «Urgencias», aparentaba no escuchar, pero la miraba de soslayo. La señorita era joven, no sabía nada de nada, ya encallecería.

—Si nos uniéramos —insistió Mónica—, si no nos dejáramos pisotear, si todos tuviéramos las mismas oportunidades…

Mónica, fuera de sí, habló sin respirar. Hubiera querido llamarlas compañeras o comadres o amigas, abrazarlas, pero las mujeres se cerraban sobre sí mismas; se habían apretujado en un extremo del rellano, y la gorda se encargó de cortar a la novicia.

—Mira, güerita, ¿eres protestante?

—No, yo no soy, pero…

—Nosotras somos católicas, así es de que pícale, vete a tu casa.

Mónica se hubiera sentado en el último peldaño para llorar hasta vaciar su cabeza, pero más que las católicas era la mirada del doctor de pelo en pecho la que la perseguía. Adivinaba su expresión irónica que, de encontrarla, lo haría exclamar: «¡Qué desahogo más personal!» y recordaba la voz grosera: «Pícale, lárgate a tu casa». ¿Era «lárgate» lo que le había dicho la gorda?

Hilaria trotó tras de Mónica, antes de entrar al coche, escupió en la cuneta, un salivazo largo, cargado. Mónica jamás la había visto hacer eso. Era como si le estuviera escupiendo encima. Absolutamente ajena a la impresión causada, Hilaria siguió hablando de cómo en la media noche oyó que alguien la nombraba quedito pero que no se dio cuenta, sino hasta después, de que era Rosa. ¿Cómo no se había dado cuenta?, ¿quién más podría ser?, ¿trabajaba otra criada en la casa? Hilaria tenía esa maldita costumbrita: «Hilaria, no limpiaste el baño». «¿Cuál?» como si hubiera siete baños. «Cierra la puerta» «¿Cuál?». ¿Quién? ¿Cuál? ¿Dónde? ¿Cómo? tras de cada orden para obligarla a repetir. Que a ella, a Hilaria, se le había revuelto el estómago, ya ve la señorita qué delicada era de su estómago, se le había revuelto, chin, y eso que no se había desayunado, Rosa abiertota, allí, toda cubierta de sudor como gargajo, toda empuercada, batida en su propia sangre y que la muy rejega no le decía del niño y no le decía y dale a preguntas, y nada, no le quería decir. Rejega, reteque rejega y no na' más para eso, pa'todo, ladina, taimada, mañosa, chiquiona, remolona como ella sola porque por fin había murmurado: «Es que el burro me tumbó re'juerte, me vino pero macizo». «Pos váyase al baño», le ordenó: «No, pos si acabo de ir». «Tonces está enferma, si acaba de ir». «Pérese, al rato vuelvo a ir, nomás que agarre juerzas», en fin de cuentas a ella, a Hilaria, se le afiguraba que Rosa quería botar al niño por ahí envuelto en los periódicos, había unas que hasta los echaban al excusado y luego jalaban la cadena... Porque si lo quisiera, le hubiera preparado por lo meno' dos, mudita' no que ésta pecó de noche y al que pasó a fregar fue al hijo... Hilaria seguía dándole, los labios tiesos y duros y repetía con envidia: «Es que ninguno de nosotros le maliciamos nada. Como se fajaba bien y al niño lo traía en la boca del estómago... pero ahora que me acuerdo si nos hubiéramos fijado de más cerquitas...».

Por fin llegaron a la casa, Hilaria se fue a inspeccionar a Rosa, Mónica subió escalón por escalón, pisando hasta lo hondo de la gruesa alfombra; abrió la puerta de la recámara de su abuelita. Acostada en su cama recibía todas las noches a sus hijas, a sus nietas, a su yerno. Se acomodaban alrededor en pequeños sillones frente a las cortinas de organdí y decían cosas bonitas, blancas y leves, acerca de los sucesos del día para despedirlos entre los ramos de flores, el olor de los pétalos de rosa que la abuela ponía a secar y la colcha blanquísima tejida por manos calladas y diligentes. Hoy el tema era de Rosa y el futuro del niño; ofrecían adoptarlo, mañana bien podría antojárseles engullirlo a la brocha con una manzanita en la boca o preparado en *bitoques a la russe* a la manera de Hilaria con crema agria y morillas. Había en ellos algo bárbaro e imprevisible que destanteaba; se enorgullecían de que los consideraran excéntricos y opinaban de los demás: «Son burgueses» o

«Qué costumbres más burguesas». «*Nous ne sommes pas comme tout le monde*», afirmaban y en efecto, caminaron siempre, al borde del precipicio. «Es nuestra sangre rusa». Cada semana, la abuelita sentaba a su mesa a Fraulein Von Schaluss que en los últimos años se popeaba en los calzones. «Es como mis perros» la disculpaba. O a Guillermina Lozano quien tocaba el arpa maravillosamente y llegaba envuelta en el hedor de los treinta y cinco perros, cuarenta gatos, y cincuenta palomas que albergaba en su casa. Tenía un largo collar de perlas que le caía en la sopa todo cubierto de cagarrutas de paloma. Con Fraulein la abuelita hablaba de Goethe, con Guillermina Lozano, de Wagner. Pero el tema profundo, la melodía central, era de los *sweet doggies*, los *poor little dogs* que las tres recogían en la calle.

—¿Cómo estás, rebanadita de pan con mantequilla?

—Bien, abuelita.

—Pareces más bien una ranita verde.

Mónica relató lo que había visto y la abuelita sólo comentó:

—Las mujeres deberían tener perros. Son más simpáticos (los perros Chocolate, Lobo, Dickie, Violeta, Kikí y Canela que se vivían pendientes de las palabras de su ama, movieron la cola aprobando).

—¿Cómo era yo, mamá, cuando nací? —inquirió Mónica con verdadera ansia. Quería que su madre le asegurara que ella no era como aquellas ratitas rojas que había visto en el hospital.

—No sé, yo estaba ausente… Me fui de cacería…

—Dime la verdad. ¿Sufriste?

—Qué gran palabra, Mónica.

Esas cosas nunca se decían, no se acostumbraban sino las cosas tiernas, fáciles, inasibles; así eran ellos, no había por dónde agarrarlos y de repente se morían y uno se quedaba en ayunas, muerto de hambre, hurgando en sus papeles para descubrirlos. Sin embargo, entre tanta aparente distracción, tantas palabras a medias, el té de las cinco, el sombrero de paja, la revista boca abajo sobre el pasto, tanto jugar con el viento y huir de los imbéciles, decían de pronto algo exacto como si un rayo los iluminara. Y por imprevisto, resultaba aún más fulgurante. Como fulgurante era la figura de la abuela cuando salía a la calle y silbaba largamente en la empuñadura de plata de su bastón (que era un silbato), antes de dar la vuelta para espantar a los ladrones, o blandía su paraguas apuntándolo al cielo como Marcel Proust, al mismo tiempo que decía: «¡*zut*!, ¡*zut*!, ¡*zut*!, ¡*zut*!», porque lo único que se permitió jamás fue exclamar: «¡*zut et encore zut et trois fois zut, zut, zut*!», para desfogar el coraje que a veces la embargaba.

Mónica se lanzó en una atropellada perorata sobre la condición femenina, el conflicto social, la miseria, hasta que la abuelita la interrumpió:

—Te gusta parecer bolchevique, ¿verdad?

—No, no, es que toda esa gran injusticia...

—Ya, Mónica, no sigas hablando como si fueras un mujik... Si lo hicieras a la Tolstoi, pasaría, pero eres, la más formidable fabricante de lugares comunes que he oído en mi vida. Cállate ya, pequeña idiota, pequeña creadora de rutinas.

Todos asintieron, reconciliados. Su madre le recordó:

—¿Qué vestido te vas a poner para el coctel de los Romero de Terreros?

Creyó estallar en sollozos, allí mismo: frente a todos. ¿Cuál cóctel? De nada los había convencido; al igual que las mujeres paradas en el rellano del hospital, la corrían: «Y, ahora mocosa, lárgate al coctel».

—¿Qué te pasa, Mónica? No debes ponerte tan nerviosa, ya la vida te enseñará.

La señora grande salió en su defensa: «Se ve cansada: no tiene bien arreglado el peinado, no es una cena formal, al contrario, un buffet con bolillo sobre la mesa, hoy se levantó muy temprano y ha sido grande la emoción: mañana enviaremos unas flores para excusarla».

Ninguno objetó. El caso en manos de la abuela se consideraba zanjado. La familia conglomerada en torno acataba la menor de sus decisiones. Mónica hubiera querido meterse en su cama, acurrucarse junto a ella como lo hacía cuando se sentía mal, pero ella misma le ordenó:

—Ahora ve a cenar con tus papás, tienes que comer algo.

Y la besó en la frente.

En la mesa mientras se hablaba de otra cosa (porque en la mesa se evitaban los temas desagradables), Mónica no pudo tomar su sopa.

—Come, casi hemos terminado.

Su madre la miraba con sus ojos tristes, de mujer que escucha la noche.

—Mamá, ¿no podría regresar al hospital?

—¿A qué, Mónica?

—A curar a los enfermos, sacudir a las mamás, removerlo todo, meter allí un tal torrente de vida que los niños no tengan más remedio que aliviarse...

—¡O salir volando, convertidos en angelitos!... ¡Pobre cretina, está histérica! —intervino su hermana menor.

—Mónica, come por favor.

El tono era imperioso. El líquido ya frío pasó con trabajo por la garganta de la joven y después de tres o cuatro cucharadas recobró el ritmo de las cenas pasadas. Qué fácil es comer, pensó, qué fácil cuando a ocho cuadras, apenas, hay un moridero de niños. El comedor con su Boldini iluminado y sus grabados de Swebach, sus lámparas de cristal y sus vitrinas, todos esos objetos dulces y familiares, asentía cómplice, pero con cada cucharada de sopa, se filtraba también otro líquido: el de la impotencia.

—Y, ¿qué vestido piensas ponerte para la cena del sábado?

«De veras, ¿cuál? Híjole, cómo soy, híjole, qué pobre diabla», Mónica podía pensar en el vestido del sábado, mentalmente los revisó: el de flores, el blanco, el de Lanvin, el de *chiffon* italiano, el rojo. El rojo, con ése, en las últimas fiestas la había sacado Javier Carral que era guapísimo. ¡Y Teco Arozarena! ¡Y Pepe del Río que todo le festejaba!

—El rojo.

—Tienes razón, ése te queda muy bien.

La madre le sonrió tranquila al verla distraerse tan pronto de su reciente congoja: «Es joven, qué pronto pasa del llanto a la sonrisa, más rápido aún de lo que yo pensaba». Volvía al engranaje, a la reverencia, esperaría sumisa el arribo del príncipe. Entre tanto cerraría ventanas con sus manos cuidadas; la acompañaría a tés, visitas, cenas, pésames, habría manteles que bordar a la hora del crepúsculo. Mónica se despidió apaciguada y dio las buenas noches como de costumbre. Pero ya en su cama mordió las sábanas; lloró una hora y otra; una hora suplantaba a la otra y el llanto seguía embistiéndola; un borbotón que la drenaba hasta que la última lágrima hecha sólo de sal se le secó en la mejilla. Lloró porque podía tomar sopa mientras una señora de abrigo café les comunicaba a otras que la incubadora se había quedado sin corriente eléctrica, lloró porque nunca fabricaría una bomba en el sótano de su casa ni siquiera una molotov —su pólvora estaba mojada de ante mano—, pero sobre todo lloró porque ella era Mónica y no otra, porque la muerte del pequeño de Rosa no era su muerte y no podía vivirla, porque sabía muy bien que el sábado bailaría con el vestido rojo, oh, Bahía ay, ay, rayando a taconazos el corazoncito del niño de Rosa, bailaría encima de las mujeres a quienes los hijos se les caen de entre las piernas como frutas podridas, bailaría mambo qué rico el mambo, bailaría muñequita linda de cabellos de oro, bailaría la raspa, la vida en rosa, las hojas muertas, porque después de todo, la vida de uno es más fuerte que la de los demás.

CANTO QUINTO

Primero ni vio el cuarto. No sintió más que a Rodrigo que la besaba con todo su peso de hombre. Sabían ya que ningún gesto del otro podía ser desconcertante, habían rebasado los límites de su propio cuerpo. Respiraban juntos el mismo aire, el aire comprendido en su abrazo. Y surgían las palabras del amor, ese lenguaje balbuceado, torpe.

—¿…?

—…

—¿Tienes frío?

—No.

Y Rodrigo recogía las sábanas, la cobija raída… La arropaba como a una niña, como si fuera su hija.

—Rodrigo, eres mi papá y mi mamá y mi hermano y mi hermana y mis hijos y mi tierra… Rodrigo… Rodrigo, eres la catedral y el zócalo, Rodrigo, eres «Las Delicias» y la mesa siete y las flores de plástico y la Güera que nos sirve.

Sentían un inmenso agradecimiento y eso los hacía regresar el uno al otro, internarse en ese abrazo porque nada mejor podía serles dado. Ella tuvo un sentimiento de felicidad tan violento que se le llenaron los ojos de lágrimas. Rodrigo no le preguntó nada. Sabía por qué lloraba.

Afuera llovía. Pensó que a la salida le caerían gotas de agua en la cara y en el pelo, le dio gusto; caminarían tomados de la mano, riéndose, sonriendo, buscándose con los ojos continuamente.

Alguien caminó en el pasillo.

—¿Quién viene?

—No sea miedosa —sonrió Rodrigo—. Aquí tengo la llave.

—Pero es una puertita de nada.

—¡No sea coyonetas! Alguien tocó a la puerta.

—Ya ves, te lo dije.

—No es aquí, es en la otra.

—Pero, ¿por qué?

—Se han de estar tardando demasiado.

El ruido en la puerta era ofensivo, terrible.

—¡Qué manera de tocar!

—No van a abrir, no te preocupes.

El encargado derribaría la puerta. Julia pensó en los amantes enlazados. ¡Y todo porque se habían tardado! Ellos en cambio nunca se tardaban. Rodrigo se sentó en la cama y le mesó el cabello.

—¿Ya nos tenemos que ir, Rodrigo?

—Sí, lo sabes… Tengo un compromiso.

Mientras se vestía, Julia miró el cuarto. Una pared era rosa, la otra crema, el techo café con leche y el baño sin puerta de un verde estridente. En el cuarto apenas si cabía la cama con su colcha deslavada y lacia y una escupidera abollada.

Se vieron en el espejo riéndose:

—¿No hacemos buena pareja?

Se vistieron el uno al otro, se peinaron juntos pasándose el peine. Julia lo besaba, se metía a la cama toda vestida debajo de las sábanas. Rodrigo la alcanzaba y se volvían a encontrar temblorosos.

—Julia.

—Sí, ya sé, es muy tarde. Es muy tarde.

—Es que no recuerdo ni dónde dejé el coche.

Siempre que se iba, Rodrigo manejaba de prisa, nerviosamente, maldiciendo los embotellamientos, el rostro duro, fijo en los altos, como si el poder de su mirada en el parabrisas fuera empujando los coches detenidos. A veces le tomaba la mano, único reconocimiento de su presencia en medio de la multitud. A Julia le sorprendía verlo de perfil. Se veía mayor entonces, con un rostro de hombre de acción, un rostro que Julia no reconocía.

—¿En qué piensas, Julia?

—En el regreso.

—Siempre te anticipas a las cosas.

—Es que ya nos vamos.

Rodrigo le pasó un brazo por los hombros y le besó la frente.

—Ay, ya sé, es el beso de la despedida. Y se tapó la cara con la almohada.

—¡Julia!

—Rodrigo, yo no hago nada por salvarme.

Había un lenguaje que iba más allá de Rodrigo.

—Rodrigo, tápame el corazón con esa manta.

Rodrigo la miraba sin entenderla. Caminaba alrededor de la cama, abrochando un botón olvidado de su camisa mientras le sonreía consecuentándola.

—Rodrigo, quisiera que fueras un canguro y que me llevaras dentro de tu vientre.

Julia esperaba que Rodrigo le dijera alguna cosa: algo que llenara el hueco. Rodrigo le hacía falta para andar, para levantarse rápidamente en las mañanas, para que la mañana no le oliera a niño muerto, para que nada fuera irreparable… ¡Desnúdate, amor mío, ha llegado la hora de morirnos!

En la entrada de su casa, Rodrigo se despedía:

—Te voy a echar un grito, apenas pueda.

Julia asentía con una pobre sonrisa, sacudiendo la cabeza. En su rostro no quedaba nada de ella; no era la del cuarto de colores, si acaso, la delgada puerta golpeada por un puño irascible.

—Te hablo… mañana… a…

—Sí, sí —aprobaba Julia.

Entre tanto había mucho que recordar. Caminaban con los ojos levantados hacia los edificios familiares con sus fachadas porosas donde anida el sol y los balcones: yerbazales escapando de macetas colgadas como jaulas, semillas encarceladas, pájaros que picotean las briznas de la tarde entre los tanques de gas, los tinacos, la santamaría y la yerbabuena. Allá abajo se encogían las calles, Jesús María, Regina, Mesones, Justo Sierra, Santa Efigenia, San Idelfonso, la Santísima Topacio, Loreto y las de Belisario Domínguez, Leandro Valle, y Cuba, que desembocan en la plaza de Santo Domingo, esa paloma caída, todavía tibia y palpitante.

—Ay, Rodrigo, ¡un cuartito por aquí para nosotros! ¿Te imaginas lo que sería abrir la ventana?

Se detenían ante los letreros: «Se renta, informes en Academia 19». El cuartito en la calle de La Moneda daba a un muro de tezontle, una fortaleza de tuna cardona, roja y cálida, terca de esperanza.

Casi siempre tropezaban con la benevolencia de los porteros.

—En realidad son despachos. Como eran casas viejas, el baño está abajo.

—No importa, no importa.

—La renta es de trescientos cincuenta pesos.

—¿Tanto? ¿Por qué tanto?

—Ha subido mucho por acá…

Pero los miraban con simpatía.

—Claro que se si ustedes hablan con el dueño pue' que les rebaje tantito.

Un día, Rodrigo al pasar rompió toda una caja de refrescos que estaba en el zaguán, casi los doce cascos vacíos:

—Ahorita le pago, patrón.

Pero el gordo no quiso cobrarle. Al contrario, los invitó a que volvieran al día siguiente, a ella con su pelo que volaba, su bolsa sobre el hombro y el suéter hecho bola todo por ningún lado, y a él, que sabía hablarle a todos con esa camaradería risueña, descuidada y rápida.

—Sabes, Rodrigo, yo creo que les gustaría tenernos de vecinos.

Se iban la mano en la mano, sin separarse siquiera cuando la gente se apretujaba en la banqueta. Si acaso tenían que soltarse, los dedos se buscaban luego imperiosos, las manos náufragas, ansiosas. En 5 de Mayo, había un edificio macizo sostenido por dos fatigadas cariátides. Julia lo amaba por encima de todos. Adentro despachos y despachos. Y sastrerías y notarías y fletes y cobranzas y alquileres. Al lado, como una gran boca dorada, se abría un café de chinos: los panqués redondos y grasientos se amontonaban en sus moldecitos de papel acanalado en una vitrina que un foco mantenía caliente. En todos los cafés había panes boludos, botijones, que cabían en el interior de la mano y anuncios de cerveza y la comida corrida escrita en una pizarra de cartón con gis blanco: habas sin hache y frijoles con ge. Postre con acento.

Rodrigo y Julia lo husmeaban todo, subían unas escaleras de madera, muy estrechas.

—¿Lo quieren para oficina?

Rodrigo musitaba quién sabe qué, Julia hubiera contestado:

—No, señor, es que no tenemos a dónde ir.

Pensó en una lámpara con pantalla antigua, de esas de fleco, que cuelgan de los techos, una ventana que daba a la calle para ver la luz prendida y saber que Rodrigo estaba allí esperándola. ¡Ay, Rodrigo, desde aquí se oyen las campanadas de catedral!

Invariablemente después de esas rondas, Rodrigo declaraba enérgico:

—Vamos a organizar un cuartito.

Pero los dos sabían que no le tendrían porque no lo deseaban lo suficiente, porque a Rodrigo le bastaba con decirle a Julia: «¡Te voy a echar un grito!» y Julia se conformaba siempre aunque a lo mejor una noche, el grito lo daría ella, un grito de animal vencido, un aullido de perro pateado, de esos que se alejan con la cola entre las patas, no, perro no, perra, perra de sí misma sin un cachorro si quiera a quién lamer o que lamiera su larga herida, un grito que lo haría pedazos todo, incluso esto, esto que creían su amor, su pobre amor de a tres centavos que zarandeaban por aquí, por allá, que traían de la mano sacudiéndolo por las calles y que un día llevarían a cuestas como una carga insostenible y que quizá compartirían ya nomás por no dejar, por no decir cárgalo tú nomás.

—¿En qué piensas, Julia?

Había oscurecido.

Julia no contestó. Dijo bajito, muy bajito como para sí misma: «Desnúdate, mi amor, que vamos a morirnos».

—Julia, ya vámonos.

Afuera al salir, Julia volteó hacia atrás y vio el anuncio de gas neón: «Hotel Soledad».

LA HIJA DEL FILÓSOFO

A la luz roja de la inteligencia discuten los sofistas. Juntan sus cabezas sobre el pozo metafísico, profundizan sus miradas como líneas de pescar y lentamente van extrayendo los problemas. De vez en cuando uno de ellos se quita los anteojos y los limpia, para contemplar mejor el rostro del Maestro. Otros meditan, recogidos en sí mismos, buscando afanosamente la ocasión de emitir la frase más inteligente de la noche. Respiran apenas, mientras de sus dedos amarillentos se desprenden los cigarrillos muertos. Las cortinas participan, pesadas de grandeza estática, en el diálogo trascendente, en el juego monótono de los intelectuales. La luz de la lámpara, sometida por la pantalla roja, dibuja un círculo lunar sobre la alfombra y todos cuidan de poner sus sillas allí dentro, para sentirse abarcados en la redonda inteligencia del Maestro...

«... Napoleón y el surrealismo, el arte chino y la Santísima Trinidad... ¿Hay que conceder a las mujeres el derecho de participar realmente en la experiencia amorosa? ¡Por favor! De todos modos, la policía es un asco... Consultemos los libros, vayamos directamente a las fuentes, la cultura, señores, es un asunto muy serio. ¿Quién de todos ustedes fue el que dijo hace un momento, "sólo sé que no sé nada"?». Silencio. Ha comenzado a hablar otra vez el Maestro, el jefe de la banda de asaltantes de libros. Con voz pesada, como quien hace su testamento, va poniendo el punto agudo de su inteligencia en cada inerte pensamiento. Y todas las inteligencias que le están subordinadas ceden y se ablandan, se dejan henchir poco a poco, y los cerebros son como esponjas que se sumergen en aguas vivas. Hay un momento en que no pueden ya alojar una gota más de talento, y los rostros sonríen rebosantes. Sólo un joven intelectual celoso no cede a la sugestión del Maestro, y se queda aislado y seco, en la orilla del círculo luminoso, que apenas roza con la punta del pie. La sabiduría del Maestro ahoga su corazón rencoroso, mientras cuatro palabras miserables vagan por el desierto de su cabeza vacía.

En un rincón de sombra, a donde las voces y la luz no llegan, sentada en una pequeña silla está una niña rubia, de pelos enmarañados, con sueños y pesadillas enredados con sus pestañas, una niña que borda y que se pica con la aguja las yemas de los dedos. Forra en soledad los libros de su padre con una tela de irresponsable color salmón. Y en el lomo de las metafísicas alemanas borda con hilos de seda sus azules faltas de ortografía. De vez en cuando la llama su papá, filósofo, jefe y maestro. Va y limpia los ceniceros, recoge los restos de una copa aniquilada por una frase violenta, renueva las dotaciones de oporto y añade galletas a la bandeja que los infatigables pensadores han dejado vacía. Los oye hablar, pero no les entiende, cuando alguien recita un poema también se queda sin entender, pero cuando menos las palabras suenan bonito, y se pone contenta.

Así pasa la vida. Dos veces por semana, mientras el sol de la tarde lucha en la espesura de las cortinas, o mientras cae lentamente la lluvia, los escritores se reúnen para sus extensas discusiones. Afuera, viento, lluvia o rayos de sol. Adentro, grandes palabras, cenizas de cigarrillo y forros de color salmón.

Pero un día ocurrió lo imprevisto, y la suerte apuntó en dirección del poeta celoso. Cansado de combatir como un enano frente a la gigantesca oratoria del Maestro, optó por batirse en retirada. Sus cuatro palabras miserables yacían en la sombra, definitivamente opacadas por la brillantez ajena. Resolvió no volver más a las reuniones, alejó por de pronto su silla del círculo de luz, y sus ojos se dirigieron al rincón más oscuro. Allí estaba la niña, como un dulce territorio, lejos de las murallas dialécticas, desprovista de alambradas irónicas. Y el resentido apuntó sus baterías a esa desmantelada posición del enemigo luminoso. Aprovechando una ardua discusión, un brusco cambio de golpes entre el Maestro y su adversario más calificado, furtivamente fue hacia ella y se sentó a su lado. La niña solitaria lo recibió temblando. Dejó de sonreír al hada madrina, a la carroza encantada, al zapatito de cristal y al pozo de agua, y se puso a mirar gravemente la punta de sus dedos picados. Él comenzó a hablar, a decirle que las páginas de la vida se habían abierto para ella, y que eran más hermosas que las de los cuentos infantiles. Se puso a contarle el cuento de la rosa inexperta y el ruiseñor verdadero, que le fue abriendo con su voz todos los pétalos. Y ella sintió miedo y fue en busca de las tazas vacías y de los ceniceros colmados, y llenó otra vez las copas de oporto, y sació el hambre metafísica de los sofistas con abundantes galletas rellenas. Interrumpió la lectura de un poema exclamando con voz quebrada: «Papá, por amor de Dios, ¡las sirenas son doncellas!». Quiso intervenir en las discusiones diciendo sin ton ni son que Confucio era un chino analfabeto, que la batalla de Austerlitz había sido ganada en virtud de un error estratégico, y que la pobre Josefina se aburría esperando a Napoleón, redactor de cartas ineficaces, dedicadas exclusivamente a la posteridad. «¡Niña, cállate!». Y el inconsciente y sabio papá la devolvió al rincón ya peligroso. La entregó al brazo secular, como una Juana de Arco irrisoria y desarmada. Ella que sólo sabía pensar en hojas muertas y en la crueldad del viento que se las lleva, en los elfos que danzan a la luz de la luna y en brujas que desconocen el latín escolástico, fue a dar en manos del rufián cauteloso que iba a emplear toda la pólvora de su inteligencia aplazada, en nuevos y deslumbrantes fuegos de artificio sentimental.

Un día los dos salieron a pasear, mientras el filósofo escribía una extensa refutación a un malvado que atacó su último libro. El celoso planeó una retardada caminata otoñal, en un escenario escogido adrede para perder a la niña. Un laberinto de palabras y ramajes, hecho con lentas pisadas sobre un suelo dorado, lleno de suaves ademanes que se recortaban como un vuelo de pájaros en el aire blanco. Leyó en las páginas de un libro rancio viejas poesías que estaban escritas para ellos, rimadas por un genio malévolo, experto en renuncias y promesas baldías... Árboles brotaban de las frases, cubiertos de hojas cómplices, de flores malsanas, y de frutos prohibidos. Y la niña mordió manzanas que ya no eran infantiles. Asombrada y lánguida abandonó su mano entre las suyas. Pájaro ensimismado y tenaz, blanda y ya sometida. En la esquina de calles inesperadas, él inventó pastelerías fantásticas llenas de merengues y tazas de té, resúmenes fragantes del otoño. Y de sus bolsillos sacaba más y más libros turbadores. Páginas que hablaban al corazón dormido y querían llenarlo con vagas plenitudes. (La hija del filósofo sólo había leído cuentos de hadas y el viaje del gran historiador y geógrafo don José Pardiñas y Llanes a través de Persia, Mesopotamia y otros remotos lugares). Para defenderse, ella hablaba de los mamelucos, de la reina Zenobia y hacía barquitos con las servilletas de papel.

Y la tierra se cubrió de tinieblas. Por primera vez, la hija del filósofo se dio cuenta del crepúsculo. Y compró veladoras y libros de misa, y se arrodilló en todas partes pidiendo perdón con un cirio en la mano. Cambió su indiferencia hacia los demás por una cordial solicitud. Afable y bondadosa, quiso comprar a fuerza de humildad todo aquel mal que no le pertenecía, toda aquella vileza compartida sin derecho. Era buena sólo para conservar su libertad personal, para esconder su culpable botín. Su rostro brillaba afuera, ocultando la oscuridad interior.

El cónclave de sabios seguía funcionando, rodeado de cortinas, presidido por el gran filósofo indiferente, incapaz de advertir en el forro salmón que iba cubriendo sus libros, esa elocuente ola de rubor que de vez en cuando asomaba al rostro de la niña. Dos veces por semana, los sofistas encendían la luz roja de la inteligencia y naufragaban en el espeso mar de la lectura, como un coro de voces embriagadas: «El yo y el ello, ser y tiempo, experiencia de la muerte, *Parerga un Paralipomena*, prolegómenos a una teoría de la incomprensión mutua, Hölderlin y la imposibilidad verbal, Ezra Pound y la confusión de las fuentes, Neruda y la enumeración caótica…».

Y el poeta traidor seguía asistiendo a las reuniones. Se sentaba como Judas a la mesa del Maestro. Al abrirle la puerta, la hija del filósofo lo recibía en casa como a un malhechor, pero no lo desenmascaraba. El celoso entraba en la sala de los intelectuales como un tropel de caballos. Y los cascos duros y cortantes destrozaban primero el corazón de la niña; luego seguían su devastación por toda la casa. Cada mueble que el poeta tocaba se venía al suelo hecho pedazos. La niña debía reconstruirlo pieza por pieza rápidamente, sin que su imaginación dejara de colocar el más mínimo detalle. La taza de café se le evaporaba en la mano y ella tenía que hacer un gran esfuerzo para devolverle su realidad y evitar que los demás fueran a darse cuenta de todas sus destrucciones. Pero todos se quedaban sin comprender.

Alegre, victorioso, ineludible, él tomaba ahora parte en las conversaciones, y sus cuatro palabras no dichas cayeron una vez de golpe, parando en seco todos los discursos agresivos. Lo miraron con benevolencia, luego con estupor. El Maestro se le acercó tímidamente, y le dio una palmada en el hombro. Y quedó armado caballero. El tropel salvaje se hizo entonces más poderoso que nunca, y la niña sintió que su falta estaba justificada por la aprobación general. Sonaron trompetas entre el redoble de los cascos dorados, y el poeta apareció con una armadura magnífica, recién adquirida, y blandiendo una espada de corte infalible. Y sus espuelas relucientes se clavaron para siempre en la conciencia infantil y malograda.

Pero cuando estaban solos, ella era dichosa. Se rendía a su amor, pensando que en esta vida lo único que vale la pena es la concesión gratuita y espantosa de sí mismo. Los reproches se apagaban en la flor de sus labios porque él sabía clausurarlos. Su poder era inquebrantable y ajeno a la vida real, triunfaba sobre todas las cosas, y ella no era más que un riachuelo en donde él se lavaba las manos culpables.

Y un día volvió a pasar lo imprevisto. El celoso en su ambición inconmensurable inventó una quinta palabra. Una palabra de posesión y dominio que hirió al Maestro por primera vez en su carne, muy lejos de la vanidad y el amor de sí mismo. Y el filósofo miró por primera vez fuera de sí, y encontró los ojos de su hija inundados de lágrimas. No había modo de reducirla, en el espacio verbal de una frase brillante; allí estaba, innumerable, muda y dolorosa.

Era la vida. Y la vida iba a irse para siempre de su lado, arrebatada por aquella mano intrusa, en la que él mismo había puesto un arma violenta. (Afuera, se apagaba la luz del último día verdadero. Adentro, sitiado por las cortinas, se empequeñecía el universo de las grandes palabras, de las cenizas de cigarrillos y de los libros forrados de tela salmón).

La hija del filósofo se despidió de su amigo y cerró cuidadosamente la puerta. Pero la última pisada de caballo se ancló para siempre en su corazón. Al volver la vista, halló los destrozos de un mueble, y ya sin temor, lo reconstruyó. El filósofo pidió con humildad más oporto y galletas. Todos se reunieron de nuevo en el círculo de la luz roja, y más por costumbre que por convicción, entonaron un himno a la cultura.

EL INVENTARIO

—Esta mesa es Chippendale.

—¡A ver, muchachos, al camión!

Vocea: «¡Una mesa con las patas flojas, una!».

—Un cuadro de la escuela de Greuze.

—¡Una tela grande rayada, una!

—Una consola Louis Philippe.

—Oiga, yo creo que estos muebles son del tiempo de don Porfirio, porque mire nomás el polillero.

—Dos vitrinas de Wedgewood.

—¿Cómo dice usted?

—Wedgewood... Voy a deletreárselo.

—¡Salen dos vitrinas! ¡Mira esta no cierra...! ¡Dos sillones con la tapicería percudida, dos!

—No está percudida, así es, estilo *Regency*.

—Es que nosotros tenemos la obligación de poner cómo están, si no, luego nos reclaman. Y todas esas mesitas redondas, ¿también nos las llevamos?

—Sí, también son para la bodega.

—Y si no es indiscreción, ¿por qué mejor no las vende?

—Son de mis tías, son de mi familia, cosas de familia. ¿Cómo las voy a vender? Nosotros no vendemos, mandamos a restaurar.

—Pues también se le van apolillar. Mire este cajón, ¡ya todo agujereado! Y está chistoso el cajoncito. Mire nomás cuánto tiempo gastaban los antiguos en estas ocurrencias... Todo de puros cachitos.

Una mañana subió Ausencia. Se arrodilló junto a la cama, a la altura de mi cabeza sobre la almohada y desperté con el rostro de la cocinera esperándome, ese rostro viejo, grueso.

—¡Ya me voy señorita!

—¿Qué te pasa Ausencia?

—Es que me voy antes de que se me haga tarde.

—No entiendo.

—¿No quiere usted revisar lo que me llevo? Allá abajo está la camioneta.

—Por Dios, Ausencia, ¿qué haces?

—Es que las cosas ya no son como antes... Me llevo el ajuarcito de bejuco. Ese me lo regaló su abuelita.

(En la calle estaba la camioneta muy pequeña con todos los pobres muebles apilados, patas para arriba. Allí amarraron al perro).

En el principio fueron los muebles. Siempre hubo muebles.

—Oye, ¿a quién le tocó el esquinero de marquetería poblana?

—A tía Pilar, pero en compensación le daremos a Inés las dos sillas de pera y manzana.

Era bueno hablar de los muebles; parecían confesionarios en donde nos vaciábamos de piedritas el alma. Hablar de ellos era ya poseerlos. En el fondo de cada uno de nosotros había una taza rencorosa, un plato codiciado de Meissen, un pastorcito de Niderwiller «que yo quería y estaba en otro lote». A pesar de que todos éramos herederos y herederos de a poquito, a pesar de que nos espiábamos con envidia, el aire estaba lleno de residuos que nos unían y había la posibilidad que el día menos pensado nos dijéramos: «Oye, el arbolito chino, ¿no me lo cambiarías por aquella bicoca de Chelsea que tanto me gusta?... Vale más el arbolito, sales ganando...».

—Una luna sin espejo.

—¿Cómo que sin espejo?

—Es que está empañado.

—Así son esas lunas venecianas. No son para verse. Son de adorno. Son para borrar los recuerdos.

—Como usted mande. ¡Sale una luna rajada, marco dorado, una!

(Me están despojando de algo. Toda mi vida he estado prendida a estos muebles. ¡Cómo me miran! Invadieron mi alma como antes invadieron la de mi abuela y la de mis tías, la de mis siete tías infinitamente distraídas y desplazadas, siempre extranjeras, siempre en la luna del espejo; y la de mis nueve primas a la deriva... Se están llevando la primera capa de mi piel, caen las escamas).

—Por favor, pongan más cuidado...

—Es que el mal ya está en los muebles, señorita, ya no sanan. No es cosa nuestra. Mire, no podemos ni tocarlos. Parecen momias y se nos desbaratan en las manos. ¿Cómo le hacemos, pues?

Ausencia con su suéter y su chal cruzado sobre los hombros, su chal para taparla del frío de todos estos años no vividos, el frío de toda esa vida con nosotros, la nariz amoratada en la mañana fría, las mejillas azules por ese vello negro, monjil como el plumón de los pollitos, Ausencia con su boca muy cerca:

—Me voy para San Martín Texmelucan. Me llevo a la

Dickie, a la Blanquita, al Rigoletto, al Chocolate, y a mi ajuarcito de bejuco...

Allí estaba Ausencia implacable, tan implacable como los muebles.

—Qué quiere usted, así es la vida, las cosas se van deteriorando; también con los años se va agrietando el carácter. Véalo todo bien para que luego no diga... A esa silla le clavaron el brazo; mire qué clavote tan burdo. Se la fastidiaron de plano. Bueno, no es silla, es como sillón, ¿verdad? Más bien parece mecedora, ¿o será un banquito al que le añadieron el respaldo? Pero le rompieron el brazo y allí mal que bien se lo pegaron con resistol. ¿Qué no se dio cuenta? ¿O es que usted no está al pendiente? Se la voy a embodegar, pero fíjese bien que todo está chimuelo, todo cojo, todo medio dado al cuas.

Ausencia, plomiza, secreta, arrodillada. Otro mueble viejo que sacamos a empujones.

—Levántate, Ausencia, por favor. ¡No te hinques, Dios mío! (Lo ha hecho a propósito. Esto parece telenovela con lanzamiento. «¡Por favor no me saquen de aquí!». Pero ella se va porque ya acabó de estar. Se me hinca encima para que yo sienta toda la vida el peso de sus rodillas de mujer que trapea el piso. Vamos a llorar. Pero no, ella nunca llora. Al contrario, cuando mi abuelita estaba para morir, subió a verla una sola vez, plañidera muda, con todo el pelo gris destrenzado sobre los hombros, porque le dijeron que ya no había tiempo, que la señora la mandaba llamar).

—Ausencia, le encargo a mis perros, a la Violeta, a la Blanquita, al Seco, a todos mis buenos perros callejeros, a todos mis pobres animalitos. ¡Que no se vayan a meter a la basura! ¡Que no les vuelva a dar roña!

Ausencia asintió con su nariz esponjosa de poros muy abiertos, con las puntas de sus pies vueltas hacia dentro y su viejo pelo canoso cayéndole como cortina sobre la cara y los hombros. No lloró, al menos no hizo aspavientos como las otras. Maximina se tiró en la escalera y se acostó a lo largo de seis peldaños. Moqueaba, sorbía sus lágrimas, volvía a moquear, empapaba la alfombra con lágrimas que le salían de todas partes, de quién sabe dónde. Impedía el paso. Ninguno podía subir a ver a mi abuelita a su recámara, a ver lo bella que había quedado acostada sobre su blanca cama. La tía Veronique no quiso que la metieran en la caja y la velamos en su cama toda una noche y media mañana. Hasta abrimos las cortinas en la madrugada porque a ella le gusta ver el sabino. Ella sonreía, sus hermosas manos cruzadas sobre el camisón bordado y amplio que había sido de su madre; los que entraban a verla hacían el mismo comentario: «Parece que está dormida. ¡Qué tranquilidad! ¡Qué paz!». Yo le hablaba bajito: «Abuelita: ¿corremos a esta visita que no te cae bien? Es la que te copió tu par de silloncitos Directorio, ¿te acuerdas? Tomó las medidas mientras le servías el té y el pastel de mil hojas. Ni te diste cuenta… Después te dio mucho coraje ver los sillones en su casa igualitos a los tuyos. Lo contaste durante más de una semana. ¿La corro abuelita? Trae su cinta metro…». Maximina se pasó toda la noche en la escalera zangoloteándose porque Ausencia le había ordenado: «Hágase a un lado, mujer. Hágase a un lado que todo esto no es para usted».

Cuando el censo le preguntaron a Ausencia:

—¿Casada señora?

—¡No he conocido hombre!

Y no quiso contestar ya nada, como la Virgen. Cueva cerrada. Hubo que inventarlo todo, hasta el nombre de sus padres.

—Abuelita, contéstame, todo ha quedado igual como tú lo querías. Todo está en su lugar y nosotros posamos como en una fotografía antigua. Tus retratos amarillentos de Wagner y de Goethe se encuentran en el librero de siempre. No falta una sola pieza en los inventarios; ni una cucharita de sal. Los libros tienen tus flores prendidas; edelweiss de los Alpes, creo. Y hay lavanda entre las sábanas. A cada una nos tocaron dos pares, bordadas a mano, con encajes. Pero como son muy antiguas y no resisten las lavadas, sólo las ponemos cuando nacen niños, nuestros hijos. Sólo entonces… Miento, abuelita, miento. Las cosas no siguen igual, Ausencia se fue… Y yo también me estoy yendo, no sé a dónde, quizá a la tiznada.

Siempre se habló de los muebles. Eran una constante, lo son aún, de nuestra conversación, volvían como la marea a humedecernos los ojos. Todos discurrían acerca de ellos con ahínco, muebles cuello de cisne, teteras de plata firmadas por el orfebre escocés William Aytoun, encajes de Brujas para brujas desencajadas, encaje de a medio metro, «es bonito el encaje, pero no tan ancho» reía Maximina, porcelanas de Sajonia y de Worcester, estatuillas de Bow análogas a las que pueden verse en el Victoria and Albert Museum, relojes de Audemars Piguet, grabados de rosas de Redouté, y cuadros, cuadros, cuadros, entre más negros y menos se veía decían que eran mejores. Sucios parecían de Rembrandt, túneles de sombra, etapas superpuestas de oscuridad. Si los hubiéramos limpiado, en ese momento, aparecería la firma de la más tenebrosa escuela holandesa del señor Van Gouda, el de los quesos. Repasábamos los muebles una vez al día. Nos hacíamos recomendaciones. «Cierra bien las persianas. Que no les dé el sol. La penumbra siempre la penumbra. El claro-oscuro. El mejor Rembrandt que hay aquí somos todos nosotros en la penumbra con estas caras de conspiradores, de ronda nocturna, de callejón del crimen… Quítales el polvo con el plumero, nada más con el plumero ¿entiendes? Hasta una franela resulta demasiado tosca. Podría herirlos». Hablábamos de los muebles y, hay que reconocerlo, también de la salud, bastidor de nuestras entretelas: «Estás ojerosa… Pareces un Greco. ¿Cómo amaneciste? Te veo mala cara. Estás pálida, chiquita, como una menina verdaderamente desconcraciada. Podrías volver a acostarte; nada pierdes con pasarte el día en la cama… ¿En qué estás pensando? Siempre pones esa cara de distracción cuando te estoy hablando. ¡No te mezcas en la silla! La vas a romper. ¿O de veras quieres romperla? Tal parece que sí. Los jóvenes de ahora son tan irrespetuosos. Son unos vándalos».

Dos sillas, una frente a otra, eran mis preferidas por su alto respaldo. Me volteaba hacia el bastidor; hacia el tejido de paja y espiaba a través de los agujeritos. El cuarto se veía entonces fragmentado, hexágonos de panal que podía mover a mi antojo. Los hacía danzar y todo lo descomponía; la cara de mi abuelita, la consola; nada tenía dueño, nada era de nadie; todo eran mil pedacitos; astillas de muebles, astillas de luz, astillas de abuelita; astillas de piel blanca. Las cosas perdían peso; no tenían depositario.

—Detrás de este enrejado se ven puros cristales rotos… Por la ventana entran unas estrellas que se equivocaron de puerta… Me gusta que todo se divida en dos; que haya dos de cada uno, abuelita, que nada sea único e irremplazable.

La detentadora de los inventarios era la tía Veronique. Los revisaba con su lápiz en la mano, corrigiendo las faltas de ortografía, poniendo crucecitas, tachando y añadiendo, reconstruyendo en la memoria viejos muebles inexistentes. «¿Te acuerdas de aquel biombo de dieciocho hojas de la época de Kien-Long?». De su boca surgían las palabras como un collar de perlas amarillas, que se desparramaban y se iban rodando por todos los rincones y que nosotros recogíamos con prontitud y reverencia para que las criadas no fueran a barrerlas por la mañana. Ella bautizó los muebles, ella los repartió, buena conocedora podía distinguirlos, estilo por estilo y época por época. «Esta polilla es del siglo XVII, Renacimiento en plena decadencia». Con las palabras ganó; las domó; sabía ordenarlas, siempre supo ensartarlas en el hilo lógico e irrompible. Todos callaban cuando ella hablaba; sus veredictos eran inapelables. La tía Veronique expresaba tan bien sus exigencias, su dominio era tan evidente, que le conferíamos todos los derechos.

—Sabe usted, todo entra en descomposición, aunque el proceso sea lento y apenas perceptible. Estos muebles, debió usted lubricarlos; sus cuadros, también, con aceite Singer, sí, sí, el de las máquinas de coser. Con eso no se oscurecen. Claro, algunas amas de casa prefieren limpiarlos con una papa partida por la mitad y luego luego, la papa se ennegrece de la pura mugre… Después se fríen a la hora de comer y quedan muy ricas, ¡papas a la francesa! Hay que tallar toda la tela hasta el más recóndito rincón. Entonces surgen detalles que hacen batir palmas. ¿O es que a usted no le gustan las antigüedades? Cuando se cuidan las cosas el tiempo no transcurre, sabe usted. Su abuelita, la señora grande, su tía, ¡ah!, cómo cuidaban sus cosas. ¡Cómo venían a verme apenas había alguna congoja en un mueble, apenas se despostillaba alguna de sus pertenencias! «Maestro, usted que es un experto…». Ah, cómo amaban los muebles; a usted, ¿no le gustan los muebles?

Y el restaurador se ponía y se quitaba un monóculo invisible.

—Sí. Pero nos han durado mucho tiempo. Tres generaciones. Aquí todo dura demasiado. Además, no puedo estar encerrada con ellos toda la vida.

—Y eso qué tiene. Una cosa es la vida, otra son los muebles…

—Es que yo no puedo con tantos cachivaches… En esta casa no pasa nada, nada, ni siquiera un ratón del comedor a la cocina.

—¡Uy, yo en su lugar qué más quisiera que estar aquí, viendo estas piezas de época! ¿Qué va usted a hacer afuera? Lo único que va a sacar es que algún día le den un mal golpe. Y entonces verá el consuelo que le proporcionan estas sillas, esta cómoda aunque no tenga jaladeras. Hacen mucha compañía. Además, si tanto le gusta salir, ¿por qué no cabalga en el brazo de este sillón? ¿Acaso no sabe usted que uno siempre regresa a lo mismo, a lo de antes? ¿No sabe que uno siempre llama a su mamá a la hora de la muerte? ¿No sabe usted que los círculos se cierran en el punto mismo en el que se iniciaron? Se da toda la vuelta y se regresa al punto de partida. Ojalá y siempre pueda encontrar a su regreso esta preciosa mesita, junto a su cama con una taza de infusión tiempo perdido…

Y el anticuario restaurador se puso por última vez su monóculo y se me quedó viendo con la ceja levantada para siempre, como un inmortal, un fatal agorero.

Cuando acompañé a la tía Veronique a ver al señor Pinto en su taller oloroso a aguarrás, a todas las maderas, a todos los bosques del mundo, uní por primera vez los muebles con los árboles. El señor Pinto, en su banquito, con sus lentes de arillo redondo, la vista baja, parecía envuelto en esa emanación de olores y su cara y sus manos tenían la textura de sus tablones. Pero él no se daba cuenta. En cambio, la tía Veronique dejaba de dar órdenes, hasta creo que olvidaba a lo que había ido. Husmeaba agitada y se escondía tras el rumor del serrucho. Recorría las esquinas de una mesa despacio, despacito, metía sus dedos muy finos en algún intersticio y abandonaba uno de ellos allí con indefinible placer. El dedo y la hendidura se correspondían suavemente, se sumergían el uno en el otro, y sin saber cómo ni por qué, la tía me comunicaba su propia excitación. Percibía por vez primera algo desconocido y misterioso. La tía Veronique respiraba fuerte como si su cuerpo rozara algo vivo y demandante, algo que nunca se iba a consumir y que subía con ella a medida que su respiración se hacía más anhelante. Entonces daba indicaciones con una morbidez vaga, con los ojos saciados y de ella salía no sé qué, algo que no eran sus palabras habituales, delatada por sus labios hinchados. Entonces me di cuenta de que los muebles están hechos para recibir nuestros cuerpos o para que los toquemos amorosamente. No en balde tenían regazo, lomos y brazos acojinados para hacer caballito; no en balde eran tan anchos los respaldos, tan mullidos los asientos; no eran muebles vírgenes o primerizos, al contrario, pesaban sobre la conciencia. Todos estaban cubiertos de miradas, de comisuras resbaladizas, de resquicios, de costados esculpidos; había rincones llenos de una luz secreta y una fuerza animal surgía inconfundible de la madera.

Los muebles eran la materialización de todos sus recuerdos: «Este taburetito, sabes, lo tuvimos en el departamento de la Rue de Presbourg». Yo no quería concretar sus memorias ni vivir de esas cosas a las que se aferraban en su naufragio, los muebles, como tablas de salvación, tablas de perdición. ¡Que no me legaran todos sus recuerdos! ¡Que no me pasaran su costal de palabras muertas, sus actos fallidos, sus vidas inconclusas, sus jardines sin gente, sus ansias, sus agujas sin hilo, sus bordados que llevaban de una pieza a otra, sus letanías inhábiles! Que no me hicieran voltear las hojas de álbumes de fotos ya viejas, manchadas de humedad, esas fotos café con leche de sus tíos y sus tías yodados, tránsfugas, también añorantes, guardados en formol, enfermos de esperanza, hambrientos de amor, prensados para siempre con su amor, amor-olor a ácido fénico. ¡Que no me hicieran entrar al amo ató matarile rile ro de los que juegan a no irse!

Más tarde a la tía Veronique le dio por examinarme genealógicamente:

—Oye y, ¿cómo se llamaba la mamá de tu bisabuela rusa?

—No sé, no sé, no sé. Lo único que sé es que ellos están muertos y yo estoy viva.

Pero volteaba las hojas de los álbumes porque soy morbosa y me detenía en algún rostro, y a cada hoja le dejé algo de mi sangre y ahora la tengo espesa, llena de barnices corrosivos, de pétalos marchitos, de remotos abolengos, de cristales apagados, de ancestros que jamás conocí y llevo a todas partes con tierna cautela a pesar de mí misma.

Una tarde le dije: «tía» a la hora del té. Una luz difusa entraba, se derretía blanda por la recámara. Era una hora propicia. La tía Veronique tenía su mirada perdida, borrosa, como que regresaba de quién sabe dónde y su voz era la voz de todos los regresos.

—Tía, me quiero casar.

(Le expliqué, insegura y nerviosa. Nunca he tenido la certeza de nada).

—Bueno, tú sabrás. Lo único que puedo decirte es que ese señor no hace juego con nuestros muebles.

—A esta niña le haría bien un viaje a Europa.

(Mi familia ha resuelto siempre los problemas con viajes a Europa; conocer otro ambiente, ver otras caras, cambiar de aire, ir a la montaña para la tuberculosis del espíritu y de la voluntad, oxigenar el alma, el aire puro de las alturas).

—Un viaje a Europa, eso es. Le sentaría...

—No quiero. Europa es como un *pullman* viejo.

— ¿Qué dices?

—Sí, un *pullman* viejo con sus cortinas polvosas, sus asientos de peluche color vino, sus cordeles raídos, sus flecos desdentados, sus perillas de bronce, su deshilacherío. Huele feo.

—Podrías ver el cambio de guardia ante el Palacio de Buckingham. Podrías entrar a Buckingham, dejarle una tarjeta con la esquina doblada a la Duquesa Marina de Kent.

—No quiero ver a esos imbéciles de plomo con sus borregos en la cabeza rellena de tradición. No quiero ver viejas pelucas rizadas de viejos jueces, la cara enharinada sobre la mugre. No quiero ver viejas señoritas con sombreros atravesados con un alfiler de oreja a oreja para que no se le vuele. ¡No quiero! Prefiero África. Mil veces África con sus gorilas evangélicos. Eso es, irme a evangelizar gorilas.

—¡Déjala! Eso no es ella. En realidad, sus amistades la han trastornado... ¡Ya se le pasará! ¡Ya nos regresará! Ya decía yo que no debía salir tanto de la casa.

Hoy a las diez de la mañana vinieron por los muebles. Se estacionaron frente a la puerta dos camiones de mudanza «Madrigal» con sus colchonetas, sus cuerdas y sus hombres que se tapan la cabeza con un costal abierto a la mitad, como árabes sin turbante. Llegaron tarde. Los mexicanos nunca son puntuales. Yo no sabía que habíamos acumulado tanto trique pero fueron necesarios dos camiones. «Rápido muchachos, hay que aprovechar el tiempo» y en la puerta se paró el señor Madrigal con su tablero para apoyar el papel en que iba aumentando la lista y el lápiz para apuntar que se llevaba a la boca y se la pintaba de violeta.

De pronto sentí que estaba arriesgando mucho más de lo que había supuesto. Siempre he tenido miedo a equivocarme. Hubiera querido que se rompiera la realidad, pero la realidad jamás se rompe. Quise gritar: «¡No, no, deténganse, no se los lleven! ¡No toquen nada!». De pronto ya no eran muebles sino seres cálidos y vivientes y agradecidos y yo los estaba apuñaleando por el respaldo. Los cargadores los vejaban al empujarlos en esa forma irreverente. Los habían sorprendido de pronto en las posturas más infortunadas y dislocadas; los hacían grotescos, los ofendían, los culimpinaban. Recordé aquel asilo de ancianos: Tepexpan, en que se sometía a los inválidos a toda clase de vejaciones a las que no podían oponerse. Se dejaban. ¿Ya qué más daba? Ya ni vergüenza. No podían ni con su alma. Allá fue a dar el señor Pinto. A los pies de su cama de fierro pusieron una plaquita: «José Pinto, Ebanista» y de su cuello colgaba la misma etiqueta. Nunca agradeció nuestras visitas ni levantó la vista, sus ojos ya velados. Ahí acabó el pobre. Recuerdo que a su lado un viejecito se tapaba con las cobijas todo equivocado y dejaba tristemente al descubierto sus ijares resecos y enjutos. Una enfermera me explicó enojada: «Lo hace a propósito. A diario hace lo mismo. Siempre enseñando su carajadita. Siempre a propósito». También ahora los muebles lo hacían a propósito, para mortificarme, como una forma de protesta, para pegárseme como lapas, como se le pegaron a mi abuelita, a mis tías. «¡Tontos! ¡Inútiles! Ya perdieron. No quieran asaltarme. ¡Tontos! ¡Ridículos! Este es sólo un desfallecimiento pasajero. ¡No protesten contra lo irreversible! Me dejé impresionar sólo un momento, siempre he sido precipitada, nunca prudente. Ahora ustedes se van ¡y muy bien, idos!». Los subieron penosamente al camión. Ellos no se dejaban, todavía se debatieron con sus patas sueltas. Yo ya no sentí nada. Puse mi nombre con firmeza en cada uno de los recibos extendidos sobre el tablero. Después arrancaron como dos paquidermos. ¡Qué torpes son los camiones de mudanza, Dios mío! En su interior se asomaban los objetos. Les vi la cara, hice mal (las consecuencias vendrán más tarde), y me quedé parada en la acera un largo rato, muy largo, cansada, hueca, completamente vacía.

LA FELICIDAD

Sí, mi amor, sí estoy junto a ti, sí mi amor, sí, te quiero, mi amor, sí, me dices que no te lo diga tanto, ya lo sé, ya lo sé, son palabras grandes, de una sola vez y para toda la vida, nunca me dices vida, cielo, mi vida, mi cielo, tú no crees en el cielo, amor, sí, mi amor, cuídame, que no salga nunca de estas cuatro paredes, olvídame en tus brazos, envuélveme con tus ojos, tápame con tus ojos, sálvame, protégeme, amor, felicidad, no te vayas, mira allí está otra vez la palabra, tropiezo en ella a cada instante, dame la mano, más tarde vas a decir, felicidad, estuviste con nosotros, sí, lo vas a decir, pero yo lo quiero pensar ahora, decirlo ahora, mira, entra el sol, el calor y esas ramas de la hiedra tenaces con sus hojitas pequeñas y duras que se cuelan por el calor de la ventana y siguen creciendo en tu cuarto y se enredan a nosotros, y yo las necesito, las quiero, son nuestras ataduras, porque yo, amor, te necesito, eres necesario, eso es, eres necesario y lo sabes, hombre necesario que casi nunca dices mi nombre, no tengo nombre a tu lado y cuando dices esto y lo otro, nunca aparece mi nombre y rechazas mis palabras, felicidad, amor, te quiero, porque eres sabio y no te gusta nombrar nada, aunque la felicidad está allí, en acecho, con su nombre feliz que se queda en el aire, encima de nosotros, en la luz cernida de la tarde, y si yo la nombro se deshace, y viene luego la sombra y yo te digo, amor, devuélveme la luz, entonces con la yema de tus dedos recorres mi cuerpo desde la frente hasta la punta del pie, por un camino que tú escoges, reconociéndome, y yo me quedo inmóvil, de lado, de espaldas a ti y devuelves la yema de tus dedos por mi flanco, desde la punta de los pies hasta mi frente, te detienes de pronto en la cadera y dices has adelgazado y yo pienso en un caballo flaco, el de Cantinflas mosquetero que cuelga su fieltro de plumas en el anca picuda, porque yo, mi amor, soy tu jamelgo, y ya no puedo galopar y te aguardo vigilante, sí, te vigilo, diciéndote, no te vayas, nada tienes que hacer sino estar aquí conmigo, con tu mano en mi cadera, no, no nos vamos de aquí, átame, ponme tu camisa, te ríes porque me queda tan grande, no te rías, ve a traer agua de limón a la cocina porque hace calor y tenemos sed, anda, ve, no, espérame, yo voy, no, yo voy, bueno, anda tú, espera, no te levantes, ahora me toca a mí, ya fui corriendo por el agua y aquí estoy otra vez junto a ti, que estás sobre la cama, libre y desnudo como el crepúsculo, bebe tú también, bebe la luz iluminada, no te das cuenta, no quiero que se vaya el sol mientras bebemos la felicidad, no quiero que se vaya el sol ni que dejes de estirarte así, fuera del tiempo en la tarde y en la noche que entra por la ventana, nuestra ventana, mira, tápala con la mano, que no entre la noche, que nunca deje de haber ventana, aunque tú puedes taparme el sol con un dedo, sí, mi amor, sí, aquí estoy, tu ventana al mundo, tápame con la mano, apágame como el sol, tú puedes hacer la noche, respiras y ya no entra el aire por la ventana, qué felices somos, mira qué tibio eres, la ventana se ha quedado inmóvil como yo, estática para siempre, tápame con tu mano, ¡ay, cuánto olvido de todo!, la ventana nos guarda nuestra única salida, nuestra comunicación con el cielo, te amo, amor, vámonos al cielo mientras la vecina sale a lavar en el patio, en su patio, patio de lavandera, mientras aquí en tu patio nadie lava y hay hierbas locas en el lavadero, son altas y las mece el viento porque no puede mecer la ropa en los tendederos vacíos, te acuerdas, en octubre se dio un girasol, pequeño, desmedrado, pero yo sentí que giraba sobre mi vientre, entre mis cabellos revueltos, revueltos y tristes y amarillos como un pequeño jardín abandonado, un jardincito en las afueras de la ciudad que se trepa por las bardas y que viene hasta aquí y entra por la ventana a esta casa de migajón, casa de pan blanco, donde estoy en el corazón de la ternura, casa de oro, así redonda como la esperanza, naranja dulce, limón partido, casa de alegría, ten piedad de nosotros, envuélvenos con tus paredes de cal, no abras la puerta, no nos saques a la intemperie, te hemos llenado de palabras, mira, mira, di otra vez: mi vida, mi cielo, mi cielo, mi vida, sube el calor y yo ya no sé ni qué hacer para acallar los latidos, y yo no me muevo, ves, no digas que parezco chapulín, saltamontes, no digas que parezco pulga vestida, ya no me muevo, ves, para que me dices: estáte sosiega, pero si no estoy haciendo nada, sólo te pregunto si quieres dormir, y me acercas a ti, te abrazo y me acuño como una medalla en tu boca, y sé que no, que no quieres dormir, sólo quieres que estemos quietos, quietos y mansos mientras el calor sube de la tierra, y crece, pulsándonos, te quiero, mi amor, somos la pareja, el arquetipo, me apoyo en ti, pongo en tu pecho mi cabeza de medalla, me inscribo en ti, palabra de amor, troquelada en tu boca, hay llamas de fuego en tus labios, llamaradas que súbitamente funden mi sustancia, ahora en la fiesta de Pentecostés, pero nosotros nunca nos vamos a morir, ¿verdad?, porque nadie se quiere como nosotros, nadie se quiere así porque tú y yo somos nosotros y nadie puede contra nosotros dos, aquí encerrados en tu pecho y en mi pecho, déjame verte, estás dentro de mí, mírame con mis ojos, no los cierres, no duermas mi amor, no te vayas por el sueño, los párpados se te cierran, mírame, déjame verte, no me dejes, que tampoco se vaya el sol, que no se debilite, que no se deje caer, no cedas como la luz, sol, déjalo todo igual sobre mi piel de níspero, mira, me ves ahora mejor que nunca porque se está yendo la tarde, porque te me vas tú también, y y aquí estoy diciéndote: no te vayas, dúrame siempre, duro como el sol que vi desde niña con los ojos abiertos, quemándome, prolongándome hasta que veía negro, negro como el final de los cuentos de hadas que acaban en la rutina de los príncipes que fueron muy felices y tuvieron muchos hijos, muchos, no duermas, no duermas te digo, ansiosa, invariable, sin después, porque no hay después ya para nosotros aunque me dejes, pero no me vas a dejar nunca, tendrás que venir a recogerme, a unir los pedazos otra vez sobre la cama y aquí estoy entera, y no puedes dejarme porque tendrías que volver y algo de mí te haría falta para siempre, como la pieza de un rompecabezas que falta y destruye todo el dibujo, toda la vida que me has dado y que no puedes quitarme porque te morirías, te quedarías ciego y no podrías hallarme, coja, manca de ti, sin palabras, muda, con la palabra fin sellándome los labios, el fin de todos los cuentos, ya no hay cuento, ya no te cuento nada, fin, ya nada cuenta, las cosas se transforman, ya no hay una hora de más sobre la tierra, mira, el mosquitero de la ventana está agujereado, veo las dos mariposas en la pared con sus alas de papel de china, amarillas, rosas, anaranjadas, y el copo de algodón y el pajarito aquel de madera que compraste por la calle el viernes en que todo comenzó, el viernes amarillo como el pajarito de juguete Congo y rosa estridente que nos picotea desde entonces, juguete de niño, como las mariposas de papel que vuelan en los parques antes de que las de a de veras salgan del capullo, como las que crucificaste en el otro cuarto, grandes, de alas maravillosamente azules, transparentes, las traspasaste con un alfiler, una encima de otra, con un alfiler que me duele y yo te pregunté cómo le hiciste, pues haciéndolo, y ensartaste la felicidad, la petrificaste allí en la pared, feliz, otra vez esta palabra, la repito, vuelve, vuelve y yo la repito, y tú te irritas y me dices, otra vez la burra al trigo, a las espigas ávidas de la felicidad, qué no entiendes, no, no entiendo, ayúdame a arrancar la cizaña, ayúdame a caminar por esos trigos de Dios con la aguja clavada ya sin la otra mariposa, dices que todos estamos solos con la aguja clavada ya sin la otra mariposa, que nadie es de nadie, que lo que tenemos es suficiente, y basta y es hasta milagroso, sí, sí, sí, mi amor, es milagroso, no cierres los ojos, ya entendí, no te encierres, no duermas, sal y mírame, estás cansado y dentro de poco vas a dormirte, vas a entrar al río, y yo me quedo en la orilla, la orilla que caminamos juntos, te acuerdas, bajo los eucaliptos, caminando al paso del río, bajo las hojas, bajo las espadas de luz, estoy abierta a todas las heridas, te traje aquí mi joven vientre tendido, te doy mis dientes grandes y fuertes como herramientas y ya no tengo vergüenza de mí misma, miento, sí, tengo vergüenza y les digo a todas las monjas que me gustan las rosas con todo y espinas, por debajo de las faldas negras, mientras ellas juguetean con sus rosarios y el viento y la luz no pueden vibrar entre sus piernas, váyanse de aquí, aves de mal agüero, váyanse, hebritas de vida mustias telarañas rinconeras, llenas de polvo, váyanse, estrechas, puertas a medio abrir, váyanse de luto, rendijas que espían, váyanse escobas, déjenme barrer el mundo con ustedes, ustedes que barrieron tantos papelitos de colores en mi alma, y tú, quédate amor, quisiera haberte conocido más vieja, hilando junto al fogón las ganas de esperarte, aunque nunca hubieras llegado, y cantarme yo misma la misma vieja canción, cuando era joven, él se quedaba dormido al pie de mi ventana, aunque no fuera cierto, porque viniste ahora temprano, antes de que yo tuviera tiempo de levantarme, y pusiste tu mano en la hendidura de la puerta y corriste el cerrojo, y me gustaron tus pantalones con los bolsillos deformados, tus bolsillos que parecen llevar adentro todos los accidentes de la vida, y tus propios pensamientos, como envolturas de caramelo hechas bolita: tus pensamientos, dime qué piensas, mi amor, dime en qué estás pensando, ahorita, pero ahorita mismo que te quedaste así como contigo solo, olvidándote de que estoy yo aquí contigo, mi amor, en qué estás pensando, siempre pregunto lo mismo, ¿me quieres?, te estás quedando dormido, sé que te vas a dormir y voy a vestirme sin hacer ruido, y cerraré la puerta con cuidado, para dejarte allí envuelto en el tibio rojo y ocre de la tarde, porque te has dormido y ya no me perteneces y no me llevaste contigo, me dejaste atrás, hoy en la tarde en que el sol y la luz calurosa entraban por la ventana, y voy a ir a caminar mucho, mucho, y me verá la vecina desde su puerta, con su mirada de desaprobación porque sólo de vez en cuando me aventuro por esta vereda, caminaré hasta los eucaliptos, hasta quedar exhausta, hasta que acepte que tú eres un cuerpo allá dormido y yo otro aquí caminando y que los dos juntos estamos irremediablemente, irremediablemente, perdidamente, desesperadamente, solos.

CASTILLO EN FRANCIA

Me tomó del brazo. El parque cubierto de hojas que crujían bajo sus zapatos blancos se extendía derruido. «Sabe usted, lo único que le importa ahora es ver lo que ha hecho. Nunca jala la cadena. Se queda allí asomado y luego me consulta: «"¿He hecho bien? ¿Es suficiente? ¿Está de buen color?"».

«Hace tres días jalé antes del tiempo convenido y le entró una cólera que lo hizo babear todo el día».

La enfermera sonrió buscando mi complicidad. Instintivamente me hice a un lado, pero de vez en cuando su brazo y su hombro rozaban el mío. No caminábamos aprisa a pesar de una lluvia finita que se colaba entre las hojas de los árboles. «Y todavía hay más... ¡Uy, si yo le dijera todo!... Porque todavía hay más...».

Sacudía la cabeza y le tembló su cofia tiesa de almidón. Me pareció oírla tronar como las hojas de otoño; ocres, doradas, enrojecidas, amarillas. Sus nervaduras se habían secado y eran las primeras en romperse. Sonaban como huesitos de pájaro. Crrric... crrrrr... crrrrrrrrri... crrrr. También las venas saltonas de la enfermera eran nervaduras de hoja a punto de reventar.

—No sabe usted lo que pasa aquí... ¡Ah, si yo le contara!

Quise apartarme, pero me apretó el brazo, sus dedos como taladros se aferraron, atenazándome. Arreció el paso y tuve que hacerlo también. Ahora era su capa la que rozaba mi pierna. «Y pensar que las señoras se peleaban sus favores. Todas las puertas de las recámaras del castillo comunican entre sí. Él iba al aposento de la Princesa de T, al de la vizcondesa de Z; al de la señora de D; a la de la alcaldesa; ¡a la mañana siguiente las señoras se miraban las unas a las otras para detectar quién de ellas había ganado! ¡Se lo disputaban! Algunas aún vienen los fines de semana; se sientan frente al bulto y le hacen la lectura… ¡Je, je, je!, la lectura. Las oigo esmerarse por leer con voz bien modulada. Historia, siempre historia y siempre lo mismo: Napoleón. ¡Creen que aún pueden conquistarlo, convertirse en castellanas! ¡Idiotas!».

Al parque lo habían invadido las grandes hierbas locas, las plastas de pasto verde sin podar, los arbustos espinosos, las ramazones secas, negras; hasta las ortigas; un inmenso parque despeinado, lleno de nudos, de orzuela, de matas enmarañadas, de senderos desmadejados, sin raya ni alisamientos; el lodo desdibujaba los parterres que fueron de Lenôtre y hacía mucho que las pisadas machucaron las flores. Pasamos frente al quiosco de amor. Era una costra, una llaga purulenta. «Alex siempre hace las cosas pacota —alegaban sus críticos—, por eso no duran, por eso su valor como arquitecto es discutible». En el quiosco de amor se emplearon materiales deleznables y la lluvia los había descarapelado. La nariz y el sexo de los cupidos estaban pudriéndose (bajo la lama y los hongos verdosos). Noté que el aire tenía un olor subterráneo, un olor de cosa preñada. Ajado por el viento, envilecido, el quiosco de amor había regresado a su estado fetal: era un molusco, una pasa, un poco de vasca, un gargajo.

—¡Se pasó toda la mañana babeando de rabia! Le eché a perder el día. ¡Hubiera visto cómo me miraba!

Dejó de llover. A lo lejos, la neblina —o sería el vaho de la tierra— se levantó poco a poco y cubrió el pie de los árboles.

Se veía lechosa, acogedora, lanudita, como si los espíritus de mil borregos blancos estuvieran allí apacentados. «Es la primera vez que veo algo dulce aquí», pensé levemente reconfortada. Caminé hacia ese aliento tibio de la tierra. La enfermera me siguió, bajo su cofia asomaron una serie de ricitos alambrados como resortes, y dos profundas arrugas —llamadas de la amargura— caían a pique de las aletas de la nariz hasta el mentón tembloroso. «Pero escuche usted, ¿me está oyendo?, ¿se da usted cuenta del grado de confianza que le tengo al relatarle?». De pronto, entre los árboles surgió una masa velluda, café oscura, sin ojos. ¿Qué es esto, Dios mío? Hasta el corazón se me detuvo. La enfermera siguió caminando, pero al ver mi rostro regresó sobre sus pasos.

—No es nada.

Como no podía moverme, me jaló de la manga.

—No es nada, es uno de los poneis.

Seguí paralizada.

—Como los caballerangos no los asean, así andan las bestias en el parque. ¿Para qué las pelan si el señor no se da cuenta? Hace meses que nadie los acicala. Son cinco los poneis y los cinco están igual. (Se acercó familiarmente, ansiosa de proseguir). Yo siempre me he callado las cosas, pero con usted es distinto, usted inspira con…

Agradecí que reiniciara su monólogo. La masa velluda se desplazaba a lo lejos sin romper ramas, sin hacer ruido siquiera. Un gorila, un pequeño orangután prehistórico nos seguía. De vez en cuando volvía su cabeza hirsuta hacia nosotras, pero nunca le vi los ojos. Yo sentí un horror incontenible subir por mi cuerpo. La neblina también iba subiendo; al menos eso creí. Iba pisando humo y bajo el humo yacía el suelo viscoso y triste.

—Señorita, ¿no podríamos regresar? Estoy cansada.

Me miró ofendida:

—Bueno, a mí me ordenaron que le enseñara el parque y no hemos visto ni la cuarta parte. Pero si usted quiere.

—Estoy cansada.

—Vamos entonces hacia la avenida.

La mujer ya no habló. Caminamos levantando nuestros pies para despegarlos del suelo chicloso. El póney se había quedado en lo hondo del bosque. La enfermera cruzó sus brazos debajo de la capa. Pude percibir su rencor por no haber sabido valuar en su justo precio el caudal de sus confidencias. Le dije en un tono ligero, casual:

—¿No es esta la vereda de los naranjos? ¿No hay aquí unos árboles redondos, cubiertos de fruta?

—Sí, están guardadas, cada año se guardan.

—¿Cómo?

—Son naranjas de cera.

Entonces tuve un desfallecimiento pasajero. Le busqué la cara, traicioné a Alex: «Sabe, señorita, este castillo no está a la altura de su fama… En realidad, semeja más bien la morada de un cirquero».

No creo siquiera que me oyera, pero el hecho de que me acercara a ella pareció reconciliarla momentáneamente porque sentí de nuevo su tenaza sobre mi brazo.

—Mañana cuando él duerma, saldremos a dar otro paseo. Caminar es bueno para la circulación.

Al pasar junto a las cocinas, en los sótanos brotaron unas risotadas que me parecieron ofensivas. Pensé: «¡Qué extraño que les permitan reír con esa vulgaridad!».

Quise ver hacia afuera. Los cortinajes pesadísimos que pendían desde muy alto parecían inamovibles, cada uno de sus pliegues fijos para la eternidad. La tela espesa, un brocado tejido de polvo y tiempo olía a rancio. «Hace mucho que no limpian aquí». Pasé mi mano sobre la balaustrada y muy pronto la retiré, negra. Lo único viviente en esa biblioteca oscura debía ser el reloj. El *maître* parado en una esquina con los brazos muy pegados al cuerpo tenía la rigidez inquietante de una figura del Museo de Cera. «¿Llueve?», pregunté. Hizo una señal afirmativa con la cabeza. Tendí la oreja. Hubiera querido oír la lluvia, pero ningún sonido penetraba estos muros tapizados. Me dispuse a hojear un libro, estiré el brazo, jalé con fuerza y... nada. Ese Don Quijote, ese tomo grueso de cuero repujado con ilustraciones de Doré, ¡es imposible que no salga! hice palanca con mi cuerpo, enrojecí, se me rompió la uña del índice hasta que en una brusca revelación me di cuenta de que toda esa hermosa pared de madera y cuero, esos anaqueles que subían hasta el techo eran un *trompe l'oeil*. Los libros no tenían más de cinco centímetros de profundidad, los títulos dorados a la altura de mis ojos, el *Memorial de Ste. Hélène*, la *Historie de Paris*, los tomos de cuero, rojos y calientes, no tenían cuerpo, ni papel, ni letra. Estaban tan cerca de mis ojos, que sentí su mirada como un golpe. Fui hacia el escritorio y junto a las cajitas de rapé, los tinteros de plata inglesa, los pisapapeles que no pisaban nada, vi otros tomos: Jacques de Bainville, Belloc, D`Alembert, la Princesa Bibesco. Estiré la mano con miedo. ¿Y si también están huecos? Se me vinieron de cuerpo entero, abriéndose, todas sus letras redondas y un tanto regordetas sobre mi pecho, acariciándolo. El papel de Holanda también era una caricia entre la yema de los dedos. Iba a comenzar un Chesterton pero tuve la sensación muy clara de que alguien había entrado y me miraba. Sentí planear encima de mí el aliento de un nuevo imperio. Cuando levanté la vista entraron tras de él dos camareros de librea con candeleros que echaban sendos círculos de luz. La puerta por la que había entrado —casi pegada al techo— dejaba un hueco blanco entre los libros. Nunca hubiera yo imaginado que allí se encontraba un pasadizo, una comunicación secreta, pero desde muy joven, Alex se especializó en *trompe l'oeil*, en *faux plafonds*, en maletas de doble fondo, en disfraces, en *loups* negros y en lunares; siempre habló con fruición de los canales misteriosos por los que podía arrastrarse un cuerpo humano en las entrañas de París, los sótanos de la Opera, el imaginario túnel entre la Bastilla y Le Temple. Desde niño le atrajeron las entretelas, las bambalinas, lo que está detrás, el instante en que las enaguas se levantan. Lo sentí pesar sobre mí como un águila, dispuesto a dejarse caer sobre su presa. El halo de luz seguía temblando en el techo. Alex siempre tuvo afición por las entradas teatrales, «*je sais faire mes entrées*», sentenciaba, pero ahora miraba sus pies, interrogándolos. La fijeza de su actitud me estremeció. Los dos camareros depositaron sus candeleros en dos mesas y uno de ellos tomó a Alex entre sus brazos. El otro extrajo de la oscuridad un objeto metálico; por pudor, hubiera querido no ver todo aquello, pero los camareros eran más rápidos que cualquier intención. Abajo, sin más, lo sentaron en la silla de ruedas. Aún era hermoso a pesar de la palidez cadavérica de su rostro. Las llamaradas de las velas alcanzaron entonces una luminosidad de fogata, danzaban sobre el brocado de los muros agigantando su trama, parecían querer descifrar el dibujo misterioso del tejido, traducirlo, darle un color palpitante, inesperado; nunca fue tan bella la biblioteca como en ese instante.

—No mires mis ojos —dijo él en un tono imperioso.

Vi uno de sus ojillos brillar entre las arrugas. El párpado izquierdo colgaba.

—Tuve una ligera hemiplegia —dijo a media voz como

si se diera esta explicación a sí mismo y le satisficiera ampliamente. Se quedó inmóvil ante mí y me dio la impresión de estar escuchando algo que sólo él podía oír.

—¿He cambiado mucho?

—¡Oh, no!

—Claro que he cambiado. Todos cambiamos.

Me lo dijo con desprecio y sentí vergüenza.

—Ahora, vamos a cenar.

Ante mi falta de reacción, ordenó como si concediera una gracia suprema.

—Puedes empujar mi silla.

Miré su espalda tiesa y altanera. Alguien lo había peinado emplastándole el pelo por partes de modo que en otras se veía su cuero cabelludo, terriblemente rosa y desnudo. Además, sobre el cuello del traje azul oscuro brillaban tres minúsculos copos de caspa. «Pobre Alex, antes siempre tan pulcro». «¿Qué esperas?». El *maître* tomó mi lugar detrás de la silla y la guio hasta el comedor. Yo no hubiera podido. Los candelabros iban precediéndonos con su luz nimia y flotante sobre los cristales, los espejos biselados, los candiles venecianos. Eran duendes o luciérnagas que se perdían en estas piezas de techos altísimos sobrecargados de molduras y de cortinajes. Las llamitas echaban su oscuridad luminosa sobre los oros y los violetas.

—Yo estoy a dieta, pero tú comerás como de costumbre.

Frente a su lugar en la cabecera, no había asiento, el *maître* simplemente empujó la silla de ruedas. En un abrir y cerrar de ojos le sirvió una copa de vino tinto. Alex la levantó ante la llama para verificar su color, luego la apuró de un sorbo y volvió a dejar la copa sobre la mesa.

—Tengo derecho a tomar vino.

—¡Ah!

—¿Sabías que Valembrose perdió un ojo?

—No.

Emitió una risita seca, casi como un ladrido y tuve que desviar la vista. El *maître* lo servía. Levantaba frente a él una campana de *vermeil* y sobre el plato apareció el clásico pollo hervido cortado en pedacitos, la verdura lacia, cocida en agua. Empezó a comer con voracidad, sin esperarme y entonces me di cuenta que sólo podía usar un brazo; el otro permanecía doblado sobre sus rodillas. Alex se mojaba el mentón insensible, esparcía su comida en el plato, se picó dos veces los labios al llevarse la cuchara a la boca y jamás usó la servilleta desdoblada sobre su vientre. Es extraña la rapidez con que se olvidan los buenos modales. Me anticipé al deleite del *soufflé*, su consistencia era ligera, espumosa. No tenía sal. Me sirvieron el segundo plato. Su presentación seguía siendo magnífica, pero era igualmente insípido. La salsa grasienta olía mal. El *maître* impávido con las cejas siempre alzadas daba la orden a los mozos que servían con expresión de inocencia. Podían serlo. En la cocina, los domésticos suelen comer distinto a los amos. Cada platillo era peor que el anterior. Una *mousse* de langosta mostró francos síntomas de descomposición. No es posible, lo han hecho a propósito, tomaré pan con mantequilla. Retrocedí. Un filo de polvo gris rodeaba el platito de la mantequilla. En el rostro del *maître* no pude detectar el menor asomo de ironía. Nos atendía como en las épocas pasadas; con el mismo gesto espléndido destapaba las campanas como si fuera a ofrecer los más suculentos manjares. Le eché una ojeada al menú, después de la pausa del *sorbet a l'orange* venía el *chaudfroid de volaille*. Sentí terror. Al día siguiente me sobrevino un malestar tremendo ante los quesos agusanados, los dulces ya petrificados, duros como el castillo, imposibles de cortar; dulces en los que se han fosilizado todos los tumores, amasado hasta la última amargura de los años transcurridos *en el servicio*. A la hora del desayuno comprobaría la sospechosa consistencia de una mermelada fermentada dentro del frasco de cristal cortado; y sobre la charola puesta encima de mi vientre dentro de la vajilla de Compagnie des Indes, descubriría despojos disfrazados, porquerías envueltas en encajes, la miasma proveniente del pantano de la cocina.

Cuando nos levantamos sentí alivio. El café se sirvió en el saloncito de la colección de jades. Alex volvió a advertir.

—Me dan permiso de tomar café.

—¡Qué bueno!

—¿Por qué dices qué bueno?

Me miró con suspicacia.

—Porque me da alegría que no te priven del café…

—¡No me han privado de nada! A mí nadie me priva de nada, nunca.

—Sí, sí, lo sé.

—Pues que no se te vaya olvidando. ¡Nadie, nunca!

—Lo sé, lo sé.

—No, no sabes nada. ¿Sabes quiénes estaban en el entierro de Dufreny?

—No fui al entierro de Dufreny.

Creí que gritaría de nuevo, pero se perdió en sus propias reflexiones. Así como había tomado el vino de un sorbo, tomó el café derramándolo un poco sobre la barba insensible.

—Sólo una taza.

Guardé silencio. Ni siquiera podía oír la respiración del *maître* —el doble de Alex— que jamás dejaba traslucir el menor sentimiento. Seguíamos en la penumbra. Antes; las mujeres se quejaban de que Alex, ¡qué horror!, les echaba encima luces despiadadas y que ningún castillo en Francia estaba tan profusamente iluminado como el suyo. Pero ahora sólo temblaba la luz incierta de las velas.

—¿Qué Chanel traes?

—No traigo ningún Chanel, es un vestidito negro.

—¡Bah!

(Recordé su entusiasmo: «Chanel conoce todas las artes de la estrategia de St. Cyr; le ha puesto galones a la mujer, su nombre debe estar bajo el Arco de Triunfo al lado de los mariscales de Francia». Entonces tamborileaba, marcial, e iniciaba una marcha militar con una fanfarria de trompetas imaginarias que hacía reír a sus espectadores).

—Vamos al teatro.

Hice un ademán de sorpresa, pero reprimí cualquier comentario. El teatro estaba en el ala izquierda del castillo, había que caminar más de seiscientos metros. Ya el *maître* hacía girar la silla y extendía un *plaid* escocés sobre las piernas de Alex. No lo puso del lado de los cuadros sino del negro. Nadie me preguntó si tenía frío, si deseaba ir a mis habitaciones a recoger algo con qué cubrirme, nada, en el fondo la atención verdadera no existía ya en el castillo; ¿habría existido alguna vez o eran sólo las formas, el frágil envoltorio de las buenas maneras? Preferí no pensar, atribuirlo todo a la indiferencia del neurótico que nada puede ver fuera de su enfermedad. Emprendimos el viaje por corredores larguísimos recubiertos de espejos que los duplicaban, triplicaban, quintuplicaban hasta que empecé a flotar; los espejos se reflejaban los unos a los otros, se tallaban esmerilándose, arista contra arista; sólo un joyero hubiera tolerado estos fulgores entrecruzados e inclementes y desapacibles. Busqué los ventanales y a través de ellos no pude ver más que la noche. Tuve que volver a los espejos. Siempre hay un espejo en el fondo del pasillo donde caminan los hombres. Las guirnaldas de estuco y las molduras seguían acompañándonos. Pasamos frente a los enormes Caravaggios, los Und der Kuyter, los Fragonnard, los Nattier y por fin llegamos a la galería de los Espejos igual a la de Versalles. Los pisos eran de miel, la madera se fundía dulce, cálida, crepitaba; los prismas se habían ampliado y el agua ya no estaba congelada en figuras geométricas, cuadriláteros, isósceles, octaedros, sino que fluía como un río en un solo sentido; el piso bruscamente se volvió de mármol blanco y negro, atravesamos la vereda y sentí frío. También los espejos eran gélidos y reflejaron nuestras figuras pequeñas y huidizas. Oía el girar de las ruedas de la silla para inválidos sobre el suelo, pero nadie más que yo parecía oírlo. Afuera, percibí el olor de unas rosas y pensé que debían orientarse hacia mí, simplemente porque creo en las flores. Debieron señalarme ante sí, avisarles a las miles de flores que había yo visto acudir al borde de la carretera desde mi salida de París; todas las corolas vueltas hacia mí corrientes enteras de flores que fluyen en el espacio. Sentí que me crecían flores en la cabeza y hasta efectué un pequeño cambio de paso tras la silla del inválido y su conductor de yeso.

Dos camareros surgieron en la sombra y escoltados por ellos penetramos en el teatro. Me sobrecogió. Era un estuche acoginado, forrado de una piel opulenta dotada de luz propia, con texturas de fuego, jaspeada como la de un animal recién nacido y todavía fresco, de pura sangre, de él se desprendía una magia pesada y secreta, oriental y al mismo tiempo infantil. Nos esperaba como un juguete que abre los brazos, un osito de peluche, confiado y sonrosado por la emoción, pero un osito que huele a sándalo, a almizcle, a planta, a materia orgánica. De todo el castillo, el único lugar intocado era este teatrito; pulido, albeante, alhaja demasiado fina para dejarla caer en el abandono. Y hubiera podido rodar en el afelpamiento de sus pasillos rojos, en la redondez abullonada de todos sus palcos, rodar de pura exaltación, como una piel mullida, un vello humano tierno y oloroso. Hubiera querido arrellanarme en cada butaca maravillosamente dulce y hospitalaria para el tacto. Resonaron las voces de Marie Bell, de Louis Juvet, de Gerad Philippe, de Simone Valere, de Jean Louis Desaill y, porque en otros tiempos, cuando Alex era en Francia el primer constructor de cosas bellas, se habían dado obras de Marivaux, de Moliere, de Lope, de García Lorca. Grandes actores se desplazaron honrados por la sola invitación de Alex para presentar *Britannicus* o *L'Avare*, o *Les Fourberies de Scapin* o *Le Malade Imaginaire*, trayendo en sus baúles pelucas blancas y corpiños ajustables, sedas y armiños, impertinentes y grandes sombreros de pluma, zapatillas de raso y diminutos lunares de terciopelo; ¡un camión repleto de utilería para una salita en la que apenas cabían cincuenta espectadores! ¡Qué maravilla, Dios mío! En realidad, lo que llamamos vivir no es más que un acto de la imaginación. Un brusco, un loco sentimiento de felicidad, una loca alegría me invadió; la sangre me hervía, no, un líquido abrasivo subía por mis venas inflamándolas. Este teatrito era un acto de poesía pura, era las *Mil y Una Noches*, era la copa de cristal en la gruta enmohecida, esto sí era la realidad heráldica de una vida de poeta. Porque Alex no podía ser más que un poeta. Lo miré con una admiración desmedida. Hasta su enfermedad adquiría ahora nobleza. «Este viejo es grande. No explica sus estados de ánimo, no incrimina la vida, no se ha quejado una sola vez, no exhibe sus llagas como un mendigo para atraer la compasión. No habla. Y este, su teatrito, es tan altivo, ¡tan dueño de sí como él!». No pude contenerme y acaricié los drapeados, el dorso de la silla perfecta, el bronce pulido de las manijas, las bigoteras. Tras de nosotros cerraron las puertas, me sentí perla preciosa, apagaron las luces. Contuve el aliento. ¿Qué obra presentarían? Yo no había percibido un solo movimiento en todo el castillo. ¡Qué delicada discreción la de los actores! ¡Y qué elegancia la de Alex al mantener este secreto que obviamente me estaba destinado! Se abrió el telón sobre una pantalla blanca y al mismo tiempo, tras de nosotros, en el palco donde estábamos sentados, únicos espectadores, únicos testigos del privilegio, empezó el bisbiseo del proyector cinematográfico. Vi la señal, un ojo amarillo y redondo como el de un loro atento en la oscuridad. Comenzó la película; escuché en lo negro el pespuntear del aparato; la invisible máquina de coser que iba agujereando una tela inexistente. Los titulares de la película y luego Gina Lollobrigida, campesina joven, robusta al estilo de *Pane, Amore e Gelosía*. Todo era banal e inútil hasta que noté que la imagen se detenía mucho más de la cuenta en un gran *close-up* de los pechos de la Lolo, enormes sandías atrincheradas en la blusa a punto de ceder. Los pechos estaban allí devorando la pantalla y el aparato seguía pespunteando el espacio. Tacatacatacatacatacataca-tacataca. Ahora parecía el tableteo de una ametralladora minúscula. ¿Qué diablos está sucediendo? No había teatro, ni actores, esta función imbécil nada tenía que ver conmigo. Busqué a Alex con la mirada. Uno de los ojos que me había pedido que no viera estaba muy abierto y el otro luchaba contra el párpado caído; la boca abierta, blanda como molusco pendía, el labio inferior desgajado. La blancura lechosa de los pechos en la pantalla nos iluminaba a los dos y vi que Alex adelantaba el cuello y con toda la fuerza de su rostro erecto penetraba en los dos montículos que se le ofrecían. Después volvió a sumirse en la silla de ruedas, exhausto y su barba se perdió en el cuello de su camisa. A los pocos instantes ascendió su respiración sonora. Su cabeza lastimera pendía de lado sobre su hombro. Un cabello blanco, triste y cansado se alargaba sobre la solapa de su traje. La cobija había resbalado de sus piernas despatarradas. El *maître*, sin cubrirlo siquiera, hizo girar la silla. Por primera vez dijo al aire: «Todas las noches ve esta misma película y todas las noches el señor se retira a esta hora». Oí el abrir y cerrar de los batientes del palco; parecían bostezos. Entonces me llevé las manos a los oídos para no escuchar el sonido atroz de las ruedas de la silla sobre el mármol de la veranda que el *maître* debía conducir como un estorbo del cual pronto se libraría.

EL RECADO

Vine, Martín, y no estás. Me he sentado en el peldaño de tu casa, recargada en tu puerta y pienso que, en algún lugar de la ciudad, por una onda que cruza el aire, debes intuir que aquí estoy. Es este tu pedacito de jardín; tu mimosa se inclina hacia afuera y los niños al pasar le arrancan las ramas más accesibles… En la tierra, sembradas alrededor del muro, muy rectilíneas y serias veo unas flores que tienen hojas como espadas. Son azul marino, parecen soldados. Son muy graves, muy honestas. Tú también eres un soldado. Marchas por la vida, uno, dos, uno, dos… Todo tu jardín es sólido, es como tú, tiene una reciedumbre que inspira confianza.

Aquí estoy contra el muro de tu casa, así como estoy a veces contra el muro de tu espalda. El sol da también contra el vidrio de tus ventanas y poco a poco se debilita porque ya es tarde. El cielo enrojecido ha calentado tu madreselva y su olor se vuelve aún más penetrante. Es el atardecer. El día va a decaer. Tu vecina pasa. No sé si me habrá visto. Va a regar su pedazo de jardín. Recuerdo que ella te trae una sopa de pasta cuando estás enfermo y que su hija te pone inyecciones. Pienso en ti muy despacito, como si te dibujara dentro de mí y quedaras allí grabado. Quisiera tener la certeza de que te voy a ver mañana y pasado mañana y siempre en una cadena ininterrumpida de días; que podré mirarte lentamente, aunque ya me sé cada rinconcito de tu rostro; que nada entre nosotros ha sido provisional o un accidente.

Estoy inclinada ante una hoja de papel y te escribo todo esto y pienso que ahora, en alguna cuadra donde camines apresurado, decidido como sueles hacerlo, en alguna de esas calles por donde te imagino siempre: Donceles y Cinco de Febrero o Venustiano Carranza, en alguna de esas banquetas grises y monocordes rotas sólo por el remolino de gente que va a tomar el camión, has de saber dentro de ti que te espero. Vine nada más a decirte que te quiero, y como no estás, te lo escribo. Ya casi no puedo escribir porque ya se fue el sol y no sé bien a bien lo que te pongo. Afuera pasan más niños, corriendo. Y una señora con una olla advierte irritada: «No me sacudas la mano porque voy a tirar la leche». Y dejo este lápiz, Martín, y dejo la hoja rayada y dejo que mis brazos cuelguen inútilmente a lo largo de mi cuerpo y te espero. Pienso que te hubiera querido abrazar. A veces quisiera ser más vieja porque la juventud lleva en sí, la imperiosa, la implacable necesidad de relacionarlo todo al amor.

Ladra un perro; ladra agresivamente. Creo que es hora de irme. Dentro de poco vendrá la vecina a prender la luz de tu casa; ella tiene llave y encenderá el foco de la recámara que da hacia afuera porque en esta colonia asaltan mucho, roban mucho. A los pobres les roban mucho; los pobres se roban entre sí... Sabes, desde mi infancia me he sentado así a esperar, siempre fui dócil, porque te esperaba. Te esperaba a ti. Sé que todas las mujeres aguardan. Aguardan la vida futura, todas esas imágenes forjadas en la soledad, todo ese bosque que camina hacia ellas; toda esa inmensa promesa que es el hombre; una granada que de pronto se abre y muestra sus granos rojos, lustrosos; una granada como una boca pulposa de mil gajos. Más tarde esas horas vividas en la imaginación, hechas horas reales, tendrán que cobrar peso y tamaño y crudeza. Todos estamos —oh, mi amor— tan llenos de retratos interiores, tan llenos de paisajes no vividos.

Ha caído la noche y ya casi no veo lo que estoy borroneando en la hoja rayada. Ya no percibo las letras. Allí donde no le entiendas en los espacios blancos, en los huecos, pon: «Te quiero…». No sé si voy a echar esta hoja debajo de la puerta, no sé. Me has dado un tal respeto de ti mismo… Quizá ahora que me vaya, sólo pase a pedirle a la vecina que te dé el recado; que te diga que vine.

LOVE STORY

Teleca no pudo ir a la cama:

—Estoy segura de que está platicando en la puerta...

Se asomó por el balcón. La calle vacía se le echó encima.

—Entonces ha de estar encerrada en el baño. Lo hace porque sabe que me molesta.

Gritó con verdadera exacerbación:

—¡Lupe! ¡Lupe! ¡Lupeeeeeeeeee!

Lo malo es que no podía pensar en otra cosa, nada le obsesionaba tanto como su relación con Lupe cuyo chancleo no tardó en oír en la cocina.

—Lupe, ¿dónde estaba usted?

—Arriba, señora.

—¿Haciendo qué a estas horas, si me hace favor?

—Bañándome.

El pelo negro escurría en la espalda mojada, la cintura, los riñones, las nalgas, un pelo larguísimo y ahora enredado por la lavada, sostenido por una peineta roja, un manojo pesado como crin de caballo.

—¿No me ha dicho que quiere que me bañe seguido?

—Pero no en horas de servicio.

La bañada la miró y Teleca le vio el árbol rojo del rencor en los ojos.

—Sírvame el desayuno.

—Ajá.

—No se contesta así, sino «sí, señora».

—Humhum.

—Diga usted «sí, señora» —casi gritó Teleca.

La mujer permaneció en silencio; luego pareció decidirse:

—Sí, señora.

Teleca salió de la cocina golpeando la puerta. En su recámara no pudo sino dar vueltas, agarrar un objeto y otro, cambiarlo de lugar, extraviarlo, ir y venir junto a la puerta cual león enjaulado. No hallaba el momento en que podría regresar a la cocina, ver qué estaba haciendo Lupe, mirar su cara pulida como piedra de río, empezar de nuevo, escoger palabras más felices. «Voy a dejar pasar cinco minutos». Fue al baño y se cepilló el pelo con furia. Sonó el teléfono. Agradeció al cielo esta llamada. Lupe tardó en responder, arrastró los pies junto al teléfono y lentamente vino a tocar a la puerta.

—Le hablan.

A Teleca le latió el corazón más aprisa.

—Se dice: «Señora, tiene usted una llamada telefónica», y además tardaste mucho en ir a levantar la bocina.

No era eso lo que quería decirle sino mostrarle una expresión serena, la sonrisa temblando sobre los labios, a punto de aflorar y abrirse. Seguían escurriendo gotas de la crin de caballo de Lupe. Teleca la hizo a un lado.

—¿Quién habla? ¡Ah! sí, tú, Arturito. Qué gusto. Estás bien, pues yo así, así, me siento nerviosa, no sé la razón, quizá sean los conflictos caseros, ya ves que esta gente no entiende, por más que quiera uno acercársele, no hay modo; yo al menos no se lo encuentro, sí, sí, sé que hay otros temas de conversación, pero qué quieres, esta es la realidad que estoy viviendo ahora y de ella tengo que hablar. Siquiera que me sirva de desahogo… ¿En Lady Baltimore? ¿A las cinco? Sí, claro ¡qué bueno! Bye, bye… Gracias.

Teleca caminó hacia la cocina. «¿Cómo es posible que

una india patarrajada me tenga así? Pero ¿cómo es posible? ¡No es justo! Es esta soledad que me…».

—Lupe, mi desayuno.

—Sí, señora.

Al menos me dijo: «Sí, señora». Lupe entró con el té, el huevo tibio, el pan tostado, la tacita muy blanca, los cuadritos de azúcar también en una azucarera blanquísima. Ya Teleca había tomado su jugo de naranja.

—Y el periódico, ¿no llegó?

—Voy a ver.

—¿No te he dicho que lo primero que debes subir en la mañana es el periódico y acomodarlo junto a mi lugar en la mesa? Ha de estar empapado.

La sirvienta regresó con *El Universal*, su rostro impasible, máscara de sí mismo.

—Lupe, la mermelada. ¿Por qué no pones la mermelada de naranja agria sobre la mesa? La mermelada y la mantequilla.

—Es que la señora me lo prohibió hace un mes porque no quería engordar…

—Pero ahora ya no estoy a dieta.

—Ta' bueno pues.

—No se dice: «Ta' bueno pues». ¿Cuántas veces he de repetirte que se dice: «Sí, señora»?

Teleca trató de concentrarse en los encabezados; se dio cuenta que no le interesaban un pepino, nada le interesaba sino Lupe, saber qué pensaba Lupe, seguirla, pararse junto a ella frente al fregadero, mirar sus brazos redondos y macizos, sus brazos, dos manzanos con terminaciones de hojas —qué bonito se arrugaban sus yemas con el remojo— oír su joven voz, jugosa como sus manos. Secretamente Lupe debía percibir el dominio que ejercía sobre su patrona porque fruncía el ceño y paraba la boca en un gesto altanero, malhumoriento. Al terminar el desayuno, Teleca fue a la cocina:

—Voy a bañarme.

Lupe guardó silencio.

—Estás pendiente del teléfono y de la puerta.

—Ajá...

Teleca sintió que los nervios se le paraban de punta; hubiera podido alzar la mano en su contra, jalar este manojo mojado que pesaba sobre la espalda india, india, india. Pero también le hubiera gustado verla sonreír, los ojos brillantes, los cachetes relucientes, ¡cómo espejea la piel morena recién lavada!, y preguntarle con la voz cantarina de los primeros tiempos: «¿Quedó todo bien, señora?». Todo bien, todo bien, todo bien... «Nada estaba bien». Teleca hizo sus abluciones matinales en función de Lupe, previendo su rostro de la una de la tarde, el gesto o la chispa amigable en el ojo; quizá Lupe sería afable a la hora de la despedida. Imaginó los pormenores: «Ya me voy, Lupe, recuerda que hoy no como en casa sino con las Güemes, te lo avisé anoche». «Sí, señora, está bien, voy a aprovechar para limpiar la plata; que le vaya a usted muy bien, señora». En alguna ocasión Lupe le había dicho: «que le vaya muy bonito» y Teleca todavía lo recordaba con agradecimiento. Lupe era la sirvienta que más le había durado. La soledad hacía que Teleca les diera gran importancia a las horas compartidas, a la otra presencia en la casa. En principio la tuteaba, pero cuando algo la enojaba blandía el «usted» para marcar las distancias. «Al salir, voy a decirle en forma despreocupada que se lleve el radio a la cocina para que no se aburra», pensó Teleca. «Pero, ¿qué me pasa? Le estoy dando demasiada importancia, como si Lupe fuera lo único que tengo en esta vida. Estoy mal de los nervios. ¿Qué pensará Lupe de mí? ¿Me querrá? ¡Qué mujer más cerrada! ¡Es una bola de masa sin ojos!».

Ya sobre el quicio de la puerta, Teleca se acomodó el sombrero y dijo con voz que quería ser alegre:

—¿Lupe? Ya me voy, nos vemos a las cinco.

Sólo le respondió el zumbido de los carros en la avenida Insurgentes. Teleca entonces gritó, su voz esta vez menos amable:

—¿Lupe? Ya me voy, me tiene listo el té a las cinco y no me vaya a rayar la plata. Recuerde usted bien, el líquido y una franela, nada de zacate y jabón como lo hizo usted la última vez.

El silencio amplificó las órdenes.

—¿Lupe? ¿Me oyó, Lupe?

—Ta' bueno.

Las palabras resonaron fúnebres provenientes quizá de la cocina o del planchador o del interior de un ropero o sabe diablos dónde, de la negrura espesa en la que se movía la india esa imbécil, apestosa, yo no sé por qué me preocupo por semejante animal y Teleca salió con paso decidido. «Me hará bien ver gente como yo y no este afán inútil de tratar de mejorar a quien no tiene remedio». Caminó hacia la casa de las Güemes, su vestido bailó en torno a sus piernas, pero a la primera calle estuvo a punto de regresar. «No le dije que prendiera el radio en la cocina» y se acordó del «Ta' bueno» lento, oscuro, lodoso y pensó, según ella pedagógicamente: «Le hará bien. Me extrañará. Seguro que me va a extrañar. Es horrible una casa sola». Se imaginó a sí misma como en años anteriores, sola en su cocina, sin nadie a quién enseñarle buenas maneras, preparando el té pendiente del agua a punto de hervir estrepitosamente en el pocillo, al acecho de los timbres, dispuesta a entablar conversación con quien tocara, el primer vendedor ambulante, el repartidor de periódicos, sí, sí, como cualquier gata de barrio, recordó las advertencias que se apuntaba a sí misma con su letra puntiaguda de alumna del Sagrado Corazón y pegaba muy a la vista, en la cocina, en el corredor, no tanto porque las necesitara cuanto para hacerse compañía: «Favor de cerrar la puerta», «no olvidar el gas», «verificar las llaves antes de salir», «el pago de la luz se hace los primeros viernes de cada mes», «todo esfuerzo es ya un éxito». Y en grandes letras los números que la comunicaban con el exterior. Teleca estuvo a punto de gritar, la angustia oprimiéndole el pecho: «Socorro, me ahogo» o de correr como corría ahora hacia la casa de las Güemes, donde entró sofocada pajareando cual gorrión que se refugia en lo más alto del techo. «¿Qué tal? ¿Qué tal? ¡Se ven muy bonitas ahí sentadas!». Las Güemes levantaron los ojos sorprendidos ante el revoloteo de su amiga. ¡Mentira, qué bonitas ni qué bonitas, si sólo les faltaba la escoba! Lo primero que pidió Teleca fue el teléfono:

—Es que se me olvidó darle un recado a Lupe.

—Tenemos *soufflé* para empezar, Telequita, no tardes.

— ¡Qué rico! ¡Ah, qué rico! Con el hambre que traigo, no, no tardo.

Descolgó la bocina. Un timbre sonó, se alargó en el aire señal sin respuesta. ¿Cuánto tardaría en contestar esta india floja? Teleca volvió a marcar nerviosamente. La tercera fue la buena:

—¿Lupe?

—Ajá.

—No te he dicho que… Bueno, mira, limpia también el trofeo de polo de mi papá que hace mucho que no lo haces y se ve muy mal.

—¿El qué?

—El trofeo de polo.

—¿El qué?

—¿Qué no me entiendes? El trofeo de polo, la copota esa alta de plata que tiene asas en forma de cisne… Se me olvidó decírtelo.

—¿La copa más grande de la sala?

—Sí, esa misma, Lupe (estaba por decirle Lupita, pero se contuvo).

—No sé si me alcance el líquido.

—¿Por qué no compraste?

—No me dejó usted.

Hubiera querido seguir la plática con Lupe durante horas, pero ya las Güemes clamaban: «Teleca, Teleca». Cuán dulce era hablarle a Lupe a través de esta bocina que se amoldaba a su mano sin ver su rostro hosco, pétreo, casi impenetrable. Teleca acostumbraba llamar a su casa para dar alguna indicación, cerciorarse de que Lupe estaba ahí. Insistía e insistía hasta encontrarla y entonces recriminarla: «¿Dónde te fuiste? ¿Quién te dio permiso de salir? ¡No eres una niña para andar dejando la casa sola! ¡Por eso, ustedes (se dirigía a una inmensa caravana de criadas, una pléyade de mujeres de trenzas y delantal que avanzaban hacia ella en el desierto) están como están, por eso, porque son irresponsables, malhechas, tontas, porque no tienen ambición ni amor propio, ni quieren salir de su letargo!». Recordó que a Lupe nunca se le movía un solo músculo de la cara.

—Oye, Lupe si llama el señor Arturito, le dices que me fui a comer a casa de las Güemes…

—¿No habló usted con él en la mañana?

—Sí, pero se me olvidó decírselo.

—¡Ah! —dijo desconfiada Lupe.

—¿Abriste la ventana del baño? Tienes que asolear las toallas antes de que llueva, siempre se te olvida.

Teleca odió a las Güemes por interrumpir su diálogo, pero no pudo sino plegarse: «Bueno te llamo más tarde para ver qué se ha ofrecido», oyó un murmullo parecido al «ajá» y el clic del interruptor. «Pelada, mugrosa, colgó antes que yo, ni siquiera me dejó decirle adiós. Pero me la va a pagar, la llamo después del café».

Los obsesos tienen el raro poder de atraer a todos al centro de la espiral, aprietan cada vez más fuerte, van cerrando a cada vuelta hasta convertir el círculo en un solo punto que taladra. En la mesa Teleca hizo que la conversación se centrara en las sirvientas, claro, en francés, para que no entendiera la buena de Josefina.

—¿Por qué serán tan tontos los criados?

—Porque si no lo fueran, no serían criados

—Es que esta raza es de animales. En Francia, en Inglaterra, en España, los domésticos son de otra especie. Saben tratarlo a uno, se dan cuenta de con quién están hablando, son responsables, su nivel es otro, pero estas bestias que no tienen... que no tienen ni un petate en qué caerse muertos ni siquiera agradecen el bien que se les hace.

—Yo creo que es el sol, que de tanto pegarles en la cabeza los ha dejado insolados.

—O la Conquista.

—Sí, con la Conquista lo perdieron todo, hasta la vergüenza.

—Es la raza, definitivamente les falta materia gris.

Teleca habló sin parar hasta el café. Era su manera de estar cerca de Lupe, girar en torno a ella, convocarla. Una de las Güemes, gorda y afable, propuso para cortar la avalancha:

—¿Por qué no jugamos inmediatamente una partidita de *bridge*? Llevaremos nuestras tazas a la mesa.

Asintieron. A las cinco, Teleca gritó:

—Tengo cita con Arturito en Lady Baltimore. ¡Qué bárbara! Nunca voy a llegar. De haberlo pensado no la hago para hoy, qué imprudencia sabiendo que venía a comer con ustedes.

En realidad, lo que la molestaba era no llamar a Lupe. Ahora ya no podría hacerlo, a qué horas, dónde, ni modo de dejar solo a Arturito en su mesa del salón de té.

—Lástima que no esté el chofer, si no él te iría a dejar, Teleca.

—No importa, me encantan los taxistas.

Frente al té, Arturito se lanzó en una larga disertación sobre la Conquista según Bernal Díaz del Castillo, tomando como punto de partida los comentarios de Teleca. No era eso lo que ella buscaba. Nadie le daba lo que ella buscaba, nadie sólo Lupe. Ojalá y Arturito terminara para poder irse, pero Arturito, aficionado a la historia, había amenazado revisar hasta la ley de segregación racial norteamericana. Teleca sintió que le dolía el estómago. Arturito estiró el brazo hacia el collar de Teleca:

—Mira este ámbar que cuelga de tu cadena, tiene el valor de diez esclavos.

—¿Por el gusano que tiene adentro?

—Por eso mismo, quizá por ese gusano el valor sea de quince esclavos.

—¡Ay, Arturito, ya vámonos!

Y sin esperarlo, en forma descarada, Teleca se levantó de su asiento. Había en Teleca algo de muchacho atrabancado que desconcertaba y atraía a Arturo. Su modo de subir la escalera de dos en dos, sus piernas largas y delgadas que más que caminar galopaban, su ausencia de caderas, sus ojos fijos color de té, ¿qué no le enseñarían de niña que no se mira así a la gente? Su sonrisa francota, de oreja a oreja que enseñaba unos dientes macizos, blancos, fuertes como granos de maíz expuestos al sol y al viento. Teleca además guiñaba un ojo. «Me sale natural», respondía cuando la amonestaban.

—Tengo cita en Lucerna para jugar *bridge*; puedo dejarte en el taxi a la pasada, Teleca.

—Gracias, Arturito. ¿Juegas con Novo y con Villaurrutia? ¿Quién es el cuarto?

—Torres Bodet. ¿No has leído aún *Les Faux Monnayeurs*?

—Te dije que estoy muy nerviosa, no puedo concentrarme.

—Si lo leyeras se te olvidarían tus nervios. Mira —dijo Arturito asomándose a la ventanilla—, ya es de noche. En México oscurece de golpe. O no sucede nada y el tedio nos asfixia como una cobija o sobreviene un cataclismo y todo se acaba. Qué país, ¡Dios mío!

—Es tu país…

Arturito sonrió burlón. «Qué contradictoria eres, Teleca. Y qué mal te sienta este patrioterismo, tú que sólo hablas de irte a España».

—Pero mientras tanto defiendo lo oscuro.

—¿Los agujeros negros?

Teleca no respondió. Se sentía extrañamente solidaria de Lupe. Podía patearla, pero frente a otros protegía con pasión cualquier cosa que estuviera ligada al indio; la tierra, los bosques, el frijol, el maíz, las piedras calientes.

—Mira, ni siquiera se le ha ocurrido prender la luz del zaguán.

Arturito bajó del automóvil y extendió su mano, una mano suave de uñas de rosa muy fuerte, finas y delgadas, parecidas a las de un recién nacido. Se inclinó por completo para besar el guante de Teleca.

—Telequita linda.

—¡Ha dejado la calle a oscuras!

Arturito hizo bailar sus uñas como cocuyos.

—Luz, más luz.

—Por favor, Arturito, comprende. A ti todo te lo resuelve tu mamá, ni siquiera te enteras de cuán difícil es tratar a esta gente.

Los labios también rosa de Arturito se curvaron en una mueca de fastidio. Sonrió y se adelgazaron hasta volverse crueles. Sin embargo, en su estado natural eran labios llenos; se paraban casi de tan llenos.

—Telequita, ponte a leer, mañana te hablo porque me interesa tu opinión.

Bruscamente Teleca metió su llave en la puerta. Alcanzó a ver a Arturito darle un pequeño golpe en el hombro al chofer con el puño de su bastón y el coche arrancó.

Teleca subió la escalera a zancadas. «¡Lupe! ¡Lupe! ¿No se ha ofrecido nada?». Siguió hasta el segundo piso. «Lupe». Pasó por el planchador, la cocina. «¿Dónde se habrá metido esta india? Ha de estar roncando en su cuarto». «¡Lupe!, ¿no me han hablado?». Se detuvo en el rellano de la escalera de servicio: «¡Lupe! ¡Lupeeeeeeeeeee!». Teleca nunca entraba a su cuarto en la azotea. Era una de sus normas. «Quizás esté en la biblioteca encerando los muebles, lo dudo, pero en fin». Se dirigió hacia ella con verdadera esperanza. Los libreros brillaron en cuanto abrió y Teleca siguió con la mirada el rayo de luz; en la oscuridad adquirían entonaciones de un Vermeer, algunas aristas pendían del aire, cortándolo, sus filos relumbraban, la redondez del brazo de un sillón se aclaró en la negrura, sedoso, eléctrico como el lomo de un gato que se encorva. El tiempo pule, el tiempo derrite, el tiempo moldea. «Huele a encerrado. No sólo no está aquí, sino que hace mucho que ni se asoma como se lo he ordenado. Qué cochina mujer». Subió de nuevo la escalera. «Lupe, Lupe», pasó volada por las habitaciones, «Lupe». De nuevo se colocó bajo la escalera de servicio y gritó protegiendo con las dos manos su llamado: «¡Lupe!». Nunca había tardado tanto en responder. «¡Vieja repugnante! ¡India abusiva!». Por fin Teleca se resolvió a subir. Sus tacones se atoraban en los peldaños de fierro, pisaba casi en el vacío. Arriba oyó el gotear de un tinaco. No había sábanas en el tendedero. Entró al cuarto de golpe, ni siquiera tenía picaporte. El olor a pies, a sudor y a encierro la tomó por asalto y le hizo abrir la boca buscando su respiración. El cuarto estaba vacío. Teleca entonces intentó tranquilizarse:

—Ha de haber ido por el pan... Pero ¿a esta hora? Nunca, nunca va a esta hora. Además, tiene prohibido dejar la casa sola. La voy a correr, eso es, su presencia me hace daño.

Recorrió el cuarto desnudo. Buscó las cajas de cartón en que Lupe había traído sus cosas. Nada. Abrió el ropero, nada. El aire azotó la ventana sin cortinas. Teleca, entonces tuvo que rendirse ante la evidencia. «Se ha ido». Bajó la escalera sin darse cuenta de lo que estaba haciendo y fue directamente a su cuarto. La llave, sí, la llave. No, no se llevó nada. Ahí están las joyas. Aguardó unos minutos a la mitad de la recámara, los brazos colgantes, sin saber que hacer. No se oía un solo ruido en la casa. Teleca se dejó caer a los pies del miedo, exaltada por las carreras, por la emoción, trató de darse valor: «Bueno, menos mal. De todos modos, tenía pensado despedirla. Siempre estaba desaprobándome. Me evitó un coraje. Ya me había aburrido de su nariz aplastada... Traidora. No hay bien que por mal no venga o, ¿cómo es ese dicho? Traidora. Es lo mejor que podía suceder».

Empezó por quitarse el sombrero, prender las lámparas de cabecera, correr las cortinas una a una. Se esparció una luz rosada. Las casas de los ricos siempre dan una luz rosada. Casi eufórica fue a la cocina a buscar su jarra de agua para la noche su vaso. «Ahora sí voy a leer *Les Faux Monnayeurs*. De todos modos, no pensaba cenar, así es de que ¿qué puede importarme?». Fue y vino, se paseó por la sala, atravesó el comedor, sus tacones resonaban como castañuelas, arriba, izquierda, derecha, vuelta, «parezco maestra de danza española» se dijo a sí misma con cariño, sacó los dos jarrones de flores al corredor. «Cochina, el agua está verde, ni siquiera la cambió. ¡Lupe! ¡Lupe! Pero qué loca soy, qué favor me ha hecho con largarse, sí, sí, largarse, como dicen ellas, aunque suene tan feo». Colgó su abrigo, al menos eso intentó frente al ropero. «Lupe, ¿dónde están todos los ganchos? Falta el de madera de mi abrigo… De plano deliro, estoy desvariando, todo el tiempo le hablo mentalmente a esta miserable, mañana me vestiré de rojo laca, es el color que mejor me sienta, ¿me habrá boleado los zapatos esta mensa? ¡Lupe! ¡Lupe!». Agotada, Teleca se desplomó en la alfombra y puso la cara en sus manos. Solo entonces sintió sus mejillas mojadas. No era posible que todo este tiempo hubiera estado llorando. Reprimió un sollozo. «¡Lupita! Lo mejor que puedo hacer es acostarme, tomar un tranquilizante, mañana buscaré a otra gente». Teleca solía olvidar que tenía cuerpo —era tan leve—, pero ahora le ardía, resonaba, amplificaba todos los ruidos en su interior. Teleca estiró los brazos para jalar hacia abajo la hermosa, la pesada colcha de damasco que había sido de la cama de sus padres; lo hizo lenta, cuidadosamente y de golpe, ahí sobre el lino blanquísimo, a la altura de la A y la S bordadas a mano, entrelazadas bajo el escudo de familia, vio el excremento, una enorme cagada que se extendía en círculos concéntricos, en un aterrador arcoiris, verde, café, verdoso, amarillento, cenizo, caliente.

En medio del silencio comenzó a subir la peste.

Años más tarde, cuando Teleca se lo contó a Arturito —nunca se había atrevido a decírselo a nadie—, Arturo le dijo que no era posible, que los indios no eran escatológicos ni vulgares, que tampoco eran procolálicos, que jamás harían algo semejante; no cabía la menor duda, no estaba dentro de sus patrones de conducta, cualquier antropólogo, cualquier estudioso de los rasgos indígenas podría confirmárselo. Quizá Lupe dejó subir a algún repartidor, un pobre diablo que la ciudad había encanallado, un borracho, y entre los dos idearon esta maldad que después de todo viéndolo con imparcialidad podría considerarse infantil, pero Teleca, gruñona, fruncida, terca, encogida sobre sí misma insistió:

—No, no, no. Era de Lupe.

LA CASITA DE SOLOLOI

—Magda, Magda, ven acá.

Oyó las risas infantiles en la sala y se asomó por la escalera.

—Magda, ¿no te estoy hablando?

Aumentaron las risas burlonas o al menos así las escuchó.

—Magda, ¡sube inmediatamente!

«Salieron a la calle —pensó— esto sí que ya es demasiado», y descendió de cuatro en cuatro la escalera, cepillo en mano. En el jardín las niñas seguían correteándose como si nada, el pelo de Magda volaba casi transparente a la luz del primer sol de la mañana, un papalote tras de ella, eso es lo que era, un papalote leve, quebradizo. Gloria, en cambio, con sus chinos cortos y casi pegados al cráneo parecía un muchacho y Alicia nada tenía del país de las maravillas: sólo llevaba puesto el pantalón de su pijama, arrugadísimo entre las piernas y seguramente oliendo a orines. Y descalza, claro, como era de esperarse.

—¿Qué no entienden? Me tienen harta.

Se les aventó encima. Las niñas se desbandaron, la esquivaban entre gritos. Laura fuera de sí alcanzó a la del pelo largo y delgado y con una mano férrea prendida a su brazo la condujo de regreso a la casa y la obligó a subir la escalera.

—¡Me estás lastimando!

—Y, ¿tú crees que a mí no me duelen todas tus desobediencias? —En el baño la sentó de lado sobre el excusado.

El pelo pendía lastimero sobre los hombros de la niña. Empezó a cepillarlo.

—¡Mira nada más cómo lo tienes de enredado!

A cada jalón la niña metía la mano, retenía una mecha impidiendo que la madre prosiguiera, había que trenzarlo, si no, en la tarde estaría hecho una maraña de nudos. Laura cepilló con fuerza: «¡Ay, ay, mamá, ya, me duele!». La madre siguió, la niña empezó a llorar, Laura no veía sino el pelo que se levantaba en cortinas interrumpidas por nudos; tenía que trozarlo para deshacerlos, los cabellos dejaban escapar levísimos quejidos, chirriaban como cuerdas que son atacadas arteramente por el arco, pero Laura seguía embistiendo una y otra vez, la mano asida al cepillo, las cerdas bien abiertas abarcando una gran porción de cabeza, zas, zas, zas, a dale y dale sobre el cuero cabelludo. Ahora sí, en los sollozos de su hija, la madre percibió miedo, un miedo que sacudía los hombros infantiles y picudos. La niña había escondido su cabeza entre sus manos y los cepillazos caían más abajo, en su nuca, sobre sus hombros. En un momento dado pretendió escapar, pero Laura la retuvo con un jalón definitivo, seco, viejo, como un portazo y la niña fue recorrida por un escalofrío. Laura no supo en qué instante la niña volteó a verla y captó su mirada de espanto que la acicateó como una espuela a través de los párpados, un relámpago rojo que hizo caer los cepillazos desde quién sabe dónde, desde todos esos años de trastes sucios y camas por hacer y sillones desfundados, desde el techo descascarado: proyectiles de cerda negra y plástico rosa transparente que se sucedían con una fuerza inexplicable, uno tras otro, a una velocidad que Laura no podía ni quería controlar, uno tras otro zas, zas, zas, zas, ya no llevaba la cuenta, el pelo ya no se levantaba como cortina al viento, la niña se había encorvado totalmente y la madre le pegaba en los hombros, en la espalda, en la cintura. Hasta que su brazo adolorido, como un aspa, se quedó en el aire y Laura sin volverse a ver a su hija bajó la escalera corriendo y salió a la calle con el brazo todavía en alto, su mano coronada de cerdas de jabalí.

Entonces comprendió que debía irse.

Sólo al echarse a andar, Laura logró doblar el brazo. Un músculo jalaba a otro, todo volvía a su lugar y caminó resueltamente, si estaba fuera de sí no se daba cuenta de ello, apenas si notó que había lágrimas en su rostro y las secó con el dorso de la mano sin soltar el cepillo. No pensaba en su hija, no pensaba en nada. Debido a su estatura, sus pasos no eran muy largos; nunca había podido acoplarse al ritmo de su marido cuyos zancos eran para ella desmesurados. Salió de su colonia y se encaminó hacia el césped verde de otros jardines que casi invadían la banqueta protegidos por una precaria barda de juguetería. Las casas, en el centro del césped, se veían blancas, hasta las manijas de la puerta brillaban al sol, cerraduras redondas, pequeños soles a la medida exacta de la mano, el mundo en la mano de los ricos. Al lado de la casa impoluta, una réplica en pequeño con techo rojo de asbestolit: la casa del perro, como en los *House Beautiful*, *House and Garden*, *Ladies' Home Journal*; qué casitas tan cuquitas, la mayoría de las ventanas tenían persianas de rendijas verdes, de esas que los niños dibujan en sus cuadernos, y las persianas le hicieron pensar en Silvia, en la doble protección de su recámara.

«Pero si por aquí vive». Arreció el paso. En un tiempo no se separaban ni a la hora de dormir puesto que eran *roomates*. Juntas hicieron el *high school* en Estados Unidos. ¡Silvia! Se puso a correr, sí, era por aquí en esta cuadra, no, en la otra, o quizás allá al final de la cuadra a la derecha, qué parecidas eran todas estas casas con sus garages a un lado, su casita del perro y sus cuadriláteros de césped fresco, fresco como la pausa que refresca. Laura se detuvo frente a una puerta verde oscuro brillantísima, y sólo en el momento en que le abrieron recordó el cepillo y lo aventó cerdas arriba a la cuneta, al agua que siempre corre a la orilla de las banquetas.

«Yo te había dicho que una vida así no era para ti, una mujer con tu talento, con tu belleza. Bien que me acuerdo cómo te sacabas los primeros lugares en los *Essay Contests*. Escribías tan bonito. Claro, te veo muy cansada y no es para menos con esa vida de perros que llevas, pero un buen corte de pelo y una mascarilla te harán sentirte como nueva, el azul siempre te ha sentado, hoy precisamente doy una comida y quiero presentarte a mis amigos, les vas a encantar, ¿te acuerdas de Luis Morales? Él me preguntó por ti mucho tiempo después de que te casaste y va a venir, así es de que tú te quedas aquí, no, no, tú aquí te quedas, lástima que mandé al chofer por las flores, pero puedes tomar un taxi y yo más tarde, cuando me haya vestido te alcanzaré en el salón de belleza. Cógelo, Laurita, por favor, ¿qué no somos amigas? Laura yo siempre te quise muchísimo y siempre lamenté tu matrimonio con ese imbécil, pero a partir de hoy vas a sentirte otra, anda, Laurita, por primera vez en tu vida, haz algo por ti misma, piensa en lo que eres, en lo que han hecho contigo».

Laura se había sentido bien mirando a Silvia al borde de su tina de mármol. Qué joven y lozana se veía dentro del agua y más cuando emergió para secarse exactamente como lo hacía en la escuela, sin ningún pudor, contenta de enseñarle sus músculos alargados, la tersura de su vientre, sus nalgas duras, el triángulo perfecto de su sexo, los nudos equidistantes de su espina dorsal, sus axilas rasuradas, sus piernas morenas a fuerza de sol, sus caderas eso sí un poquito más opulentas, pero apenas. Desnuda frente al espejo, se cepilló el pelo, sano y brillante. De hecho, todo el baño era un anuncio; enorme, satinado como las hojas del Vogue, las cremas aplíquese en pequeños toquecitos con la yema de los dedos en movimientos siempre ascendentes, almendras dulces, conservan la humedad natural de la piel, aroma fresco como el primer día de primavera, los desodorantes en aerosol, sea más adorable para él, el Herbalessence verde que contiene toda la frescura de la hierba del campo, de las flores silvestres, los ochos cepillos de la triunfadora, un espejo redondo amplificador del alma, algodones, lociones humectantes, secadorpistola-automática-con tenaza-capillo-dos peines, todo ello al alcance de la mano, en torno a la alfombra peluda y blanca, osa, armiño desde la cual Silvia le comunicó: «A veces me seco rodando sobre ella, por jugar y también para sentir». Laura sintió vergüenza al recordar que no se había bañado, pensó en la vellonería enredada de su propio sexo, en sus pechos a la deriva, en la dura corteza de sus talones; pero su amiga, en un torbellino un sin fin de palabras verdadero rocío de la mañana, toallitas limpiadoras, suavizantes, la tomó de la mano y la guio a la recámara y siguió girando frente a ella envuelta a la romana en su gran toalla espumosa, suplemento íntimo, benzal para la higiene femenina, cuídese, consiéntase, introdúzcase, lo que sólo nosotras sabemos: las sales, la toalla de mayor absorbencia, lo que sólo nosotras podemos darnos, y Laura vio sobre la cama, una cama anchurosa que sabía mucho de amor, un camisón de suaves abandonos, ¡qué cursi, qué ricamente cursi!, y una bata hecha bola, la charola del desayuno, el periódico abierto en la sección de Sociales. Laura nunca había vuelto a desayunarse en la cama, es más la charola yacía arrumbada en el cuarto de los trebejos. Sólo le sirvió a Gloria cuando le dio escarlatina y la cochina mocosa siempre se las arregló para tirar su contenido sobre la sábana. Ahora, al bajar la escalera circular también hollywoodense —miel sobre hojuelas— de Silvia, recordaba sus bajadas y subidas por otra, llevándole la charola a Gloria, pesada por toda aquella loza de Valle de Bravo tan estorbosa que ella escogió en contra de la de melamina y plástico —alta— resistencia, que Beto proponía. ¿Por qué en su casa estaban siempre abiertos los cajones, los roperos también, mostrando ropa colgada quién sabe cómo, zapatos apilados al aventón? En casa de Silvia todo era etéreo, bajaba del cielo.

En la calle, Laura caminó para encontrar un taxi, atravesó de nuevo su barrio y por primera vez se sintió superior a la gente que pasaba junto a ella. Sin duda alguna había que irse para triunfar, salir de este agujero, de la monotonía tan espesa como la espesa sopa de habas que tanto le gustaba a Beto. Qué grises y qué inelegantes le parecían todos, qué tristemente presurosos. Se preguntó si podría volver a escribir como lo hacía en el internado, si podría poner todos sus sentimientos en un poema, por ejemplo, si el poema sería bueno, sí, lo sería, por desesperado, por original, Silvia siempre le había dicho que ella era eso: o-ri-gi-nal, un buen tinte de pelo haría destacar sus pómulos salientes, sus ojos grises deslavados a punta de calzoncillos, sus labios todavía plenos, los maquillajes hacen milagros. ¿Luis Morales? Pero claro, Luis Morales tenía una mirada oscura y profunda, oriental seguramente y Laura se sintió tan suya cuando la tomó del brazo y estiró su mano hacia la de ella para conducirla en medio del sonido de tantas voces —las voces siempre la marearon—, a un rincón apartado, ¡ay, Luis, que gusto me da!, sí soy yo, al menos pretendo ser la que hace años enamoraste, ¿van a ir en grupo a Las Hadas el próximo *weekend*?, pero claro que me encantaría, hace años que no veleo, en un barco de velas y a la mar me tiro, adentro y adentro y al agua contigo, sí, Luis me gusta asolearme, sí, Luis, el daikiri es mi favorito, sí, Luis, en la espalda no alcanzo, ponme tú el *sea-and-ski*, ahora yo a ti, sí, Luis, sí.

Laura pensaba tan ardientemente que no vio los taxis vacíos y se siguió de largo frente al sitio de alquiler indicado por Silvia. Camino, caminó, sí, podría ser una escritora, el poema estaba casi hecho, su nombre aparecería en los periódicos, tendría su círculo de adeptos y hoy en la comida, Silvia se sentiría orgullosa de ella porque nada de lo de antes se le había olvidado, ni las rosas de talle larguísimo, ni las copas centellantes, ni los ojos que brillan de placer, ni el *champagne*, ni la espalda de los hombres dentro de sus trajes bien cortados, tan distinta a la espalda enflanelada y gruesa que Beto le daba todas las noches, un minuto antes de desplomarse y dejar escapar el primer ronquido, el estertor, el ruido de vapor que echaba: locomotora vencida que se asienta sobre los rieles al llegar a la estación.

De pronto, Laura vio muchos trenes bajo el puente que estaba cruzando; sí, ella viajaría, seguro viajaría, Iberia, el asiento reclinable, la azafata junto a ella ofreciéndole un whisky, qué rico, qué sed, el avión atravesando el cielo azul como quien rasga una tela, así cortaba ella las camisas de los hijos, el cielo rasgado por el avión en que ella viajaría, el concierto de Aranjuez en sus oídos, España, agua, tierra fuego, desde los techos de España encalada y negra, en España los hombres piropean mucho a las mujeres, ¡guapa!, qué feo era México y qué pobre y qué oscuro con toda esa hilera de casuchas negras, apiñadas allá en el fondo del abismo, los calzones en el tendedero, toda esa vieja ropa cubriéndose de polvo y hollín y tendida a toda esa porquería de aire que gira en torno a las estaciones de ferrocarril, aire de diesel, enchapopotado, apestoso, qué endebles habitaciones, cuán frágil la vida de los hombres que se revolcaban allá abajo, mientras ella se dirigía al *beauty shop* del Hotel María Isabel pero, ¿por qué estaba tan endiabladamente lejos el salón de belleza? Hacía mucho que no se veían grandes extensiones de pasto con casas al centro, al contrario: ni árboles había. Laura siguió avanzando, el monedero de Silvia fuertemente apretado en la mano, primero el cepillo, ahora el monedero. No quiso aceptar una bolsa, se había desacostumbrado, le dijo a su amiga, sí claro, se daba cuenta que sólo las criadas usan monedero, pero el paso del monedero a la bolsa lo daría después, con el nuevo peinado. Por lo pronto había que ir poco a poco, recuperarse con lentitud como los enfermos que, al entrar en convalecencia, dan pasos cautelosos para no caerse. La sed la atenazó y al ver un Sanborns se metió, al fin *Ladies Bar*, en la barra sin más pidió un whisky igual al del Iberia, qué sed, sed, saliva, semen, sí, su saliva ahora seca en su boca se volvería semen, crearía al igual que los hombres, igual que Beto quien por su solo falo y su semen de ostionería se sentía Tarzán, el rey de la creación, Dios, Santa Clos, el señor presidente, quién sabe qué diablos quién, qué sed, qué sed, debió caminar mucho para tener esa sed y sentir ese cansancio, pero se le quitaría con el champú de cariño, y a la hora de la comida sería emocionante ir de un grupo a otro, reírse, hablar con prestancia del libro de poemas a punto de publicarse, el azul le va muy bien, el azul siempre la ha hecho quererse a sí misma, ¿no decía el psiquiatra en ese artículo de «Kena» que el primer indicio de salud mental es empezar a quererse a sí mismo? Silvia le había enseñado sus vestidos azules. El segundo whisky le sonrojó a Laura las mejillas, al tercero descansó y un gringo se sentó junto a ella en la barra y le ofreció la cuarta copa. «Y eso que no estoy peinada», pensó agradecida. En una caballeriza extendió las piernas, para eso era el asiento de enfrente ¿no? y se arrellanó. «Soy libre, libre de hacer lo que me dé la gana».

Ahora sí el tiempo pasaba con lentitud y ningún pensamiento galopaba dentro de su cabeza. Cuando salió del Sanborns estaba oscureciendo y ya el regente había mandado prender las larguísimas hileras de luz neón del circuito interior. A Laura le dolía el cuerpo, y el brazo en alto, varado en el aire llamó al primer taxi, automáticamente dio la dirección de su casa y al bajar le dejó al chofer hasta el último centavo que había en el monedero. «Tome usted también el monedero». Pensó que el chofer se parecía a Luis Morales o a lo que ella recordaba que era Luis Morales. Como siempre, la puerta de la casa estaba emparejada y Laura tropezó con el triciclo de una de las niñas, le parecieron muchos los juguetes esparcidos en la sala, muchos y muy grandes, un campo de juguetes, de caminar entre ellos le llegarían al tobillo. Un olor de tocino invadía la estancia y desde la cocina vio los trastes apilados en el fregadero. Pero lo que más golpeó a Laura fue su retrato de novia parada junto a Beto. Beto tenía unos ojos fríos y ella los miró con frialdad y le respondieron con la misma frialdad. No eran feos, pero había en ellos algo mezquino, la rechazaban y la desafiaban a la vez, sin ninguna pasión, sin afán, sin aliento; eran ojos que no iban a ninguna parte, desde ese sitio podía oír lo que anunciaba Paco Malgesto en la televisión, los panquecitos Bimbo, eran muy delgadas las paredes de la casa, se oía todo y al principio Laura pensó que era una ventaja porque así sabría siempre dónde andaban los niños. Casi ninguno volvió la cabeza cuando entró al cuarto de la televisión imantados como estaban por el Chavo del 8. El pelo de Magda pendía lastimero y enredado como siempre, la espalda de Beto se encorvaba abultadísima en los hombros —hay hombres que envejecen allí precisamente, en el cuello, como los bueyes—, Gloria y Alicia se habían tirado de panza sobre la alfombra raída y manchada, descalzas, claro. Ninguno pareció prestarle la menor atención. Laura entonces se dirigió a la recámara que nadie había hecho y estuvo a punto de aventarse con todo y zapatos sobre el lecho nupcial que nadie había tendido, cuando vio un calcetín en el andén y sin pensarlo lo recogió y buscó otro más abajo y lo juntó al primero: «¿Serán el par?». Recogió el suéter de Jorgito, la mochila de Quique, el patín de Betito, unos pañales impregnados con el amoniaco de orines viejos y los llevó al baño a la canasta de la ropa sucia; ya a Alicia le faltaba poco para dejar los pañales y y entonces esa casa dejaría de oler a orines; en la tina vio los patos de plástico de Alicia, el buzo de Jorgito, los submarinos, veleros y barcos, un jabón multicolor e informe compuesto por todos los pedazos de jabón que iban sobrando, y se puso a tallar el aro de mugre que sólo a ella le preocupaba. Tomó los cepillos familiares en el vaso dentífrico y los enjuagó; tenían pasta acumulada en la base. Empezó a subir y bajar la escalera tratando de encontrarle su lugar a cada cosa. ¿Cómo pueden amontonarse en tan poco espacio tantos objetos sin uso, tanta materia muerta? Mañana habría que aerear los colchones, acomodar los zapatos, cuántos; de fútbol, tenis, botas de hule, sandalias, hacer una lista, el miércoles limpiaría los roperos, sólo limpiar los trasteros de la cocina le llevaría un día entero, el jueves la llamada biblioteca en que ella alguna vez pretendió escribir e instalaron la televisión porque en esa pieza se veía mejor, otro día entero para remendar suéteres, poner elástico a los calzones, coser botones, sí, remendar esos calcetines caídos en torno a los tobillos, el viernes para…

Beto se levantó, fue al baño, sin detenerse siquiera a cerrar bien la puerta, orinó largamente y al salir, la mano todavía sobre su bragueta, Laura sostuvo por un instante la frialdad de su mirada y su corazón se apretó al ver el odio que expresaba. Luego dio media vuelta y arrió de nuevo su cuerpo hacia el cuarto de la televisión. Pronto los niños se aburrirían y bajarían a la cocina: «Mamá, a medio día casi no comimos». Descenderían caracoleando, ya podían oírse sus cascos en los peldaños, Laura abriría la boca para gritar pero no saldría sonido alguno, buscaría con qué defenderse, trataría de encontrar un cuchillo, algo para protegerse, pero la cercarían: «Mamá, quiero un huevo frito, y yo hotcakes, y yo una sincronizada, y yo otra vez tocino», levantarían hacia ella sus alientos de leche, sus manos manchadas de tinta y la boca de Laura se desharía en una sonrisa y sus dedos hechos puño, a punto de rechazarlos, engarrotados y temblorosos se abrirían uno a uno jalados por los invisibles hilos del titiritero, lenta, blandamente, oh, qué cansinamente.

MÉTASE, MI PRIETA, ENTRE EL DURMIENTE Y EL SILBATAZO

El tubo de la luz perfora la noche y la máquina se abre paso entre muros de árboles, paredes tupidas de una vegetación inextricable: «Soy yo el que avanzo o son los árboles los que caminan hacia mí» se pregunta el maquinista rodeado de la densidad nocturna y del olor azucarado del trópico. Los pájaros vuelan dentro de la luz, se dirigen al fanal y se estrellan. Un minuto antes de morir, tienen los ojos rojos. Toda la noche, el maquinista ve morir los pájaros. El fanal también enceguece las plantas, las vuelve blancas y sólo cuando ha pasado recobran su opulencia y más arriba se dibujan de nuevo las masas sombrías de los montes. A Pancho le gusta asomarse afuera de la locomotora y ver cómo hacia atrás todo regresa a la vida; los arbustos de vegetación cerrada resucitan, transfigurados, fantasmales, se persignan deslumbrados ante la luz. Después, la noche los traga, inmensa y hosca como ese ejército de árboles que se despliega sobre centenares de kilómetros a la redonda con quién sabe qué secreta estrategia de guerra. Entre tanto, los vuelos entrecruzados de mil insectos luminosos atraviesan la oscuridad del cielo; hasta se oye el estertor de algún animal cogido en una trampa y uno que otro grito de pájaro herido. Pancho piensa fascinado en los miles de pájaros que caen sobre los rieles; de ellos no han de quedar ni los huesitos, huesitos de pájaro, palillos, ramitas, lo más frágil. El reflector eléctrico pesa media tonelada e ilumina a dos kilómetros de distancia; dentro de esa luz blanca los insectos bailan hasta que amanece. (Camilo les dice «inseptos»). A medida que despeja, va acallándose el rumor de la noche: las chicharras, los gritos extrañamente humanos de los pájaros, los movimientos oscuros del suelo vegetal y pesado, las aguas secretas, sinuosas, que terminan por ahogarse en el pantano. Pancho entonces se recarga y cierra los ojos, suspira, se echa para atrás en el banquillo de hierro; pasa su mano fuerte sobre su cara como si quisiera zafársela; lo único que logra es quitarse la cachucha, alisa sus cabellos, ha llegado su hora de dormir; dentro de un instante bajará de la locomotora a tirarse a cualquier camastro, el primero que encuentre hasta que vuelva la noche. Después del sueño, montará de nuevo en su máquina, su amor despierto, el río de acero que corre por sus venas, su vapor, su aire, su razón de estar sobre la tierra, su único puente con la realidad.

Los más bonito de Teresa además de su gordura era su prudencia, mejor dicho, su absoluta incapacidad para la intriga o la malevolencia. Él regresaba echando pestes contra el jefe de patio general; que se iban a unir todos para sacar al desgraciado, que por algo había un sindicato, que… y Teresa con sus ojos fijos de vaca buena respondía con voz tranquila:

—Pues a ver.

Nunca un juicio, nunca una palabra de más. Desplazaba lentamente su gran pasividad de la cocina a la recámara, a la azotehuela, y parecía abarcarlo todo. Nada le hacía mella, nada alteraba su humor parejo, y sin embargo cómo le gustaba a Pancho que Teresa se sentara encima de él a la hora del amor; él de espaldas en la cama y ella en cuclillas, montada en su pecho, sus piernas acinturándolo; tan enorme, que Pancho no alcanzaba a verle el rostro, asfixiado como estaba por su vientre, sus muslos fortísimos, pero qué dulce, qué reconfortante asfixia. Pancho se sentía entonces tan satisfecho como frente a los controles de su máquina; una espesa felicidad le resbalaba por dentro; bullía el metal líquido que sale del horno de la fundidora con el color puro y blanco de la luz del sol. Pancho pasaba de la plenitud nocturna sobre los rieles de la ruta del sureste, erecto frente a la ventanilla de la locomotora, a la plenitud de la siesta de las tres de la tarde cuando estiraba la mano para sentir el grueso, el cálido brazo de Teresa, y atraerla hacia sí, abrazar esa mole tierna y blanda, y hundirse en ella una y otra vez como los pájaros azotándose contra el faro de luz, una y otra vez sus ojos rojos. Siempre hacía el amor, a eso del medio día, Teresa con una diadema de sudor en la frente. De la cocina venía el crepitar de la carne de puerco friéndose bajo la tapadera para que no fuera a resecarse y en Pancho se duplicaba la gula; cogía morosamente y pasaba de una mesa a otra, apenas con el pantalón de la pijama. Se sentaba frente al caldo de médula servido por Teresa a quien un tirante del fondo le resbalaba sobre el brazo, ella también comía viéndolo a la cara mientras volteaba, con el brazo estirado, las tortillas en el comal; sopeaban, tomaban su tiempo, sorbían acumulando en su lengua caliente y agitada nuevas sensaciones, como si continuaran el acto amoroso y lo perpetuaran. Muchas veces, al terminar de limpiarse la boca con la mano, Pancho jalaría de nuevo a Teresa hacia un lecho revuelto y grasiento. Permanecían después el uno en los brazos del otro, la nuca sudada de Teresa sobre el hombro de Pancho, el miembro mojado de Pancho caído encima de la pierna de Teresa quien sentía cómo aún escurría el semen. Así se hundían en el sueño. Pero a veces Teresa se agarraba del cuello de Pancho como si fuera a ahogarse, a punto de caer a lo más hondo del océano, de su océano, su propia agua; Pancho entonces la deseaba con furia por la dependencia en su abrazo y por esa expresión extraviada en sus ojos redondos. A las seis cuarenta en punto se despedía de ella desde la puerta, en el tardío momento en que Teresa se ponía a lavar los trastes, a levantar su cocina. Cuando Pancho regresaba de su corrida a las seis de la mañana dos días más tarde, la encontraba dormida, se colaba entre las sábanas junto a ella y ella lo recibía con un murmullo de aquiescencia. En el curso de la mañana Teresa abandonaba el lecho, trajinaba, se ponía a escombrar como decía ella, a planchar ropa. Ya cerca de las dos de la tarde volvía a acostarse junto a él, así vestida, para hallarse al alcance de su deseo a la hora en que él despertara.

—No, Pancho, si ésta no se lubrica.

—¿No le voy a lubricar las chumaceras?

—No, en la máquina diesel todo este trabajo es automático.

—Y los pernos de conexión, ¿tampoco los voy a lubricar?

—No, haz de cuenta que todo está hecho.

—Pero ¿quién mantiene la máquina?

—Sola, se mantiene sola; un lubricador hidrostático a base de vapor, de presión, de agua y de aceite, lubrica los cilindros. Esta diesel se hizo pensando en cómo facilitarles el trabajo a los operadores. Lo único que debes hacer es conducir.

Pancho mira a la máquina con desazón, no la reconoce, no sabe por dónde agarrarla. Por primera vez se siente fuera de lugar dentro de una locomotora. Todo está escondido;

los controles se integran dentro de una superficie de acero que repele de tan brillante. También el patio de arriba brilla; los ventanales hacen que la estación parezca vidriería. «Nada es como antes —piensa—, nada». En otros tiempos la mole negruzca de la locomotora despuntaba a lo lejos seguida por su penacho de humo y, en menos de lo que cantara un gallo, allí estaba estacionada, tapando con su negrura la claridad de la mañana. Entraba resoplando fatigas, echando los bofes y en forma desafiante se asentaba sobre los rieles con un rechinido de muelles. Todavía resonaban sus bufidos triunfales. De ella descendían los ferrocarrileros y se despedían o se saludaban a gritos con el regocijo de haber llegado a casa; al bajar, palmeaban su máquina, le daban en el lomo como a un buen animal viejo, la acariciaban con la mano abierta, unas caricias anchas, a querer abarcarla toda. Pancho se quedaba con la Prieta en el patio de carga, enfriándola, y le gustaba escuchar los martillazos que provenían del taller de carros y de ejes y de ruedas, uno, dos, uno, dos, sobre los yunques y que en sus oídos resonara el ronroneo de los tornos como antes habían resonado los silbidos de la locomotora. Cuando los peones enderezaban la vía reumática con barretas para nivelarla, se quejaban y gritaban en medio de su esfuerzo por levantarla: «¡Eeeeeeeeeh! ¡Ooooooooooh! ¡Eeeeeeeeey!». Como que resentían en su propio cuerpo los achaques de los rieles y se solidarizaban. Y todo esto en medio de la respiración uniforme de las calderas y del continuo tracatraca de las pistolas de aire. Pancho le advertía al mecánico mientras se alejaba contento, dueño del terreno: «¡Allí te la encargo, al rato vengo a darle su vueltecita!». Los trenistas pasaban entre los botes de chapopote, los montones de estopa, saltaban el balasto con la alegría retozona del que reconoce su casa; sorteaban los envases vacíos, las cajas desvencijadas, los fierros torcidos, el cochambre. Cierto que no todo era limpio, el balasto yacía cubierto de porquerías, de cosas vivientes ahora carbonizadas, de trozos sueltos de carroña, de herramientas relegadas, toda esta basura que dentro de diez mil años no se distinguiría de los desechos orgánicos e inorgánicos que el tiempo, o quizá el mar, pulveriza hasta convertir en arena. Una linterna escarbaba la tierra de cabeza; un armón abandonado mostraba sus tripas, la basura ya iba para montaña, pero la actual nitidez de los carriles sacaba de quicio a Pancho.

—Entonces, ¿ésta no se lubrica?

—No, Pancho, ya te dije que no.

—Bueno, ¿y la Prieta?

—La mandamos a Apizaco. Allá la correrán en algunos tramos cortos.

—Pero, ¿por qué carajos no me avisaron que se la iban a llevar?

—A nadie se le avisó, Pancho, llegaron las diesel de 3 000 caballos y quisimos ponerlas en servicio de inmediato.

—Ayer me tocaba descanso, por eso se aprovecharon.

Igual que la Teresa. A traición, a mansalva. Un día no amaneció. Después le dijo un peón de vía que la había visto subir a un carro izada por una mano de hombre, que al hombre no lo había podido semblantear, pero bien que se fijó cómo la Teresa daba el paso rápido sin mirar para ningún lado. En la casa faltaba el viejo veliz panza de buey que siempre acompañó al maquinista. Durante muchos días Pancho siguió estirando la mano para tomar el grueso brazo de la Teresa y atraerla hacia sí, hasta que optó por ir a la estación y aventarse dentro de la cámara sombría de su otra mujer, guarecerse en su vientre que aún en tierra parecía estar meciéndose, y dormir hecho un ovillo en contra de la lámina diciéndole lo que nunca le había dicho a Teresa: «Prieta, prietita linda, mi amor adorado, mamacita chula, prieta, rielerita, eres mi querer, prieta coqueta», hasta que sus labios quedaran en forma de a, la a de la Prieta, ese nombre pronunciado como encantamiento en contra del dolor y el abandono. Y ahora le salían con eso: con que tampoco estaba la Prieta:

—¿Cuándo se la llevaron?

—Anoche.

Pancho había estado en una junta de sección, en el momento mismo en que la Prieta, lenta, solapadamente, se deslizaba sobre los rieles, conducida por otro maquinista.

—¿Quién la sacó?

El superintendente se impacienta.

—Ve a preguntar al secretariado.

—Yo con los cagatintas no me meto. Esos ni ferrocarrileros son.

—Hombre, no se trata de eso, las cosas están cambiando para bien, es el nuevo reglamento, tiene que aumentar la fuerza tractiva de Ferrocarriles, nos va a beneficiar a todos. Además, date de santos que tu locomotora no se va a vender como chatarra a Estados Unidos. Se van a vender casi tres mil carros que están en pésimas condiciones.

—Chingue a su madre.

Pancho da la media vuelta antes de que el superintendente pueda responder. Se larga, al cabo siempre ha sido tragaleguas, y piensa: «Si me alcanza, aquí nos damos en la madre». Casi lo desea, pero el otro no viene, nadie lo sigue. Camina entre el ardor de los rieles que le relampaguean en los ojos, acerándoselos, rebanándolos; pisa el balasto para que no se le enchapopoten lo zapatos, y al hacerlo recuerda con qué gusto barría la tierra la Teresa, y eso que lo hacía con una escoba tronada; intenta retener la imagen, que barra frente a él, pero el calor parece fundirlo todo; ménsulas de señales, rieles, durmientes, muelles, remaches, en una gelatina gris y espesa, el acero se desintegra, ahora son puros terrones, sí, es tierra común y corriente, «si viene un tren, ni madres, no me muevo». En una barda recién pintada con chapopote relumbra el letrero: «Viva Demetrio Vallejo». Camina sin parar, el sol en la nuca taladrándole los hombros. Hace rato que salió de Balbuena y pasó bajo el puente de Nonoalco; hace rato que entró a los llanos, ya ni guardacruceros hay, ni un sólo hombre sentado en algún muelle, ni uno que patee encorvado la grava con los pies, ni uno que juegue con la arena, con las piedritas que luego se les caen a las góndolas, sólo por allí un zapato desfundado, vencido como él y más a allá un cabús pudriéndose al sol. Ya ni torres de vigilancia, ni grúas. Le parece escuchar un llorido de zapatas, «híjole, ya estoy oyendo voces», ni un solo convoy con sus carros cargados de azufre del Istmo de Tehuantepec, ni uno solo de sal, hay que seguirle, poner un pie frente al otro durante quién sabe cuántas horas hasta el atardecer, la garganta seca, al cabo ya está acostumbrado, aguanta eso y más, aguanta un chingo. «Tengo que llegar a alguna estación para no quedarme aquí en despoblado», pero como ninguna casa reverbera en la distancia, Pancho se sale de los rieles y se tira a un lado de la vía y allí duerme como bendito, como piedra en pozo, como hombre muerto.

—Sabes, los precios están por las nubes.

Cuando Teresa hablaba era para quejarse de la carestía. Si no, mientras iba de un quehacer a otro, guardaba silencio. Solo cuando hacía el amor articulaba palabras que empezaban con m, «mucho», «más», «mmm», lenta, suavemente, en un ronco gorjeo de paloma, sí, eso era, un zureo de paloma, que a Pancho siempre le resultó gratificante. Sólo por ese gemido, de pronto, a media comida, a media mañana, a media corrida, Pancho sentía un lacerante, un infinito afán de posesión. Él era quien provocaba ese quejido en la mujer, y encima de ella, abrazado a su vientre esperaba el momento en que comenzaría a producirse, así como acechaba el instante en que la Prieta empezaba a pespuntear las llanuras con el traqueteo de sus ruedas sobre las junturas de los rieles. Entonces cuando corría suavecito en medio del silencio, sentía el mismo deseo que montado en la Teresa; era dueño del tiempo, de toda esta oscuridad, esta negrura que su faro iba perforando; esas sombras que él atravesaba eran terreno ganado, tierras por él poseídas; su conquista, él las había extraído de la noche, gorjeaba como la Teresa, se le venían encima con sus moles blanquísimas y luminosas, blancas como la leche, muslos, senos de la noche, frutos almendrados, piel que lo envolvía suave, tiernamente. Al principio, Teresa era más comunicativa, hablaba de su hermana Berta, de cómo le pegaba, de cómo al no poder desempiojarla, una vez la había rapado; de vez en cuando le reclamaba a Pancho: «Oye, tú, ¿por qué no hablas?», y Pancho musitaba: «Nosotros los rieleros nos hacemos compañeros del silencio». Por eso Teresa se hizo callada. Al no recibir sino monosílabos, dejó poco a poco de abrir la boca, sólo lo más indispensable, sólo aquello que le salía a pesar de sí misma, sin control, ese gorjeo y ese continuo ritornelo acerca de los precios escalando al cielo.

—Pancho, levántate, no seas buey.

—¡Pancho!

Dos rostros le hacen sombra. Pancho se talla los ojos.

—Llevamos horas tras de ti, anda, ven.

El Chufas y el Gringo lo jalan, el Chufas ya le ha metido las dos manos bajo las axilas y lo jala hacia arriba:

—Cómo vas a quedarte aquí, vámonos.

El Gringo se enoja:

—Yo estoy de guardia mañana, cabrón. Anda, vente, ya no estés chingando.

—Oye, tú, y, ¿quién te mandó llamar? El que está chingando eres tú.

Ahora sí el que se enoja es Pancho y del coraje se levanta.

—¿A poco yo los ando buscando? ¡Ustedes son los que vienen a joderme aquí donde estoy tranquilo!

El Chufas no le ha quitado las manos de bajo las axilas como si temiera una imposible huida. Pancho se zafa de mala manera, aunque todo su coraje se lo dirija al Gringo.

—¡Váyanse mucho al carajo!

—Órale, Pancho, no te mandes.

—¿Quién les dijo que vinieran? A ver ¿quién? Yo no los mandé traer.

—El Chufas te empezó a buscar.

—Y al Chufas, ¿qué? Al Chufas le vale madres.

—El Chufas te vio irte por toda la vía, apendejado y por más que te llamó nunca volteaste. Por eso se preocupó. Ya ni la amuelas. Estábamos en el patio de carga… Anda, vámonos de aquí.

Sin sentirlo, Pancho ha comenzado a caminar al lado de sus cuates. Hace mucho que no anda con ellos. No los buscó siquiera cuando la Teresa se largó ni se asomó tampoco a la cantina. Al cabo tenía a la Prieta y allá se fue a dormir, acunando en sus entrañas temblorosas que lo estrechan cálidas, en el refuego de su propia sangre que lo hacía reconocerla a medida que avanzaba la noche, prever sus reacciones, adivinar sus sonidos más recónditos, sus tintineos, señales y suspiros. Trenzaba sus piernas en torno a sus ardores, así como la Teresa aprisionaba las suyas de suerte que al despertar sólo les quedaba volverse el uno contra el otro. Podía predecir hasta su mínima convulsión: «Ahora se va a estremecer porque llegarán los del taller y los martillazos en el yunque resuenan en toda la lámina; yo mismo los voy a sentir aquí adentro, dentro de ella. En un momento más entrarán los paileros y con ellos el superintendente, y ella se va a aflojar, complacida». Antes, Pancho tenía la costumbre de irse con los cuates a la cantina, y al grito de «el vino para los hombres y el agua para los güeyes», se acodaba en la barra a empujarse sus calantanes, después iba a la casa del foco rojo, a bailar con las viejas que huelen a maíz podrido. Pero cuando le cayó Teresa ya no hubo necesidad de nada, ni de chínguere, ni de viejas rogonas de lupanar. ¡Adiós al Canicas, al Camilo, al Babalú, al Gringo, al Chufas, a Luciano! También el Luciano le había puesto nombre a su máquina: la Coqueta y la traía acicaladita con sus colguijes y sus espejuelos, su Virgen de Guadalupe y hasta una foto de él mismo asomándose por la ventanilla de la locomotora. Ahora, pensándolo bien, sentía que un buen calorcito le subía por dentro al venir junto a sus amigos, sus cuates pues, sus ñeros, sus carnales, ¿no?, que lo habían ido a buscar hasta allá, olvidándose que hacía mucho que él se les había rajado.

—Súbete al cabús. Vamos a echarnos un tanguamiz.

De veras que estos cuates son buenas gentes, muy buenas gentes.

—Pancho, bien que te vendrían unas cheves.

Pancho no dijo ni sí ni no.

—Ya han de haber cerrado.

Concluye el Gringo.

—Pues vámonos con Martita.

Martita es bien jaladora, cuando los ferrocarrileros andan por allí, girando en esa cachondez especial de la parranda y ya todos en la piquera les ordenan: «¡Ya, locotes, lárguense, esto ya se acabó, lárguense a dormir!» y no hay ni dónde echarse un buen café, una polla, o de perdida la del estribo, ella tiene siempre abierta la puerta de su casa y no le molesta levantarse de su hamaca y atenderlos con una sonrisa hermosotota, amplia, en sus ojos un lento oleaje de luz como madre para sus hijos sin predilecciones ni discriminación. Por más jodidos que estén, idos de plano, abrazados los unos a los otros cuando antes se abrazaron a los postes de luz, como mástiles, sintiendo que el barco se iba a pique, con sólo verla se les levanta el ánimo. Saca luego luego el mezcal o prepara el café bien caliente, con piquete y leche condensada que sale de la lata de a chorrito: el «chorreado», y si tienen para pagarle, a todo dar, y si no, aí más tarde le pasarán los fierros. De Juchitán ha traído la hamaca, nunca se acostumbró a dormir en cama. «Es la mecidita la que extraño», «es esa mecidita la que la tiene de buen humor», corean los rieleros. Siempre se sienten a toda madre en casa de Martita; el estómago revuelto se les asienta y aunque estén cayéndose de borrachos, ella les quita lo del cuerpo cortado mediante sus hojas con piquete, sus chorreados, tan buenos para calentar la panza. Y nada de joderlos con regaños ni vaticinios negros, nada, hermosotota la Martita, hermosototes sus ojos con ese lento oleaje de luz, uno qué más quiere en esta canija vida que sentirse bienvenido, amparado por los ojos de una mujer que lo recibe a uno de buen modo, uno qué más puede pedir, a ver, ¿qué más? También a ella dejó de frecuentarla Pancho cuando llegó la Teresa.

—Mañana quiere verte el superintendente —le dice el Gringo al segundo «chorreado».

—Ya le menté la madre.

—Dice que quiere verte.

Para el superintendente Alejandro Díaz, Pancho es un personaje. Hasta le gusta verlo pasar con su cabello gris y sus hombros que empiezan a encorvarse rumbo al local de la sección y advertir gravemente: «Mañana a las doce empieza la huelga, el paro de dos horas porque ya se venció el plazo que le dimos a la gerencia». Y eso que Alejandro Díaz es empleado de confianza. Ante Pancho, preferiría no serlo para oírlo pelear en la asamblea, ver su mirada retadora, fuerte, su mirada de hombre libre, cuando son tantas las miradas rastreras que lo persiguen durante el día. ¡Y eso que sólo es superintendente! ¡Cuántas miradas viles no verá el presidente de la república! Dicen, pero nadie lo sabe a ciencia cierta, que Pancho habló una vez en la sección 19 de Monterrey frente a una asamblea de mil ferrocarrileros que creían en el Charro Díaz de León: los tres primeros oradores apoyaron al Charro, y cuando subió Pancho Valverde, supusieron que se uniría a los demás, y qué desconcierto cuando dijo que se trataba de un líder corrupto al servicio de la empresa, del gobierno y sobre todo de sí mismo, de sus propios y mezquinos intereses. Toda aquella gente sabía que Pancho Valverde era derecho, y sin embargo, la asamblea quedó dividida. Ese fue uno de los grandes golpes en la vida sindical de Pancho, pero nunca lo había comentado. A veces en la cantina rememoraba la asamblea y murmuraba: «No se vale, no se vale». Por ello los viejos respetan a Pancho y los jóvenes quieren ser vistos por él; hacer méritos frente a él. Igual le sucede al superintendente. Alejandro Díaz sabe que él no cuenta para Pancho, que el maquinista daría la vida por Timoteo, por Venancio, por Chon, por Baldomero, por el Gringo, por Camilo, por el Babalú, pero no por él. Por ellos sí. Alejandro Díaz ha visto cómo reclama indemnizaciones, lucha por los jubilados, se queda hasta avanzada la noche a revisar contratos de trabajo, a memorizar cláusulas casi todas a favor de la empresa para rebatirlas en la junta. Sus «cállense, cabrones» en la asamblea resultan más eficaces que cualquier alegato, el golpe de su puño en la mesa de debates quemada de cigarros es definitivo, y en el presidium lo primero que se ve es su rostro por la intensidad de su expresión. Y no es siquiera que aspire al poder, es que Pancho es amigo del garrotero Timoteo, quien ahora lo mira, su muñón sobre la mesa por el antebrazo lo dejó prensado entre dos carros en una de tantas maniobras, y también es cuate de Venancio, jubilado que se muere de hambre dentro del furgón que habita a pesar de que su mujer ha colgado geranios en las ventanillas, y quiere a Lencho el fogonero que ya no palea carbón sino rencores y le cae bien Concepción, Chonito que se la vive en el Templo del Mediodía, abajo del Puente de Nonoalco, en la calle de la Luna, esperando a que Roque Rojas, ¡olvídense de Jesucristo!, se posesione de su envoltura humana y lo libere de la artritis, la vejez, el aliento a agua enlamada, que le advierte que se le están pudriendo las entrañas.

Pancho Valverde nunca se ha dejado bocabajear: «Hablo porque quiero y porque puedo y porque aquí me he chingado muchos años». Salpica sus alegatos de dichos: «Entre menos burros, más olotes», «camarón que se duerme se lo lleva la corriente», «el que es buey hasta la coyunda lambe» y para Alejandro Díaz resulta curioso asociar los dichos de Pancho a expresiones como «producto nacional bruto» (los brutos somos nosotros), «días festivos» (el que nace tepalcate ni a comal tiznado llega), «contractuales» (ya no hay ferrocarrileros de reloj y kepí), y otros terminajos que Pancho se ha aprendido de memoria en sus muchas veladas de machetero. «Órale, órale, no te me engolondrines». Pancho fue el de la iniciativa en contra de los empleados de confianza, que pa' qué tantos, que de qué servía ese bute de contadores muy prendiditos de secretarias que caminaban como pollos espinados, que de los quinientos empleados de confianza del Ferrocarril del Pacífico no se hacían cincuenta, y pidió el cese de por lo menos veintitrés que a él le constaba personalmente, que no hacían nada, dio pelos y señales y entre ellos se encontraban dos hijos de Benjamín Méndez, el gerente. Que los ocho mil trabajadores del riel, esos sí mal comidos y mal pagados, estaban hartos de la burocracia, de tanto papeleo desabrido, y claro, la empresa no cedió, hubo muchos destituidos, pero qué bonita lucha la de Pancho, bonita hasta para Alejandro Díaz que intervino a favor de Pancho para que no lo destituyeran y éste no lo supo jamás, bonita la lucha con una chingada, porque si Pancho impulsa las huelgas siempre se ha manifestado en contra de los sabotajes. Ama demasiado a los trenes para tolerar una máquina loca, una colisión; si una sola abolladura en su locomotora lo hace agacharse como si el golpe cayera en su cuerpo, un ataque a las vías del tren le duele en carne propia como aquella vez en que un canalla bloqueó el pedal de seguridad de la 609 poniendo una planchuela de acero sobre el acelerador, tiró de la palanca y la máquina salió disparada, a más de ochenta kilómetros por hora en contra de la 8 954, la Coqueta, la de Luciano que hacía movimientos de patio y por poco y muere Luciano, quien después de quitarle los frenos a su locomotora se aventó hacia afuera. Salvó su vida, pero no la de su Coqueta que quedó transformada en una escalofriante montaña de hierros retorcidos. Meses más tarde, Luciano murió, de la tristeza. Con Luciano, Pancho había vivido huelgas y otras aventuras; Luciano una vez quedó prendido al árbol del garrote tratando de detener cinco carros locos y desbocados y sólo se tiró en el último instante, cuando vio que era inminente el siniestro; Pancho solía cantar sentado sobre un durmiente: «Por donde quiera que ando/ y a donde quiera que llego/ la polla que no me llevo/ la dejo cacaraqueando», y los dos reían porque de muy jóvenes ambos tuvieron la comisión de pintas y entre, los «abajo la empresa» y «los ferrocarrileros con Vallejo», escribían con chapopote negro sobre los costados de los furgones, picándose las costillas y tirando los botes, «Vóitelas, mi riel», «Tracatraca pero en serio», «No le importe la oscuridad del túnel, después en la riel nos resbalamos», «Dénme una buena máquina y le jalo todos los furgones», «Chingue su madre Díaz de León», «Entre los rieles y entre sus piernas, de pueblo en pueblo casi la hacemos», «Métase, mi Prieta, entre el durmiente y el silbatazo», «En un buen cabús se engancha lo que usted quiera» y otros dichos sabrosos que dibujaban con esmero, humedeciéndose los labios, porque acababan de descubrir a la mujer y al riel. ¡Ah, qué Luciano, ah, qué ese mi carnal, ese sí carnal de a deveras, hermano, hermanito del alma!

Para el superintendente Alejandro Díaz, mirar a Pancho resulta penoso; la expresión de su rostro es de desolación absoluta, parece perro sin amo. En el fondo de sí mismo, Alejandro Díaz quisiera decirle a Pancho que si tanto le importa su locomotora de vapor va a gestionar su traslado a una de las vías menores para que siga conduciéndola, pero Pancho Valverde es uno de los mejores maquinistas del sistema, y ahora cuando ya blanquean sus sienes y se ha arrugado su rostro, que en realidad siempre pareció un patio de arribo, la empresa le quita su máquina para darle una diesel, la misma que acaban de comprar en los Estados Unidos. En vez de enorgullecerse, Pancho Valverde desconfía. A la Prieta la cameló, ¡ah, que mi Prieta!, porque siempre fue quisquillosa y había que agarrarle el modo, la adornó, le puso su silbato de bronce, él mismo escogió el sonido grave: «Deme un silbato pero que suene bien bonito para mi Prieta, porque tengo una Prieta muy tres piedras». El día en que le tocaba hacer el recorrido llegaba con la aceitera, el cojín para evitarle lo caliente al asiento cuando la máquina queda del lado del sol, el suéter grueso para en la noche, la valijita, el espejo de mano, la linterna. Los otros rieleros reían:

—Allí viene Pancho con su ajuar de novia para su primera noche.

En verdad, todos los recorridos son la primera noche, la de bodas. Pancho se instala en el asiento, agarra la palanca y al hacerlo la acaricia mientras le transmite una orden. Cuando la máquina suelta el vapor con un ruido de agua que sale a gran presión, Pancho también se relaja, y se tensa como cable al meter los frenos, al comprobar que en la pendiente las cejas responden y frenan también, todas ellas concentradas en retener los furgones. Es bonito oír el ruido del choque de las máquinas al engancharse, ¡le es tan familiar como el cierre de una puerta! Ya fuera de la estación, Pancho abre todo el regulador y le habla a su montura, a su yegua de hierro, su animal de fuego ancho y poderoso; la halaga con la mano, la reconoce: «Ya, ya, Prietita, tranquila, Prieta, quietecita, quietecita, ¡calmada la muchacha!». Camilo o Sixto o Cupertino o Juan el ayudante de maquinista en turno están tan acostumbrados a la voz de Pancho que ya ni lo escuchan. Más bien los adormece y la pasan mondo lirondo porque a Pancho no le gusta compartir a la Prieta. La lleva sobre la vía casi como si la bailara, la mano en su cintura, las yemas de los dedos en sus costillas, ambos ondean, a la derecha, a la izquierda, pasito tun tun como el del que corre por los zureos, en las tierras ocres, las tierras cafés, las tierras profundamente negras que surgen de un lecho pantanoso y se acercan a la vía sin respetar los quince metros de cada lado: el derecho de vía. La tierra rueda bajando de la montaña para venir a acurrucarse aquí en la vía y penetrar entre los durmientes. Empuja las piedras del balasto, se mete en todas partes, burlándose, marrullera, del tren que corre por la ancha vía pita y pita y caminando. Antes del mediodía, el sol empieza a calentar, se azota en la lámina, arremete en contra de la chimenea, se estrella contra el vidrio irisándolo, calor contra calor, combustible contra combustible. Pancho se acomoda el cojín bajo las nalgas; hasta la aceitera hierve, hilos de sudor grasiento escurren de la gorra ferrocarrilera de Camilo el ayudante, quien duerme asándose en su propio jugo, la boca abierta como la chimenea del tren, un horno de vapor que también se pierde en el aire. A partir de las doce del día, los pueblos rumbo a Veracruz ya no son pueblos sino rincones del infierno. Al detenerse en las estaciones, Pancho ve los atajos de burros, las mesas en el exterior y la longaniza ennegrecida por las moscas, la manteca bajo la mesa derritiéndose y la viejecita que se protege del calor tapando su cabeza y abanicándose con las puntas del rebozo como si eso pudiera servir de algo. Los que se acercan al tren lo miran en silencio; sólo gritan las vendedoras que en los últimos vagones ofrecen sus tortas de queso de puerco, sus muéganos, sus charamuscas, su agua fresca que ya el sol ha entibiado. Dentro de poco arrancarán de subida: «Anda, Prieta, dale duro, no te me rajes que es el último jalón». Cerca de la máquina, un pasajero de traje ajado le dice a otro acabadito de despertar:

—Esto ni se siente que camine.

—Es que no camina, va a vuelta de rueda.

Pancho está por responderle al catrín ese; por un momento piensa en tocar el silbido de alarma sólo para darle un buen susto, pero la disciplina se impone. Él sabe correr su máquina para que le rinda el vapor y el agua; es un buen maquinista y así lo han clasificado por dos razones: una, su buen manejo, otra porque sabe dosificar el combustible y sacarle el mayor provecho. Lo que digan los pasajeros le tiene muy sin cuidado, ellos no están al tanto de que la Prieta tiene más de veinte años y que es una de las máquinas mejor cuidadas de Ferrocarriles. No en balde, en su día de descanso, don Panchito, como lo llaman los ferrocarrileros más jóvenes, la acompaña al taller para supervisar sus cuidados. Los mecánicos la conocen y ponen especial esmero en examinar todas las partes de la Prieta. El mismo Pancho la pinta, la recorre de cabo a rabo, que no se maltrate, que no se enmohezca, que ningún gozne permanezca olvidado, que cada una de sus piezas esté aceitada. Cuando un muchachito entró de ayudante, de chícharo, exclamó al ver los montones de grasa negra: «¡Qué trabajo tan puerco!», Pancho le respondió: «Sácate de aquí, roto, ¡hijo de la chingada!» y no lo bajó de maricón. Los demás rieleros le hicieron eco, entre risas, burlas y otras mentadas de madre; ellos mismos tienen grasa hasta el cogote, una grasa pesada, negra, visceral, porque con esa van cubriendo todo el interior de la máquina, frotándola, acomodándola en los menores intersticios, dispuestos a chirriar ríspidamente, redondeando los ángulos con una capa mullida, gruesa; forrando los intestinos de la locomotora con este nuevo líquido amniótico que la suaviza y la vuelve dócil. La grasa nunca se ha visto como cosa sucia en el taller, al contrario, es una bendición, y sin embargo ahora el superintendente Alejandro Díaz se pone a explicarle como si no hubiera sido nunca ferrocarrilero.

—Con la máquina diesel el trabajo es más limpio, más técnico, ya no te vas a ensuciar, además te vas a ahorrar quién sabe cuántas jornadas de andar furgoneándole a la máquina, lubricándole hasta el alma.

Pancho lo mira sin comprenderlo. Para él lubricar manualmente las chumaceras, sacarlas de sus ejes, frotarlas una y otra vez para volver a acomodarlas es un gusto, una necesidad física.

—Vas a ver cómo al rato te hallas, Pancho; todo es cuestión de costumbre.

Pancho menea la cabeza.

—Habemos unos que no a todo nos acostumbramos.

—Vas a ver que te sientes bien. Mañana vamos a correr la máquina a Veracruz. Tú te la vas a llevar… Llevas cemento.

—¿A Veracruz?

Con esta nueva locomotora anaranjada y tiesa, Pancho no habla. En las estaciones nada ha cambiado; son las mismas bancas piojosas y desvencijadas, los mismos puestos de cecina que se tuesta, las mismas mesas cojas, los mismos enjambres de moscas, los mismos burros de lomos cubiertos de cicatrices. Sin embargo, como que Pancho en su cabina de controles está más alto, menos a la mano. No alcanza a oír lo que dicen los pasajeros de trajes arrugados por una noche de viaje ni le llegan los gritos de los viandantes que izan sus canastas de ventanilla en ventanilla. En la noche tampoco subió el calor, no necesitó el cojín ni la aceitera y tampoco le chorrearon hilos de sudor negro al segundo maquinista quien durmió muy tranquilo, acostumbrado a las maneras de Pancho. Y, sin embargo, Pancho inquieto, lo despertó en varias ocasiones: «Órale que yo a ésta no le sé el modo». Con esta habrá que botar el ajuar de novia, nada de eso es necesario, ni siquiera la valijita porque allí esquinado se abre un locker para colgar la chamarra, se puede regular el aire acondicionado así que ni suéter ni espejo porque toda la carlinga está cubierta de espejos retrovisores. Pancho guarda un silencio desconfiado y sin embargo la diesel es tan poderosa, tan noble en las subidas, de tan buena alzada, que al día siguiente se pone contento ante la idea de acompañarla al taller para su revisión después del viaje: «Así me voy familiarizando con ella», como un nuevo amor de tres mil caballos al que uno le va agarrando admiración, luego cariño y después eso que hace olvidar lo de antes, las Prietas, las Teresas. Quién sabe si así sea, pero puede…

A la mañana siguiente, antes de entrar al taller, el jefe de patio le dice:

—Ya la máquina está llamada.

—Muy bien, la voy a acompañar.

—No. Ahora viene un maquinista por ella.

—¿Cómo?

—Sí, tú aquí la dejas y otro operador se la lleva.

—Pero es que yo quiero ver qué le hacen para el próximo viaje.

—En la próxima corrida no te va a tocar esta 5 409 sino otra.

—¿Cómo que otra?

—Sí, cualquiera de las ocho máquinas diesel que se compraron en Estados Unidos. Así es el nuevo reglamento. Tú aquí la dejas y en el taller se encargan de ella. Esta máquina saldrá con otro. Ahora así es, como en la industria automovilística; las máquinas se someten a un proceso en el que intervienen muchos. Se trata de agilizar el servicio.

Pancho se hunde la gorra ferrocarrilera sobre los ojos. ¡Hasta eso le están quitando! Mirar, sentir cómo la máquina se hace a uno, cómo se va aprendiendo de memoria el camino, cómo habla a su modo para pedir lo que le falta. ¡Hasta eso! Ver cómo las manos van dejando sus huellas en la palanca, en el regulador, oír cómo el ruido de la respiración va contagiando día a día las láminas hasta transmitirles el calor de uno. ¡Hasta eso, carajo!

—Son las técnicas modernas; así lo han planeado los ingenieros para ganar tiempo.

A la Teresa también le complacía que él fuera acariciándola poco a poco, suavizándola, tallándole, metiéndole la mano en los menores intersticios hasta sacarle su aceitito, sus juguitos blandos. Entonces la Teresa se abría, las gruesas piernas bien separadas, olvidada de todo, y ondulaba bajo su abrazo, sus grandes pechos erectos apuntando hacia él, su sexo encarrujado, líquido, fruta de mar, deshecho entre sus manos, batido en espuma, a punto de venirse. A él le gustaba esperar hasta el último momento para verla bien, escuchar todos sus ritmos cambiantes, mirar su boca de caldera abierta, ensalivada, sus párpados caídos, sus manos sueltas sobre la sábana, entregadas las palmas hacia arriba, los dedos tan abiertos como sus muslos aceitados que se levantaban hacia él buscando su mano. Así la lubricaba con su propio flujo, sus propios humores, hasta volverla dócil, hasta tener la mano empapada y el brazo también mojado bajo su cuello, mientras la cabeza se bamboleaba a la derecha, a la izquierda, y las espesas nalgas sudadas también iban y venían en un oleaje que llenaba la cama de agua. Sólo cuando el grueso vientre era sacudido por espasmos, sólo cuando empezaba el zureo de paloma, sólo entonces Pancho penetraba a la Teresa, vente, chiquita, vente y no estaba dentro de ella cinco minutos cuando ya la mujer se había venido en una avalancha de estertores, de sollozos, arqueándose una y otra vez hasta quedar colmada. Pancho acechaba en ella el rostro de satisfacción que nunca le había visto sino en el momento del amor y por eso no dejaba de mirarla con los ojos fijos hasta que veía aflojarse todos los rasgos de su cara, su boca chupetear como recién nacido, succionar para después dejarse ir derramada en todas sus facciones. ¡Qué gloria entonces para él ver a esta gorda jadeante, los ojos en blanco, impúdicamente suelta, el monte abultado y ancho, ahora quieto, el estómago enorme, esta mujer que había gorjeado ciega, ciega, y que poco a poco volvía a la vida, ya sin fuerza, habiendo dado uno a uno todos sus frutos! A la hora, Teresa salía de la cama, y así, sin más, sin pasar siquiera al baño, se iba a la cocina a encender la lumbre. Comían para poder regresar luego a la cama llena de murmullos líquidos y él la montaba con prisa porque tenía que irse al trabajo y ella se ofrendaba otra vez maciza, entera, seca, buenota, qué buena mujer la Teresa, qué buena, se resarcía pronto, y él se lanzaba de nuevo, su mano tentoneaba, buscaba reconociéndola hasta aguadarla con sus caricias. ¿Aquí? ¿Más abajito? ¿Más abajo? Dímelo, chiquita, ¿aquí?

—Quiero mi traslado a Apizaco.

—No seas pendejo, ¿cómo te vas a salir? Pancho, no vas a perder tu antigüedad, así nomás porque sí.

El Gringo se enoja. Le dicen el Gringo por los ojos claros, pero es de la sierra de Puebla.

—Voy a hablar con el superintendente de Fuerza Motriz.

El Gringo es un hombre bien fogueado, empezó a trabajar en Ferrocarriles como peón de vía; luego lo ascendieron de limpiador a fogonero. Tan rápido fue su escalafón que los otros se enojaron: «¡Ahora nomás falta que las moscas sean conductoras!», pero el Gringo había sido pasacarbón y también garrotero. Hizo la carrera completa: garrotero de patio, mayordomo, jefe de patio, ayudante del jefe de patio general y allí se le acabó el terraplén porque el siguiente puesto o sea el de jefe de patio general, el que manda en la terminal, es de confianza y prefirió, como Luciano Cedillo Vásquez, quedarse de este lado de la cortina... de billetes. Se las sabía de todas, todas. Hacía escasos cuatro meses, había pedido que les dieran la reglamentación de la fuerza diesel, porque las locomotoras mucho más potentes que las de vapor salían con cuarenta y hasta cincuenta carros y utilizaban el mismo personal y muchos rieleros quedaron entonces sin trabajo. El Gringo luchó porque también los auxiliares de locomotora tuvieran contrato, pero perdió. Lo que nunca perdía, incluso en el bote, era la esperanza.

—Tú puedes sacarle 30 mil pesos a la empresa cuando te jubiles.

—No mames, ¿qué te pasa? ¿Cuántos jubilados conoces que no se estén muriendo de hambre?

El Gringo golpea su vaso contra la mesa.

—Puedes sacarle hasta 40 mil.

Si no fuera el Gringo, Pancho lo largaría, pero se trata de un viejo preparado. El Chufas ya medio trole ríe quedito. El Gringo vuelve a golpear su vaso y le grita al de la cantina: «¿Qué pasa con las otras? ¡Te vamos a acusar de tortuguismo!». El cantinero malhumoriento al ver el vaso en el aire está por responder: «Si lo rompes, lo pagas», pero se arrepiente.

—A mí me quitaron a mi negra consentida —Se acerca Venacio—. Y no por eso le he hecho el feo a las nuevas.

—Sácate de aquí.

A Pancho le gusta el sabor de la primera cerveza cuando pasa un tantito agria, un tantito rasposa por su garganta. El Chufas con el dorso de la mano limpia sus bigotes de espuma. Sólo el Gringo se la empina de un jalón y pa' luego es tarde, pide las otras que corren por su cuenta; de suerte que los cuates no han terminado cuando ya están frente a ellos las nuevas botellas.

—Por esas sierras, la vía es pura brecha.

—Por esas partes, los recorridos —insiste el Chufas— no se cuentan por horas sino por días.

—¿Y a mí qué?

—Esa ya no es máquina —vuelve a la carga Venancio—, esa es un huacal pollero.

—Lárgate —grita de nuevo Pancho.

Y esta vez Venancio se levanta, al cabo ya terminó su cheve.

—Lárgate tú con tu máquina.

Caritino se sienta en el lugar que dejó libre Venancio, pide su cervatana, echa su silla para atrás y se tapa la cara con la gorra. Siempre hace eso. «Yo vengo a descansar», aclara. Sólo se despereza a la hora de los trancazos porque a eso sí le gusta entrarle.

En el ambiente cálido de la cantina, Pancho echa a rodar sus recuerdos y más ahora que está a medios chiles. Cuenta de la Hermandad de Caldereros, de la Fraternidad de Trenistas, de la lucha de 1946 que resultó sangrienta, del mayordomo Reza que cayó herido de muerte por un tiro en el cuello, en la mismita estación de Ferrocarriles, de sus compañeros patieros; habla de las huelgas pasadas y siempre perdidas, del Comité de Vigilancia que alguna vez encabezó, y finalmente, ya en las últimas, de lo bonito que es asomarse a la ventanilla de la Prieta para sentir las bocanadas de aire. Y en voz baja, avisa:

—Mañana me largo a Apizaco.

El Gringo interviene:

—Ni que te fuéramos a dejar.

Caritino se descubre el rostro, su gorra ferrocarrilera echada para atrás y toma un largo, un lento trago de cerveza.

—Yo que él también me largaba.

—Ustedes están en contra del progreso.

—Qué progreso ni qué ojo de hacha.

Al día siguiente Pancho no vino a trabajar. Los rieleros pensaron que se había ido a Apizaco, que dentro de algunos días sabrían de él; el superintendente Alejandro Díaz le pidió personalmente al telegrafista que le avisaran en cuanto lo vieran, aunque en la sierra los telegrafistas tienen la maldita costumbre, sobre todo en las estaciones perdidas, de aislar los aparatos y dejar de transmitir las órdenes. De allí tantos rielazos. A los pocos días, Alejandro Díaz supo que tampoco la Prieta estaba en el andén de la estación ferroviaria de Apizaco. Como era una máquina vieja, no la reportó de inmediato, la empresa no haría mucho escándalo y se ganaban unos cuantos días para proteger a Pancho, localizarlo, mandarle decir que se dejara de pendejadas. «En esa cafetera no va a aguantar y si aguanta, que no crea que vamos a dejar de arrestarlo». «¿Cuál arrestarlo? Esa es una desgraciada carcacha que se le va a chorrear en la primera bajada. ¿No le has visto las cejas?». En la cantina volaban las conjeturas: «¡Pobre Pancho! Así suele sucederles a los viejos rieleros, se les bota la chaveta». «¡Si Pancho sigue agarrado de su palanca, se va a matar!». Ferrocarriles empezó a enviar despachos para que en la primera estación en la que se detuviera le avisaran a Pancho que estaba bajo arresto, que ponía en peligro la vida de otros que recorrían como él los tramos menores, pero ni un telegrafista reportó jamás el arribo de la Prieta. En

Buenavista, sólo el Gringo pretendió organizar cuadrillas para recorrer la vía de Apizaco a Huauchinango; incluso se fue en cabús pero no vio máquina alguna; ninguna locomotora de esas señas había cargado combustible, ningún maquinista de pelo blanco había bajado a proveerse de bastimento. O lo estaban protegiendo o se lo había llevado la madre de todos los diablos. En Ferrocarriles dedujeron: «Se ha de haber desbarrancado en la primera corrida y ni sus luces». «Ha de estar en lo más hondo del resumidero». «¡Pero no puede perderse una máquina con un hombre, así como así!». «Más se perdió en Roma y ni quién se acuerde!». Lo curioso es que en muchos tramos había murciélagos carbonizados en la vía y en el balasto como si de veras un tren hubiera pasado y ellos, los ojones, se hubieran estrellado contra su gran faro. Sin embargo, ninguna estación reportó máquina alguna; nada, ningún sonido en los rieles. Después de unos meses, los despachadores no recibieron entre sus órdenes la clave de la Prieta; sus señales, tamaño y abolladuras para poder reconocerla. Y los que la reconocieron, si es que llegaron a verla, se hicieron ojo de hormiga porque nadie mandó el parte a Buenavista.

De Apizaco a Huauchinango y también entre las poblaciones que se adentran en la sierra, por el rumbo de Teziutlán se esparce el rumor de una máquina loca que hace corridas fantasmas y en la noche se escuchan cómo el maquinista abre la válvula de vapor y la montaña resuena entonces con un lamento largo, como el grito de un animal herido, un grito hondo y dolido que parte la sierra de Puebla en dos. Nadie la ha visto (aunque todos los hombres del mundo se han ido un poco con el tren que pasa), pero una vez, un despachador que se iniciaba en una estación perdida de la Huasteca, de esas donde no cae un alma viviente y en las que suelen mandar a entrenarse, en medio de los abismos oscuros, a los nuevos para que se despabilen, envió un telegrama que leyeron en Buenavista: «Métase, mi Prieta, entre el durmiente y el silbatazo». El Gringo que andaba en «la chancla» de la estación se enteró, y fue el único en sonreír. Pero como ya no le gustaba platicar no dio explicación alguna. Tampoco la dio Alejandro Díaz, empleado de confianza.

EL RAYO VERDE

Ahora que me acuerdo, revivo tantas cosas que me alborotaron, me sacaban de quicio sin llevarme a conclusión alguna, como ésta del rayo verde.

—Cuando salgas de vacaciones te fijas muy bien porque a lo mejor alcanzas a verlo.

Si no alcanzaba a verla a ella, si siempre andaba escapándoseme de las manos, si no podía asirla ni respirar tranquila en su presencia, mucho menos iba a poder atrapar el rayo verde.

—No debes despegar los ojos del horizonte.

Todo esto lo pienso ahora que estoy vieja y me he vuelto gruñona, desabrida, malhumorienta, pero antes sus palabras me lanzaban a un estado de febrilidad difícil de controlar. Entonces era yo un alambrito tenso, anhelante, que corría buscando, ¿qué? Ella me excitaba aún más:

—Si estoy a tu lado, podré señalártelo, pero tienes que poner tú una gran atención.

Toda mi atención la centraba en ella; una capacidad superior de atención. No perdía uno solo de sus gestos, sus palabras quedaban marcadas al rojo vivo en mi espíritu como si este fuera un anca de res. Era yo su res, su becerrita de panza.

—Si lo ves, serás feliz.

¿Cuánto tiempo? ¿Toda mi vida? ¿Un ratito?

—Sólo dura un instante, por eso no debes distraerte.

¿Cuánto es un instante? ¿Una fracción de segundo?

¿Un segundo? Ahora sé que hasta un segundo puede ser largo; hay relojes en que anidan muchos años. El segundero es a veces intolerable.

—Espéralo al atardecer.

Lo dijo con su hermosa boca roja, sus dientes blancos sobre los cuales se estrellaba el viento, su pelo volando, un pelo cálido, castaño caliente como sus ojos, un pelo de azúcar morena, de piloncillo, capaz de derretírsele a uno encima; sé ahora que toda ella era de azúcar por dentro, de piel recubierta tan solo, una piel esperanzada que la contenía apenas; una piel contra la cual se azotaba el azúcar retenido a duras penas por esa fina membrana, como de uva.

Algunas tardes, en el mar, para sentirse más cómoda se quitaba la ropa. Decía que le gustaba que el agua fluyera bajo sus brazos, contra su pecho, en medio de sus senos. Cuando alguien se acercaba, volvía a vestirse despacio, sin ningún apremio, sus gestos lentos recortados en el aire, detenidos por la luz que hacía más vívidos sus miembros. Un ardiente contorno anaranjado la aislaba, un halo, como si toda ella estuviera cubierta de un suavísimo vello dorado.

¿Se daba cuenta siquiera de cómo latían mis sienes, del golpazo en la caja de mi pecho, de mis ojos adoloridos fijos en el horizonte?

—Espéralo aquí.

Las dentelladas ardientes del sol sobre mi piel empezaron a aflojarse. Se estaba metiendo. Yo tenía que ser feliz; esperaría al rayo toda la vida. La arena también dejó de arder; pude meter mis pies dentro de ella, sentirla resbalar caliente sobre mis piernas, sobre mi vientre. Era reconfortante. El rayo verde debía transmitir esa misma sensación de bienestar, de pertenencia. ¿No era eso la felicidad?

Rio de mi pregunta. Todos los hombres al pasar volteaban a verla, absolutamente todos; muchísimos pares de ojos le caían encima, pero al sentirse cercada, ella retrocedía hasta perderse en el calor de la playa; un vaho que parecía levantarse de la arena se espesaba en torno a ella, volviéndose casi bruma para esconderla. Sólo alcanzaba yo a oír su risa:

—No parpadees, puede escapársete en un parpadeo.

¿Como ella? Dentro de un momento ya no la veré. Es huidiza, inasible, nunca deja que la toque, que la abrace. ¿Qué voy a hacer sin ella, en medio de esta soledad aterradora? No, aterradora no es. Veo a lo lejos cómo los últimos bañistas recogen sus toallas, su equipo de playa; un niño patea un coco vacío, ¡ay, ya se lastimó el pie!, una madre de familia, su mano sirviéndole de visera les grita a sus hijos que ya es tarde, que salgan del mar, pero sólo responde una bandada de gaviotas. A la madre, eso no parece preocuparle, las amarra de una pata con un mecatito y se las lleva jalando sin que ellas opongan la menor resistencia. Los vendedores ambulantes en cambio levantan a duras penas sus canastas gordas, gordas, gordas, retacadas de dulces de coco palanquetas de coco, cocadas, barritas de coco, aceite de coco con yodo para asolearse, jabones de coco; mármol blanco estriado de rosa; ahora, el agua lame la arena, una y otra vez va subiendo, una pequeña brisa lo acompaña, enchina su piel plateada, le risa las crestas, las enrosca y a mí también se me pone la carne de gallina. El frío en el mar es triste. La busco con la vista, ya no la veo; me ha dejado sola en la playa en espera del rayo verde; oigo las chicharras, qué bueno, a mí siempre me han dado seguridad, será por aquello del grillo del hogar. Las oigo y me sereno, aunque también desde allá, desde la bruma dorada en la cual ella desapareció, una sinfonola caliente avienta al aire un ritmo guapachoso:

Salgo para Venecia
adiós, Lucrecia
te escribiré.

¿Me escribirá? Ni siquiera sé a dónde ha ido. Por eso habló tanto del rayo verde; sabía que iba a dejarme. Por eso, ni siquiera me indicó cuál sería mi casa entre todas aquellas de hoja de palma. No puedo moverme de aquí, aunque tarde el rayo. Ella me lo advirtió: «Es cosa de un pestañeo; puede perdérsete con sólo bajar los párpados». Luego se esfumó. Siento que mi corazón se ha ido, siento la oquedad, me sube por la garganta, pero no puedo distraerme; después de todo, antes de desaparecer, me legó la fórmula de la felicidad.

Las olas se hacen más grandes, más altas, parecen querer sorber la arena, engullir la playa, llevársela. La arena entorno mío se ha enfriado. Una inmensa ola se viene playa abajo y recojo mis pies; me succiona, intento defenderme como puedo, hundo los codos, los dedos, si logro levantarme —pienso— echaré a correr. En el horizonte el cielo se mantiene rojo, a punto de incendiarse. El cielo me pulsa en las sienes. Permanezco paralizada en mi cripta de agua; ahora se ha hecho dócil, burbujea, hierve junto a mis brazos y de pronto estalla tac, tac, tac, tac, casi pretende acariciarme, al menos eso creo. No se va, se estanca, la arena la mece, la abraza sin chuparla, ávidamente. De pronto todo es dulce, la paz parece acunar mi corazón, sostenerlo suavemente. Hasta el agua se ha entibiado. En el horizonte empiezan a surgir los seis colores del arcoiris, uno tras otro, pero no puedo distinguirlos porque el rojo del sol es demasiado intenso. Sólo los presiento y los enumero en voz alta, para oírme, para hacerme compañía; rojo, anaranjado, amarillo, verde, azul, violeta como en mi caja de lápices de colores. El sol se aquieta en el mero filo del agua, se va a ahogar, no, se asoma aún detrás del horizonte, allá donde acaba el mar, donde acaba la tierra y yo lo siento por debajo del agua, allá atrás y reflexiono: «Por eso la tierra es redonda. El sol se siguió para abajo». Me duele la espalda, mi joven, mi flexible espalda: «¿Cómo es que no se me ocurrió recargarme en algo, una roca, un palo, cualquier cosa?». Mi espalda tensa me impide concentrarme. Cuento mis parpadeos. La sangre se está yendo del horizonte, me ilusiona ver un halo color verde, es apenas un fulgor que me astilla los ojos. Sigo con la vista clavada en el horizonte. ¿Era ése el rayo verde? No, ése era un arco, un semicírculo sobre el mar. Las olas se tranquilizan, golpean la playa, me gustan sus chasquidos; una suavidad azulosa baña el horizonte, una franja gris descansa dulcemente sobre la arena porosa; en la lejanía, el ardor se ha apagado, ya ni siquiera veo el filo del agua, el sol se ha metido.

Tres gaviotas lejanas cruzan la vastedad del cielo.

A falta de otra cosa, lo he buscado en los libros. Leí a Gamow, a Giorgio Abetti y me enteré de las «manchas solares», vi erupciones gaseosas como gigantescas columnas de fuego, me enteré de las perturbaciones magnéticas y de la aurora boreal. Pregunté por la relación de las golondrinas con el sol y los sabios rieron, pero yo sé que tiene que ver con sus migraciones. Hasta aprendí algo acerca de la juventud y vejez de las estrellas y declaré que quería morir de muerte térmica, al mismo tiempo que el sol. «¿Puede explotar el sol?». Nunca estudié en serio, no pasé del Flammarion, de la astronomía popular. Los hombres me envolvieron con sus voces planas, pedregosas, su rutina y sus órdenes; muy pronto me di cuenta que por cada mujer sobre la tierra hay un hombre dándole una orden. Me compensó salir en la noche, con un nieto de la mano a señalarle las estrellas fijas y la nebulosa de Orión, pero nada me emocionó tanto como ver la corona solar un día que el Observatorio de Sacramento Peak abrió sus puertas al público.

Entre tanto he cumplido sesenta años de luz solar; jamás he vuelto a tener acceso a cámara Schmidt alguna y me conformo con mis ojos, acostumbrados a los gases domésticos que un carro-tanque reparte de casa en casa. Voy a la playa con sombrero, atajo mi cráneo del sol; ya no doblo las rodillas con facilidad ni hundo las manos en la arena. Antes caminaba durante horas con los pies en el agua, le advertía a algún nieto que no se rezagara, que no fuera a meterse solo a lo hondo; como Cuauhtémoc, era yo una joven abuela. Pero ahora, el sol me cala; pesa sobre mi espalda. Busco mis anteojos. Si antes iba yo a la playa casi desnuda, hoy cargo el bolsón de las precauciones. Encierro mi sombra para que no escape, la doblo en dos y la extiendo como toalla en la arena. A veces va a meterse bajo otras sombrillas y tengo que gritarle que aún es mía. No le gusta reflejar mis hombros que se encorvan, mis piernas vencidas. Se alarga queriendo ser garza, mientras yo me asiento como el café en la taza, doblo el cuello. ¡Hasta ella quiere abandonarme como me abandonó la otra después de hablarme del rayo verde…! ¡Cómo me hizo buscarlo! En las playas del este al amanecer, en las del oeste al atardecer. Durante los quince días consecutivos de las vacaciones de agosto me levanté al alba, a las cuatro de la mañana, me vestí con el corazón de gargantilla, a toda prisa, sólo para encontrarme con la neblina cubriendo hasta la arena esférica (tan esférica como creía yo que era la tierra). Me acostumbré a madrugar y mis familiares protestaban: «Las tuyas no son vacaciones si vas a levantarte más temprano que en la ciudad». Después de un tiempo optaron por ya no hacerme caso. Se acostumbraron también a mis largas caminatas al atardecer, las manos en las bolsas de la trinchera, el pelo al viento, el agua en los ojos, el agua empapando mis pies, mojando mi pantalón, mis pies sobre la arena haciendo splash, splash, splash, splash. Alguna vez oí la voz aguda del nieto más joven explicar: «Es que, como mi abuela no ha sido feliz con el abuelo, le gusta mucho caminar sola».

¿Reproducía el juicio de algún adulto o tenía que ver la caminata con la infelicidad? No podían entender que yo estaba abierta a todo, que había abierto todas las ventanas de mi razón, todas las puertas en mi cerebro, todos mis poros y que caminaba yo abierta, abierta a un nuevo hombre, a un amor nuevo y que sólo entraban las olas. ¿Son muchas las mujeres que caminan así, solas por la playa al atardecer? No es que yo buscara aislarme, muchas veces urgí a alguno de los niños a que me acompañara, pero a esa hora ya no había gente en la playa, nadie con quién jugar; los caracoles ya no podían distinguirse, una infinidad de pequeños cangrejos corrían sobre la arena a refugiarse en sus agujeros, o quizá salían de ellos y yo no permitía que los niños se detuvieran a espantarlos. «Es su hora, es su casa; nosotros somos los intrusos». Caminar por caminar escrutando el horizonte y detenerse en silencio; no les decía nada a los niños. Poco a poco me dejaron sola. Una noche mi nuera Lorena, la más dulce de todas, aconsejó: «Déjenla, es su forma de calmarse». Yo era pues una excéntrica. Pertenecía a una generación de mujeres que no hicieron carrera, frustradas, sacrificadas —alegaba Lorena a mi favor—, era comprensible mi inadaptabilidad.

Una mañana no hubo niebla, al contrario, el cielo se tiñó de rosa. Lo vi desde mi ventana; había resuelto no salir, mi artritis me jugaba algunas malas pasadas y de sentarme en la arena sólo con un gran esfuerzo lograría ponerme de pie. Pero al ver el alba despejada tuve la certeza: «Es hoy». Me vestí a la carrera, con las prisas olvidé la trinchera, mi pantalón todavía estaba húmedo en las piernas por la mojada de la noche anterior, me lo enfundé sin más y salí: el cielo era cada vez más rosa, un rosa tierno que me exaltaba. Me sentí protegida; estaba yo en las entrañas de la tierra, resguardada en sus vetas rosadas, en su vientre, busqué algo dónde recargarme, no vi nada, pensé: «Tengo que clavar la vista en el horizonte, no puedo despegarla, ¿en qué lugar exacto saldrá el sol?». Las olas parecían jugar; venían en masa hacia la playa, pequeñas traviesas olas niñas, me invitaban a su ronda, las escuché reír, pero yo seguía aferrada al horizonte, reían, se reían de mí, ella también reía como las olas, jugaba conmigo, su risa una pura espuma, su risa, un destello verde que acompaña al sol.

Imploro el milagro. Salí tan de prisa que hasta olvidé el reloj. Han de ser cuarto para las cinco, diez para las cinco; en el horizonte surge un punto rojo deslumbrante, como el de un piquete de aguja en una carne tierna y sonrosada, un solo punto de sangre; cada vez se hace más intenso, no puedo despegar la vista de él; ahora es un coágulo, sí, eso es, tiene el color de la sangre fresca; cada vez se hace más intenso, se está incendiando; el horizonte está en llamas, el cielo ahora es anaranjado, un polvo de oro cubre el agua; no aguanto el fulgor de la hoguera, tengo que cerrar los ojos, apretarlos un segundo, apretarlos fuerte para hacerlos descansar; el rayo debe aparecer en el centro del resplandor y no logro sostener la mirada. ¡Dios mío, no me abandones!

¡Dame fuerza, permíteme hacerle frente a las llamaradas, déjame ver entre ellas el rayo verde, aunque sea el último acto de mi vida! Y de golpe, allí está, lo miro, no lo imagino, revienta como una burbuja, lo miro a pesar de mi parpadeo, a pesar de la emoción que me estrangula, es un verde nunca visto, ni en las hojas de los árboles, ni en la jungla, ni en el musgo recién nacido, ni en la vegetación del trópico, ni en la milpa tierna, ni en los retoños, ni en el verde de los mares de Cozumel, ni en el fondo de las aguas más transparentes, ni en la paleta de pintor alguno, pero lo reconozco, es el jade líquido de su risa, un instante, un segundo, una fracción de segundo. Una enorme hoguera ha invadido el cielo, no puedo ver la línea del horizonte totalmente enrojecida, pero adivino el contorno del sol que em pieza a asomarse. Ahora sí, la sangre ha vuelto a su lugar, la tierra también, el sol ha salido, unas gaviotas graznan y puedo oírlas, un pescador se hace a la mar y puedo percibirlo, las olas se estrellan contra un peñasco, un pelícano, creo, se clava en el agua y vuelve a surgir con algo en el pico. La vida es muy corta. Oigo el agua, pero sobre todo la oigo a ella, su voz de prodigioso verde. No puedo moverme, ella me lo impide, debí caer sentada en el momento en que reventó el rayo, no sé. Su voz me advierte que éste es el paraíso. Oigo el gran ruido del mar. El rayo contra mi piel dejó el color de un retoño; esta renovación asciende por mis piernas; siento cómo el ritmo de mi vientre retrocede hasta la niñez, la artritis se escabulle por mis poros como un último rastro de ola sobre la arena, la misma savia que recoge mis pechos, limpia mi cara y me devuelve el cabello adolescente, la boca pulposa, las uñas duras, las manos sin zureos ni cordilleras. Ella jamás creería que mi constancia ha sido tanta que he visto el rayo verde. Pero si por algún motivo volteara hacia el lugar donde me dejó tantos años esperando, encontraría, como una imagen más de las muchas que contiene su recuerdo, a la niña que inmovilizó en la arena con la promesa de la felicidad.

DE GAULLE EN MINERÍA

Las voces descienden como la lluvia de hojas que cayó en las Ardenas en una sola noche. Los árboles amanecieron desnudos y el Patitas cabizbajo musitó: «Ha empezado el invierno». «Pero si aún no termina el otoño, Patitas», protestó el capitán y su ordenanza volvió a la carga: «La guerra lo tergiversa todo, hasta las estaciones». Ahora también las voces se desploman, yacen a ras de suelo, enredándose en los vestidos largos, las faldas corolas que barren la piedra con su peso y su amplitud, los pantalones negros tiesos por la falta de uso encima de los zapatos de charol que rechinan de nuevos. Las voces siguen el contorno de las mesas redondas cuyos manteles largos le dan familiaridad y gracia a este patio que, sin ellas, se vería demasiado severo; las voces entran por la puerta principal de Tacuba y sólo se detienen ante la alfombra roja donde se hace el silencio; son mil quinientos invitados. Mil quinientos hombres avanzan con el agua hasta la cintura, su fusil recargado en los antebrazos, la luz está cediendo, cada vez se enfría más el agua en torno al cuerpo, habrá que detener la marcha, ordenar que caven las loberas, se metan en ellas hasta el alba; el capitán mira al Patitas. Como es muy chaparrito, el agua le llega hasta las axilas y tiene que sostener su fusil en el aire para que no se le moje, pero su rostro no da muestras de fatiga alguna, ni siquiera se tensa bajo el esfuerzo; al contrario, dice el Patitas que una de las ventajas de su pequeñez es que cava su lobera en un santiamén; cuando los demás palean la tierra es porque él ya ha abierto su lata de Spam, tomado su café, y está a punto de dormir dentro de su agujerito negro hecho a la medida. «Para infiltrarse en las líneas enemigas —piensa el capitán— tengo que enviar a una patrulla en las primeras horas de la madrugada». «Yo creo que hasta esas horas va a durar la fiesta, porque miren, allá en el fondo instalaron una orquesta», exclama Piti Saldívar, su pelo rojo auroleándole el rostro, y tres hombres de frac vuelven la vista hacia el punto señalado por su mano enguantada mientras en torno suyo se yerguen las columnas del Palacio de Minería, grises y blancas, austeras, duras, a pesar de las flores azules, blancas y rojas, y la gran profusión de luces que afilan sus aristas, prolongan la nobleza de sus líneas que detienen la galería superior por la cual se asoman otros invitados que en lo alto gozan del espectáculo. Dice Abel Quezada que todos los meseros de México han quedado sin frac, que los diputados desvalijaron las casas de alquiler y que hasta a los vestuarios teatrales fueron a dar; Rafael Galván alquiló el del Conde Drácula y se ve rete chistoso; dos senadores de izquierda, mejor dicho, de oposición, después de comer cabrito en el Correo Español fueron a ver qué encontraban para echárselo encima y ni un *smoking*, háganme favor, entonces corrieron a la calle de Niza a ver a Campdesuñer que con esta recepción ha hecho su agosto y le ordenaron un frac pues ya que iban a hacer el gasto mejor que les luciera, al fin y al cabo tendrían que volver a usarlo cuando casaran a su hija si es que la casaban porque la tonta no daba señas de para cuándo y este sexenio era el bueno, ¿verdad compadre?, sí señor, éste y no otro, porque en la política hay que ser precavido, las cosas pueden ponerse color de hormiga en el momento menos pensado. A De Gaulle lo han anunciado para las ocho y treinta y es muy puntual, dicen que está encantado con México, que el recibimiento en el Zócalo fue más allá de todas las previsiones, la multitud lo ovacionó al verlo aparecer en el balcón presidencial y cuando dijo su discurso en español, la gente se puso a gritar de entusiasmo, degol, de-gol, de-gol, de-gol, ge-ne-ral-ge-ne-ral, ge-ne-ral, era el delirio. Nunca a presidente extranjero alguno se le hizo recepción igual; el pueblo entero quería estrecharle la mano: en la valla, unos señores trajeados coreaban: «Francia libre» y hacían ondear la bandera con la cruz de Lorena. De Gaulle se detuvo a besarlos en ambas mejillas de a uno por uno. «Son mis antiguos combatientes», exclamó. Los guardaespaldas tuvieron muchísimo trabajo porque su jefe descendía a cada instante del carro descubierto y en los sitios más expuestos abrazaba niños, los levantaba en vilo y se dejaba envolver por oleadas de mexicanos que se agolpaban en contra suya. ¡Y bien que le habían recomendado que no lo hiciera, que no podían responsabilizarse de movimientos imprevistos!

«Las decisiones se toman allá en lo alto —piensa el capitán— pero a los que matan son a los cabos. Es bueno que las órdenes vengan de arriba, del alto mando, que los soldados rasos no externen sus juicios, además, la guerra les deteriora su capacidad crítica; los generales se encumbran y sus estrategias y operaciones militares provienen directamente del cielo; a la hora de tomar decisiones son los poseedores de la verdad absoluta, Dios los ha iluminado. Antes de enviar sus tropas y las de los aliados a Garigliano, el general Juin subió a la torre del castillo de bóveda ojival de Sessa Aurunca y rezó; pidió que lo dejaran solo para encomendarse a la Santísima Virgen y a su Hijo Bienamado antes de firmar la orden que al día siguiente mandaría a cientos de hombres al matadero: franceses, polacos, norteamericanos, ingleses, árabes, hindús, canadienses. En los campamentos, cuando los soldados ven el *jeep* de su general sienten que Dios mismo los acompaña en esta nueva guerra santa y que si mueren, morirán como héroes, su victoria es la victoria del espíritu, su muerte tiene sentido, es noble, los hombres del futuro les levantarán un monumento (al soldado desconocido). Contribuyen en los campos de batalla a forjar el destino del mundo, a librarlo del MAL, su general es su buen pastor, capaz de sacarlos de entre los abrojos. Por de pronto, quién sabe quién pueda sacarlos de estos alambrados que rodean el campo minado por el cual han recibido la orden de pasar. Estos hombres son mi responsabilidad directa y tienen más de cuatro meses peleando, continuamente en acción, chapotean en el agua, congelados hasta los huesos. Lo único que han visto durante semanas es el lodo, la nieve y la montaña. Las largas exposiciones al frío, al agua del Rápido por el cual caminamos durante horas, causan tantas bajas como las heridas en el campo de batalla. Y yo sigo recibiendo: Orden general de operaciones número 14, fecha 8 de enero de 1944, a las veinte horas, Orden general de operaciones número 18, fecha 10 de enero de 1944, a las veintidós horas, Orden general de operaciones número 26, fecha... De todos los frentes llegan órdenes *top secret* que tengo que descifrar; mensajes confidenciales que tengo que sepultar y sólo puedo repetirles a mis hombres: "El casco es obligatorio, el casco es obligatorio" y despacharlos —puesto que soy su oficial de enlace— a las líneas de fuego con la misión de localizar todas las posiciones alemanas. E insistir: "El casco es obligatorio"».

«Estipularon que la invitación era obligatoria. ¿No te la pidieron en la entrada?» Guadalupe Rivera recoge su vestido en torno a sus piernas. A María Félix le brillan los ojos, le brilla el pelo, le brilla un puma de diamantes sobre el hombro, sonríe como puma, es de Cartier, ojalá y mordiera, ojalá y alguien enloqueciera en esta cena ceremoniosa y un tanto provinciana. Es culpa de los meseros diputados que hacen que las cosas se acorrienten, se parezcan al Casino Militar; también deambulan bajo las arcadas de Minería, militares de paño verde, y galones dorados. ¿Cuáles serán sus hechos de guerra? De Gaulle hará su entrada con el presidente López Mateos, la mesa de honor está en el segundo piso, se tocarán casi inmediatamente los dos himnos y luego vendrá el besamanos. «¡Qué gusto, hace tanto que no te veía!, la última vez estabas muy desmejorada, pero ahora luces radiante», así el capitán irradia autoridad en medio de sus hombres; las balas pueden rozarlo, perforar la carrocería de su *jeep* y él sigue diciéndole a su ordenanza Patitas: «*Allez, t'occupes pas, t'occupes pas*», bajo el aire pespunteado por el tableteo de las ametralladoras. «Tenemos que proseguir la ofensiva». A Patitas le gusta verlo con su cigarro sin prender pegado a la punta de los labios, examinar un mapa y sacar otro, cotejarlo, tomar notas en una pequeña libreta forrada de cuero, preguntar si sirve el radio que nunca funciona porque los alemanes cortan todas las comunicaciones y cuando encienden el aparato, curiosamente se escucha, en medio de la nieve, música alemana: esas absurdas, exasperantes canciones tirolesas. El capitán entonces enciende su cigarro y entrecierra el ojo derecho para que no le moleste el humo porque jamás se saca el cigarro de la boca y allí está verificando las operaciones de combate *top secret* (*until departure for combat operation when this sheet becomes restricted*), y apunta: Baie de Cavalaire, radar, aeropuerto, número de playas, nivel del agua, profundidad, objetos no identificados, vía férrea, pistas en el bosque, senderos, posición de los campos de tiro, número de armas, puentes, revisa una y otra vez, meticuloso, calcula kilómetros, hasta qué punto pueden avanzar sin demasiadas baja. Escribe nerviosamente el cinco, lo hace como una r, y sólo Patitas lo entiende. Luego se pone a caminar junto a su tanque o a la tienda de campaña como león enjaulado y pasa sus dos manos, según su costumbre, dentro del cinturón, presionando su vientre y allí las mantiene, aplanadas. Entonces Patitas sabe que su capitán se dispone a dar una orden, que dentro de poco les dirá a todos que van a salir y el sargento Murphy correrá de lobera en lobera gritando «¡arriba los cuates, no hay tiempo que perder, ya llegaron las muchachas!», o algún chiste parecido.

Top secret: Son las cuatro de la mañana, es la hora de nadie, estoy solo con mis hombres que aún no despiertan, Patitas ha abierto un ojo y finge no verme, pero sé que al menor movimiento saltará junto a mí adivinando mis pensamientos, sé que si no precipito las cosas, muy pronto tendré que enfrentarme a la mañana lechosa, al alba que revela los contornos, los evidencia. Si logramos inspeccionar el campo enemigo y regresar antes de que amanezca podré entregar un reporte sobre sus posiciones, pero ese fulgor allá a los lejos me intranquiliza, ilumina no sé cuántos kilómetros a la redonda, deben estar bombardeando; mañana los caminos estarán atascados de carretas de campesinos huyendo con sus enseres, todavía creen en la vida, pobres. «Qué precioso —dice Mimí Riba de Macedo— y yo que no pensaba asistir, le dije a Pablo que viniera solo, porque ya no aguanto los embotellamientos y luego no hay un solo lugar dónde estacionarse, pero qué bueno, me hubiera perdido este espectáculo».

No hay un solo árbol en la falda de Monte Cassino, según los campesinos la primavera fue tardía y no tuvo tiempo de florecer porque a fines de septiembre empezó a soplar un viento frío que vació de hojas los árboles. Avanzo lentamente dentro del lodo, mi rifle entre los brazos como un hijo, hace un frío atroz, pero, claro, estamos en guerra; los árboles sin follaje se yerguen como dardos negros, la nieve está sucia, no hay escarcha; oigo el ruido de las botas de otros que caminan en el agua, pero no vuelvo la cabeza. Un sargento, ha de ser Murphy, masculla: «*Get you fucking ass out of the way*», pero tampoco volteo. Quizá sea Gregory el que camina allá adelante pero no tengo fuerza para alcanzarlo. Los alemanes impidieron la entrada de los tanques al inundar el valle de Cassino. Cada vez que se lo proponen minan un borde del río Rápido y ya está, se desborda; la última vez, como no les pareció suficiente, volaron una presa; toda la cosecha se ha perdido, esto es un pantano, veo las pobres matitas flotar, ahogándose en el lodo. Arriba de la montaña, absolutamente solitaria y ajena a todo, permanece la Abadía de Monte Cassino, negra dentro de la grisura de la mañana. Es enorme y arrogante, y la larga extensión de sus muros está agujereada por hileras de pequeñas ventanas que parecen troneras. Impide nuestro paso. De nuevo oigo la voz: «*Fuck you*» y luego «*Shit*», quisiera sonreír, pero el frío me golpea la cara. En su equipo de guerra los gringos no trajeron más que unas cuantas palabras: *Shit, fuck you, ass hole, son of a bitch* y las repiten una y otra vez, yo también podría decirlas obedeciendo a mi mitad gringa, pero me conformo con sonreír. En cierto modo este lenguaje escatológico de colegiales en medio del pantano me levanta el ánimo. Los gringos han venido a desacralizar la guerra. ¡Cuánto frío en las piernas, cómo cala esta cochina agua de río!, por eso los norteamericanos resultan saludables con su lenguaje grosero, salpicado de mentadas de madre, exento de filosofías y de idealismos. Lo hacen a uno bajar a la tierra, el frío es mierda, el lodo es mierda y el café, que se intenta calentar sobre una lamparita de alcohol protegiéndola con el casco, también es mierda. Cuando llega a entibiarse es porque el sargento Murphy pasa gritando: «*Get mooving, get your fucking ass out of there*» y tienes que apagar la lamparita con los dedos, ponerte la canadiense, salir de la lobera en la que por fin te habías acomodado; por eso lo único válido son sus malas palabras, su manera de decirlo todo sin el menor recato, hasta de qué manera cagaron, su capacidad absoluta de comunicación: leen en voz alta las cartas de sus esposas, de sus amigas, comparten sus cigarros, los paquetes que les envían, de todo dan santo y seña, ríen como locos ante la perspectiva de robarse una botella de cogñac e inmediatamente se les sube, son niños estos gringos, absolutamente infantiles, hasta los del Alto Mando, ¿no fueron a ponerle Operación Mickey Mouse a una operación de combate? Reducen su vida y su muerte a un ratón con pantalones. No tienen el menor respeto por la jerarquía —y nosotros los europeos tanto que la cultivamos—, creen saberlo todo mejor que los demás, se lanzan cada uno por su lado y regresan llorando gruesas lágrimas de niño, con verdaderos mocos de niño, un brazo de menos o la pierna volada en terreno minado. ¡Oh, Dios!, cada hora que pasa siento esta agua más fría, seguramente la recorren gélidas corrientes subterráneas, los nazis atrincherados se han de reír a carcajadas de vernos pisotear el suelo como animales, qué confortables y qué calientes deben estar parapetados allá arriba apuntándonos, cazándonos como moscas. Otra vez la ráfaga de ametralladora, otra vez el silencio. «Son intermitentes», diría el sargento Murphy tan preciso en sus reportes. También oigo silbar; hilos rosas y azules de balas trazadoras pasan encima de nuestras cabezas; felizmente pasan demasiado alto, nos encontramos bajo fuego y a descubierto, zumban las balas y las groserías que mascullan los gringos que pasan corriendo junto a mí, ah que gringos estos, *shit*, *shit*, *shit*, luego se hace un espantoso silencio. La orden es llegar al río y cruzarlo, armar las pasarelas y echarlas encima del agua, así a descubierto y bajo fuego. ¡Fácil! Ahora sí que «*bullshit*», les embarro su mierda de toro en la cara; además este lodazal espesamente sembrado de minas, va a hacernos volar a todos si logramos acercarnos siquiera al Rápido. Si sólo nos tiraran desde lo alto tendríamos alguna posibilidad, pero tiran desde esos bancos verticales en el río que alcanzan hasta un metro de altura arriba del nivel del agua, estoy seguro de que hay nazis pertrechados tras de esos bancos de arena, pondría mi mano al fuego de que allí los apostaron; aquí hay nazis donde quiera, hace semanas que se están preparando y no me asombraría que tras de las celdas de los monjes hubiera un soldado apuntándonos porque los tiros vienen de la Abadía de Monte Cassinno y también le tocan al pueblo de Cassino, pobre pueblo tan fregado o más que nosotros. Los primeros días vi campesinos, pero ahora solamente han quedado los viejos que no salen de sus casas; nadie podrá moverlos, sólo la muerte y quizá ni ella. También en los primeros días oía yo el cencerro de las vacas, pero ahora ni los pájaros cantan, apostaría una botella a que hay un nazi aquí a treinta metros. Las nubes que siempre presagian la tormenta barren la fortaleza, es tan alta que pasan frente a sus muros, oscureciéndolos; ésta parece entonces desafiarnos, a ver suban pendejos, soy la torre guardiana del camino a Roma, estoy en medio de su guerra. Si tuviera humor podría hasta contar las nubes que pasan frente a sus muros…

«No le hubieran puesto nubes a los ramos de centro de mesa —dice Lorenza Romandía—, ¿por qué mejor no lirios, azucenas? La azucena es emblema de Francia, *le lis ma che re*, qué buen detalle, pero a nosotros los mexicanitos no se nos prende el foco». «Pero si todo está ideal, ideal, ideal —repite entre sonrisas Bebesa Martínez del Río de Corcuera, envuelta en una gran capa de satín—, estos centros de mesa son lindos: pinceles, nubes, claveles, mira, recuerdan la bandera de Francia, yo también estoy de rojo». «*Obvious my dear*», ríe Lorenza sobre quien se precipitan tres pingüinos tropicales.

Top secret: ¿De qué sirve una fuerza aérea si el tiempo no permite que los aviones despeguen? ¿De qué sirven los tanques si no pueden avanzar dentro del agua? Aquí estamos al borde del Rápido bajo fuego directo: la mayoría de nuestras barcas han sido hundidas en el momento de hacerse al agua, otras se fueron girando corriente abajo, las más se voltearon mientras los hombres trataban de subir. De las pasarelas que llevábamos, una salió defectuosa, otra fue destruida por las minas y el enemigo tiró las otras dos que se fueron río abajo cuando intentábamos echarlas. Con los restos de las cuatro el ingeniero Gallagher y sus hombres lograron ensamblar un puente que duró lo suficiente para que pasaran dos compañías; pero los que atravesamos, estamos cercados, sin comunicación con las tropas que quedaron del otro lado, de espaldas a los alemanes que nos ametrallan, frente al río que no podemos volver a cruzar; los nazis están barriendo con nosotros, con la luz del día su campo visual se ha ampliado, y así como localizaron los puentes, así nos están borrando del mapa. Cada vez que disparan cae un hombre. Mis hombres, o lo que queda de ellos, han corrido a refugiarse bajo la falda de la montaña, cualquier cueva es buena, cualquier roca; allí se acurrucan; se llevaron sus municiones, al menos las que pudieron rescatar; no queda otra más que esperar la noche, y cuando podamos, intentar subir, si todavía estamos en vida. No hay un solo alambre de teléfono, lo único que puede ayudarnos es la neblina porque nadie vendrá a nado a rescatarnos nunca, debimos atacar la montaña en su flanco derecho; la única posibilidad era la izquierda, lo vi claro, muy claro, pero…

«Te apuesto a que va a haber crepas con huitlacoche, es el plato fuerte de Mayita, y, además, es de temporada. O sopa de hongos, o crema de aguacate, o de piñones, folclórico, folclórico, para que el general pregunte: *Qu'est ce que c'est que cela?, co mon General, c'est du poulet au chocolat*. ¡Cuánto te apuesto!». «¡Ay, no te hagas, ni modo que den *Quiche Lorraine*, si esa la come en Francia! Los menús están sobre las mesas, así que es fácil enterarse, lo que sí puedo garantizarte es que el *champagne* correrá a pastos como dice el Duque de Otranto. Después queremos ir al Bamer, Xavier Barbosa, James Ross, Ginny Landa, Maruca Palomino, Norma la güera, los Souza, todo un grupo, ¿no quieres venir? Vamos a reponernos de esta solemnidad. Sí, sí, va a ser cosa de las cuatro de la mañana, si quieres te invito a desayunar a la casa unos huevos revueltos deliciosos; ni creas que despierto a los criados, yo soy la que me meto a la cocina…».

—Mira, allá va mi sartén.

—¿Cómo que tu sartén?

—Sí, en ese *Spitfire* va mi sartén y seguramente mi olla para hervir papas.

Las inglesas levantaban los ojos durante la Batalla de Inglaterra y sonreían a sus pilotos que, como los caballeros andantes del Santo Grial, llevaban un pañuelo de amor sobre su pecho, una bufanda blanca en torno a su cuello, un talismán, unos guantes tejidos o unas orejeras de buena suerte. Las amas de casa entregaron toda su batería de cocina de aluminio para la fabricación de los *Spitfire* y de los *Hurricane*. «*Speed is vital*», «*Keep them both flying*», rezaban los carteles que, además de aviones, mandó hacer lord Beaverbrook. Los ingleses tenían 820 aparatos que enfrentaron a los 2 600 aviones de caza y bombarderos de todo tipo de la *Luftwaffe*. Y acabaron con ella. «Churchill —dijo De Gaulle— es un talento político superior».

Se viene un cansancio animal, ahora sí, apenas si puedo poner un pie delante del otro, no avanzo, me pesan demasiado estas piernas, se rehúsan; lo mismo sucede con la espalda, son los alambrados los que se me han enrollado en torno a la columna vertebral, en torno a todo mi cuerpo agujereándolo, siento dos puñetazos, mis dos riñones y esos dos golpes se repiten en los omóplatos, percibo cada una de mis junturas, con qué estará conectado mi cuerpo, Dios mío, que me dejen aquí descansar; alguien me jala: «*get going, buddy, keep on walking*», vaya alguien que habla un inglés normal, voy a soltar el rifle, no puedo sostenerlo, hace horas que dejé caer la mochila quién sabe dónde, ya no siento el rostro, Dios cómo se me encajaba la mochila en la espalda y ahora que la tiré, ningún alivio, o nunca llegué a tirarla; sigo sintiendo esos dos golpes a la altura de los brazos, la quijada me dolió durante horas de tanto apretarla, creo que ahora ella se me ha caído con la mochila; los dientes los sentí de piedra, es tremendo que le pesen a uno los dientes pero ahora ya ni los siento, no me siento ni a mí mismo, creo que la nieve me congeló y los alemanes cazándonos desde sus madriguera, yo debería correr como corrí hace un rato rumbo al río, a campo traviesa, sin importarme el fuego, pero ahora alguien me está remolcando, me ha agarrado de la cintura, su mano en mi cinturón y me habla de mi culo que mueva mi culo apestoso, que saque del camino mi culo estorboso, que si quiero darles el culo a los *krauts*, gringos hijos de su mal dormir, a este le van a dar por gritón, ya le dieron, no a él no, a mí, a mí me han dado y es lo primero caliente que siento en todo el día, esa sangre mía que escurre como un buen caldo por mi pierna, me han dado, sí, ahora podré dejarme caer, nadie lo impedirá, ningún gringo tiene derecho a gritar que mi culo, y que la mierda, ahora sí, a descansar, a dormir…

«¿Qué De Gaulle es aficionado a la sopa como todos los franceses?». «No lo creo. Su única afición es Francia, mejor dicho, la gloria de Francia. Dicen que no tiene vida personal; su mujer siempre está sola, pero a diferencia de las mexicanas, jamás se queja. Y tampoco habla de niños y nanas como decía Ira Furstemberg de Hohenlohe». «Oye, si a Ira, nadie le pidió que viniera, y si no le gusta México, que se vaya». «Mira, ¡cómo se asoma Wanda Sevilla por el barandal para ver si llega Pedro, mira qué loca, se va a caer! ¡Qué loca, pero qué guapa!».

Un avión cayó en picada y a pesar del incendio, el capitán dio órdenes de arrancar. Patitas siguió con el *jeep*, el capitán había decidido viajar con sus hombres porque quería hablar con ellos. Levantarse a las cuatro de la mañana y subirse amodorrados para salir de expedición une a los hombres. El capitán los ve entrar con los pelos parados, las camisas arrugadas y recargarse los unos en los otros, encoger los pies para volver a la posición fetal, queriendo prolongar el sueño, sin poder hacerle todavía frente a la realidad: es la guerra, está nevando, hace frío, el camión huele mal, hay que tener la energía suficiente para evitar el aliento fétido del sargento Murphy cuya boca siempre huele a caño. ¡Cuánto daría el capitán por ofrecerles un buen café!, pero sólo puede pasarles la tableta D, ese chocolate empalagoso y vitaminado que muchos llaman la batalla de

Hitler porque parece el peor de los azotes. Cuando el camión arranca todos caen, los unos encima de los otros, hombros con cabezas, codo con codo, «pobres diablos, están muertos», piensa el capitán, ni un *blietzkrieg* los haría reaccionar, el camión se estremece, tiemblan sus paredes de lámina y no hay un solo gruñido entre los tripulantes, siguen durmiendo y sin embargo entra un frío terrible. Entonces, el capitán decide: «Voy a enviar un comunicado, mis hombres tienen que descansar, ya no están peleando, nada les importa, deben reponerse, son hombres carajo, no es posible tratarlos como a ganado, carajo».

«Deberían limitar las invitaciones. Dime nada más, ¿qué diablos importa la presencia del embajador del Salvador?». «Y qué, que se sienta». «¿Tú crees que los franceses saben siquiera dónde está San Salvador? Todos estos paisitos chiquitos son una lata, el puro subdesarrollo; deberían agruparse en un gran país: Uruguay, Paraguay, Nicaragua, El Salvador, Guatemala, y luego de Perú para abajo». «Bueno, yo casi metería a Perú y a Chile. Están hundidos, no tienen salvación, son los condenados de la tierra, ni un petate en qué caerse muertos, pero eso sí, ¡mucha representación diplomática!». «Y mírala nada más, mira qué cursi la embajadora con su crepé y su vestido ceñido, mejor no miro porque se me va a notar».

De pronto una ráfaga de ametralladora rompió el silencio. Seguí caminando con Dick a mi lado, luego pensé que era una imprudencia y le grité:

—Tírate.

Él no se tiró, cayó.

—Me dieron —me dijo y repitió con voz más débil: me dieron.

Me acuclillé a su lado y lo recargué entre mis brazos, su cabeza contra mi pecho. Metí la mano en su camisa, la herida era grande: un boquete; le tomé el pulso, él no decía ya nada, su corazón latía cada vez más débil y así, en un segundo dejó de latir. Aullé:

—¡Un médico!

Después de un siglo se acercó un socorrista en medio del silencio, porque ya no se oía una sola ráfaga de ametralladora; parecía haber huido satisfecha de su hazaña. El socorrista le tomó también el pulso, y simplemente le quitó a Dick su pulsera de identidad.

Entonces a mí me entró una cólera violenta y profunda. Me eché a andar tras del socorrista que muy pronto se internó entre los árboles y en el momento en que empecé a caminar, se avivaron las ametralladoras. Levantaban pequeños copos en la nieve, un polvo blanco navideño y pensé: sí, es cierto, debemos estar cerca de Navidad, o pasó o está por pasar, y dentro de mí flotó la canción de lrving Berlin que no me gustaba especialmente pero que los soldados tarareaban mucho en el cuartel: *I'm dreaming of a white Cristmas just like…* Y yo también empecé a cantar y antes de darme cuenta cabal de lo que hacía estaba cantando a gritos.

«No sabes qué orquesta tan padre la del Jacarandas, es un francés el que canta *Douce France*, *La Seine*, *Danse avec moi*, *Que reste t'il de nos amours?*, André Toffel, yo no he ido pero fue Gloria y dijo que la pasaron a todo dar, fueron con Jaime Saldívar y con Quique, Diego y Genia, Norma y Alejandro, Chapetes los alcanzó después, sólo que el whisky es muy malo, no se miden, veneno puro, Florencio por poco y se muere, pero vamos con Magda Pedrero y Gerardo y la Cuija, está divina la Cuija, no sabes, como nunca de guapa. ¿No vas a ir al Aztlán a la fiesta de May Limantour el lunes? Oye, y aquí, ¿no va a haber variedad?». «¿Qué más variedad que De Gaulle?». «En las recepciones oficiales nunca hay *show*». «Óyeme no, chiquita, te equivocas, yo he ido a varias y siempre sale Lola Beltrán o María de Lourdes o Flor Silvestre, así es de que sí. Además, parece que iban a soltar palomas desde arriba a la hora de los postres, pero se arrepintieron porque… Lástima, lástima, se hubiera visto bonito que las palomas revolotearan encima de las mesas…».

Una noche bajaron los paracaidistas en la oscuridad del cielo; primero pasaron los aviones, luego los vi a ellos como grandes flores blancas y lentas; de ser más, hubieran podido cubrir una parte del cielo, pero eran menos de los que yo esperaba, siempre fueron menos; me habían dicho que mandarían a un destacamento y apenas si logré reunir a quince hombres, y sin embargo en un momento dado, estos quince saltando al unísono taparon el cielo. Apenas tocaron tierra, soltaron las amarras de sus muslos para recoger el paracaídas, pero en el aire, el viento dispersaba las grandes flores, un viento helado que los alejaba a más de mil metros, dos mil, tres mil los unos de los otros cuando yo había calculado reunirlos en quince minutos. Después, al ver su torpeza me di cuenta que era la primera vez que muchos de ellos se tiraban: ¡Qué bárbaros, qué manera de hacer las cosas! Y ahora, ¿cómo voy a llevar a cabo la misión con este equipo lamentable? Cada vez que el avión pasaba, florecía la noche con los paracaídas, pétalos blancos flotantes vueltos sobre sí mismos que descendían despacio mientras yo me tragaba mi angustia. *Good God*, seguro los vieron los alemanes. ¿No creerán que son gigantescos copos de nieve, verdad? ¿Por qué no les tiran los alemanes? Será que no vale la pena, son demasiado pocos, no les importa, estos aliados nunca mandan suficiente gente y ahora me van a salir con que no hay paracaidistas y yo, ¿qué puedo hacer con este puñado de hombres temblorosos que hasta los alemanes desdeñan? Me miran como perros y aguardan mis órdenes, ¿o qué diablos esperan? Como perros sí, sólo les falta mover la cola, los van a cazar en un segundo, apenas echen a correr, miren éste cómo se ha enredado en su paracaídas, milagro, jaló el cordón a tiempo, mejor se hubiera estrellado, qué incompetentes tipos, embarrado su cerebro en el suelo, imbéciles, cómo voy a llevar a cabo la misión, cómo se atreven, y a eso le llaman guerrear, *shit*.

El capitán oyó un silbido agudo y se aventó al suelo. La explosión sacudió la tierra y se vio envuelto en una nube de polvo. Al levantarse miró en torno suyo, puertas y ventanas del granero en el cual había citado a los paracaidistas estaban en pedazos. A varios kilómetros a la redonda, la neblina nocturna se iluminó en una gigantesca explosión de fuego, de fierro y de humo; por un segundo se vieron nítidamente los valles y las colinas; los pinos cubiertos de nieve tiritaron y dejaron caer sobre la tierra nubes de polvo blanco. Centenares de tanques estremecían el suelo al echarse a andar, percibió el ruido de sus motores y el cliqueteo de las cadenas mientras otras explosiones sordas de los cañones pesados sobre rieles daban en el blanco. «¡En la madre! —pensó—. Sólo nos falta la *Luftwaffe* con sus obuses. Atrás, atrás —los perros, perdón, los hombres miraban sin comprender—, tenemos que regresar a las líneas aliadas, lárguense, les digo, esto es una equivocación monstruosa, los alemanes están encima de nosotros, qué patrulla ni qué nada, qué infiltrarnos en las líneas enemigas, si los enemigos están aquí en nuestras narices». Uno de ellos corrió como alma que lleva el diablo y los demás lo fueron imitando, tras de ellos el capitán alcanzó a llegar a un puesto de mando de batallón y vio cómo varios oficiales apelotonados escuchaban estupefactos el ruido continuo, como el redoble de un tambor, de los tiros y las explosiones y el avance de los tanques y los carros-tanque cada vez más cercano a las trincheras aliadas. «Es una celada de los alemanes. Hemos caído en su trampa». «Ahora sí —pensó el capitán—, ahora sí me cae que acabaron con nosotros». Automáticamente miró su reloj; eran las ocho treinta.

—Las ocho treinta. ¡Qué gusto verlo capitán —dice Jaime Torres Bodet— y qué bien se ve! Para usted ha de ser un gran día éste, capitán, porque usted conoció al señor general De Gaulle; según tengo entendido, estuvo entre los primeros en irlo a alcanzar a África, peleó a su lado. Así es de que ésta es una espléndida oportunidad para volver a saludarlo. Lo felicito, es un hombre admirable, un visionario, un paradigma, uno de los grandes de nuestro siglo. ¡Cómo supo adelantarse a los acontecimientos! Comprendo su emoción y la comparto, capitán. Realmente este gran viejo salvó a Francia, salvó su honor, recobró para ella la grandeza perdida. Señora, perdóneme, no la había visto; es por la emoción de saludar a su marido, siempre me conmueve su presencia y con mayor razón ahora, un héroe de guerra, mire nada más cuántas condecoraciones: las de dos ejércitos, ¿verdad? El francés y el norteamericano. ¿Estuvo usted en la *Fifth Army* o en la *Seventh Army*, capitán? ¿Es su hijita? Pero cómo ha crecido. Estoy en la mesa del embajador de los Estados Unidos y aún no la he buscado, allá me espera mi mujer, me despido de ustedes porque no ha de tardar el general De Gaulle y como hay mucha gente, prefiero…

En un momento dado, toda Europa estuvo cubierta de *krauts*. Aguantaron mucho. Thompson me contó que hizo prisioneros a unos que andaban patrullando, dos de ellos motociclistas y que tenían las mejillas hundidas, el rostro demacrado de tan flacos y que eran jovensísimos; allá los reclutan a los diecisiete años y con el estómago vacío. Allá sí saben lo que es disciplina, aquí el único oficial que la aplica verdaderamente es el propio Thompson. Ayer un hombre se le acercó con todo el rostro cubierto de sangre y le gritó:

—¿Qué no le han dicho que deje a un lado el exibicionismo? Límpiese, cabo.

El soldado se llevó la manga de su saco a la cara y se limpió de la frente para abajo. De la herida en la ceja manó más sangre. Entonces aulló el oficial Thompson:

—Pues lárguese al puesto de socorro y que lo curen, cabo, o, ¿qué está usted esperando?

Ahora sí ha entrado De Gaulle, salva de aplausos, salva de guantes blancos, los cadetes lo precedieron y se formaron en dos hileras a un lado de la alfombra roja, tiesos, marciales, López Mateos sonríe, Manuel Moreno Sánchez prolonga los vivas, Andrés Henestrosa le hace segunda. De Gaulle se adelanta sobre la alfombra, todas sus condecoraciones sobre la pechera izquierda de su frac, se ve mejor de militar, el kaki le sienta; y las esposas: Yvonne, modesta, los ojos bajos, Eva y Ave peinadas de salón; ahora sí los invitados se ponen en fila porque dentro de un momento subirán en orden al besamanos; una oleada de solemnidad recorre Minería después de que se escuchan los dos himnos; los invitados se forman, las mujeres preceden a sus maridos y algunos de ellos ponen su mano conyugal sobre la espalda desnuda; platican entre sí en voz baja, respetuosa. Extrañamente, el patio del Palacio de Minería se ha vaciado para convertirse en esta sola fila, larga, estrecha; este gusano que va subiendo por la escalera en riguroso orden, peldaño tras peldaño, ceremoniosamente. Las mesas son novias abandonadas con su ramo redondo de colores, único manchón en su blancura; los pasos casi no se escuchan, sólo avanza el gusano, lento, lento, por la escalera, mujer, hombre, mujer, súbitamente cohibidos, conscientes de la trascendencia del momento porque a medida que avanzan todos guardan silencio…

«¿Te sientes bien? —pregunta mi mujer—, te has puesto muy pálido. ¿No quieres que nos sentemos? Dejamos a la hija en la fila y la alcanzamos cuando esté más cerca». «No, no, no es nada, estoy bien». Pero no estoy bien. Me tiemblan las rodillas como nunca me temblaron en el campo de batalla. ¿Qué le diré cuando me acerque a él, cuando me dé su mano fuerte, generosa y pueda yo estrecharla? ¡Cuánto coraje le dio ver a los alemanes pisoteando la patria!, qué dolor tremendo para él, y qué rabia constatar la debilidad, la desorganización, el entreguismo de su gobierno, el ejército derrotado de antemano, los ciudadanos azorados ante lo que veían: los soldados alemanes en las calles de París. De Gaulle tomó la acción por su cuenta, hizo suyas las decisiones, claro era personalista, en la acción no quería más impronta que la suya pero estaba dispuesto a afrontar solo el destino, pasara lo que pasara. Todo lo hizo con la pasión exclusiva que caracteriza al jefe. Recuerdo, sobre las carreteras del norte, los lamentables convoyes de refugiados; De Gaulle los vio y, sobre todo, miró con detenimiento a los numerosos militares desarmados por los *Panzers* que, a las primeras de cambio, pusieron en desbandada a las escasas tropas francesas. Incluso en su huida, destacamentos mecánicos alemanes alcanzaron a los franceses y les dieron orden de tirar sus fusiles y caminar hacia el sur, pero rápido para que no estorbaran, no fueran a embotellar las carreteras. «No tenemos tiempo de hacerlos prisioneros —gritaban los alemanes—, ustedes caminen», qué vergüenza, qué gran vergüenza. De Gaulle lloraba de rabia, los alemanes entraron a Francia a la hora que les dio la gana, ni ellos mismos esperaban que fuera tan fácil, «la línea *Maginot* resultó ser de mantequilla», dirían después; los *Stuka* bombardearon en picada y en una tarde acabaron con los tanques, los franceses no tenían nada con qué responder.

—De veras, ¿no quieres sentarte? Sigues muy blanco.

—No, no —se irrita el capitán—, déjame en paz.

—Sí, papi —tercia la hija—, no tienes buena cara. ¿Qué te cuesta sentarte un momento? Yo permanezco en la cola.

—No, no, es el calor, es la gente, es mucha gente.

«Demasiada. A De Gaulle se le va a caer la mano».

«A mí me hubiera gustado que mi hijo estrechara la mano de De Gaulle, qué gran cosa para el niño, pero ni modo de traerlo aquí porque no lo hubieran dejado entrar, y en el zócalo, imposible».

En la infancia, en la gran casa paterna, el capitán percibía a veces ruidos que lo inquietaban, y de grande, sentado en la biblioteca en medio del más perfecto silencio, escuchaba de pronto cómo el sol hacía tronar la madera dos o tres veces o cómo el agua sonaba en las tuberías. Esos ruidos, sin embargo, le eran familiares y en cierto modo reconfortantes, la casa no se iba a venir abajo por ellos, pero los ruidos del campamento, cuando cesaba el atronar de la fusilería eran desquiciantes y lo ponían al borde de la histeria. Este gran silencio amenazante y nevado entre fuego y fuego lo enfermaba. Prefería escuchar el golpe sordo de los cañonazos que hacían retumbar la tierra que el silencio impresionante que podía cortarse con cuchillo. Entonces, sentía unas terribles ganas de sollozar, de salir corriendo de la tienda con tal de oír el sonido de sus pesadas botas moviéndose sobre la nieve.

—¡Patitas!

—Sí, mi capitán.

—No, no es nada.

Me dio por llamar al Patitas sólo para cerciorarme de que estaba ahí y mirar un instante sus ojos de hombre bueno, interrogantes siempre. Me di cuenta que estaba yo cansado aquel día en que detrás de la barricada, allá cerca de los árboles, vi una sombra moverse; claramente vi el casco alemán, entonces me fui reptando, el fusil apoyado entre mis codos, las granadas en la cintura y se me hizo un blanco en la mente, tan blanco como la nieve sobre la cual me arrastraba. «¿Qué estoy haciendo? ¿A dónde voy?». Tenía yo esos ataques amnésicos cada vez con más frecuencia, se me olvidaba dónde estaba (claro, nunca lo sabíamos bien a bien) y cuál era mi objetivo, quizá por hallarme bajo tensión, pero estos blancos a la mitad de un reconocimiento me sacaban de onda. Allí tirado, a medio camino, recordé las palabras de Hyde, una noche que tuvimos la suerte de dormir bajo techo y en literas: «Nos tratan como a gusanos; cuando no estamos en loberas cavadas bajo tierra, ¡y qué chingados cuesta cavarlas en ese pedregal endurecido por la nieve!, reptamos sobre la tierra, arrastrándonos sobre nuestro estómago, nuestros huevos, para llegar quién sabe a dónde, a capturar a un enemigo que seguro se está cagando de miedo como nosotros, pero hay que seguirle, el culo al aire, porque si nos detenemos y nos damos la media vuelta los que nos dan en el culo son ellos, y con qué saña». Seguí avanzando mecánicamente hacia la palizada, ya no se oía ruido alguno porque empezó a nevar y vi los copos, uno de ellos cayó sobre mi guante y pensé: «Parece una flor; es de azúcar o de sal, pequeña joya resplandeciente, me gustaría examinarte bajo un microscopio, pulir tus facetas, porque tienes facetas». Lo vi espejear, miré sus fulgores y me dio una sensación de paz y de seguridad. Desde la infancia, me gustó abrir la puerta de mi casa y ver la nieve dulce que había caído durante la noche y envolvía mi casa y la de los vecinos en un manto de silencio y blancura. A ningún hombre se le ocurriría hacerle daño a otro en semejante ambiente, la nieve nos inspiraba confianza, nos hermanaba; me entristecía tener que quitarla del camino frente a mi puerta para poder salir y metía la pala con muchos miramientos tratando de no ensuciarla al acumularla en los lados.

—¡Qué enorme es esta cola y qué tardada!

—Es que ha de hablar con todos.

—No, no es eso, son muchas las personas. En todo caso, avanza tan despacio que es desesperante.

—Ni modo de apresurar el paso, no estamos en la guerra.

—No vayas a olvidar recordarle que comiste con él en Túnez —advierte mi mujer y asiento con la cabeza, pero todo lo que había preparado se me borró, no sé qué voy a decirle a la hora de tenerlo en frente y tomarle la mano. En realidad, donde comimos fue en Argel: Giraud, Catroux, Palewsky, Boislambert, Linares, Beaufre, d'Argenlieu. A mí apenas me estaba creciendo el pelo porque acababa de salir de la cárcel de Jaca, después de atravesar los Alpes. Todos los días salimos a entrenar a Lourdes para poder escalar la montaña, las primeras veces resoplaba como dragón, el viernes 26 de noviembre de 1943, partiríamos del patio de arribo de la estación de Atocha. Madame Borderes cosió monedas en mi saco, dentro del forro, a todo lo largo; iba a necesitarlas para pasar a África, pero lo que más me pesaron fueron las latas, con razón, me dijo Hardouin, sólo a ti se te ocurre, un poco de pan, un poco de queso, parece que no lees las instrucciones o si las lees las interpretas a tu manera, con ese bastimento no vas a poder, y ese traje tampoco es el apropiado, dijo mirando mi

Príncipe de Gales, pero yo le expliqué que lo había hecho a propósito para despistar, no vas a poder, vas a tener que tirar todo eso, bueno ni modo, otro se beneficiará con mis provisiones, son muchos los que atraviesan los Alpes en este momento, óyeme qué zapatos, yo te hablé de suelas gruesas, sue-las-grue-sas y tú te me presentas con mocasines, yo no puedo garantizar que lleguemos salvos y sanos al otro lado, por ahora vamos a esperar la noche en un granero cerca de Pau para no alertar a la Gestapo; nuestro convoy saldrá a las tres de la mañana y si no lo logramos estaremos bajo el control de las autoridades españolas y de la policía.

Acabamos en Jaca, éramos miles entre extranjeros y presos comunes. Dormíamos en el suelo. A Hardouin no le picaban los piojos, pero yo pasaba la noche sin dormir; me rasuraron la cabeza dos veces, qué digo, tres; la tercera unos días antes de que saliera de la cárcel; Hardouin asentaba: «Tienes sangre de piojos». En la mañana a la hora del saludo a la bandera, en vez de gritar: «Viva Franco», gritamos: «Viva Salop», nos agarraron, me tocó limpiar las letrinas, vaciar los botes, metido en la mierda hasta los codos, a ver, a ver, para que sigas haciéndote el gracioso. Salí una tarde; en la puerta me devolvieron mi traje y mi abrigo; no se dieron cuenta de las monedas en el forro y pude partir a África. Vinieron los meses de entrenamiento, el cuscús, el encuentro con los aliados, mis misiones secretas de enlace entre los dos ejércitos, mi ascenso a capitán; en los *Headquarters* de la *Seventh Army* me entregaban a gritos documentos *top secret*, y bromeaban: «*Beware of foxholes*», «*Look out for the AA*», «*Bring me back a french girl*» y entre tanto advertían:

—Tienes que guardar estos papeles en permanencia sobre tu persona.

—¿Y si nos agarran?

—Te los comes, saben mejor que las raciones K. Oye, ¿que tú no les vas a los Dodgers?

En Túnez, para entrenarnos, para hablar, simplemente para estar juntos, caminábamos mucho Taitinger y yo, y en una de esas vimos a un árabe acuclillado que leía la buena ventura haciendo dibujos sobre la arena. Taitinger fue el primero en acercarse: «Usted va a tener un accidente». Enmudeció. Le dije: «No te fijes, Totó, esos árabes de lo único que saben es de camellos y de sacar dinero». Pero el árabe nos echó a perder la mañana; veníamos de comer y estábamos contentos. En los *Headquarters*, al ir por sus órdenes, Taitinger me dijo bruscamente:

—Vámonos despidiendo, mañana me van a matar.

—Córtala, Taitinger, tu chiste no tiene gracia.

Arrancó su *jeep* sin volver la cabeza. Su certeza me heló. Patitas arrancó por su lado y vi que me miraba por el retrovisor. Después fue el desembarco del 15 de agosto de 1944, las misiones en la región de Grignolles, el implantar a cuatro de mis hombres a más de 15 kilómetros de profundidad, el reconocimiento de Orange, Bollene, Pierrelatte y Donzers para hacer un levantamiento de las posiciones enemigas. Luego vino mi citación a caballero de la Legión de Honor: «El 5 de septiembre, infiltrando a varios de sus agentes en Besanson y exponiéndose él mismo, el capitán logró determinar la naturaleza exacta y el valor de las fuerzas alemanas, localizar los centros de resistencia, permitiendo así, con pocas bajas, la liberación de la ciudad. El 14 de septiembre, al efectuar un nuevo reconocimiento personal y coordinando el trabajo de sus agentes en el este, sobre la línea Liura-Villersexel favoreció el avance de nuestras tropas al descubrir toda una zona ocupada por el enemigo. Brillante combatiente de 1939 a 1940, oficial de información que une, a un alto valor moral, capacidades técnicas incomparables, se distinguió siempre por un valor a toda prueba y un desprecio absoluto por el peligro. Al unirse a las fuerzas combatientes de África del Norte desde los primeros días, el capitán es, para todos, un bello ejemplo de valor y de modestia. Estas nominaciones y promociones le dan derecho a portar la Cruz de Guerra con palma. Firmado: De Gaulle». ¿Lo recordaría De Gaulle? Era poco probable. Después de todo, fuimos tantos.

—¿Por qué tantos invitados? Los mexicanos siempre somos excesivos, pero ya nos estamos acercando, unas quince personas y será nuestro turno, ¿verdad, capitán?

El capitán sonríe: «¡Qué euforia, me tiemblan los brazos, las manos, los antebrazos, me tiembla la piel, siento que me tiembla el vientre y el bajo-vientre, tengo adentro una incontenible alegría y no acierto a hacer nada con ella, quisiera comunicársela a alguien antes de que se me baje pero solo hablo conmigo mismo una y otra vez como molinillo y me desgasto y toda mi energía se me va en este recordar, en esta espuma de los días, en estas burbujas que estallan —de seguro tengo la frente cubierta de sudor—, en este no poder hacer nada, nada, nada más que hervir en mi propio jugo, dentro de la ebullición de mi sangre, de mis neuronas, pobre cabeza mía, pobre pellejo mío, ¡qué chingada guerra que me tiene en ese estado!, pero si ya no estoy en guerra, hace años que pasó y me cuesta trabajo comprenderlo; creo que la guerra permanece como mi cantimplora y mi cuchara de palo en el buró al lado de mi cama, nunca se acaba; todas las noches son los mismos sobresaltos, los mismos obuses que caen, los mismos muros que se desploman, y uno desnudo, gritando en medio de los escombros».

Manuel Martínez Báez, de hermosa cabeza blanca, nariz aguileña, alto y distinguido, ha venido a formarse en la cola; se parece al abate Diamare, el de la Abadía de Monte Cassino. Patitas vendría a hincarse frente a él como se hincaba frente el abate pidiéndole la bendición cuando acompañó a los ciento cincuenta civiles que fueron a pedir refugio al monasterio empujados por el creciente fuego de artillería. Cuarenta mujeres gritaban; «Ábranos, ábranos», y golpearon con sus puños hasta sangrados sobre la puerta, y cuando el abate mandó abrir, hombres y mujeres barrieron incontrolablemente los corredores, las escaleras y los sótanos benedictinos. No sé si Patitas se enamoró de una de las italianas, pero el hecho es de que bajó de la montaña impresionado. «Hay que sacarlos de allí; no tienen provisiones, se acabaron los quesos que el hermano Joaquín dejó escurriendo sobre tablas de madera, no hay luz, no hay agua, están enfermos. Hay que hacer algo por ellos». Aunque me negué a que subiera volvió a hacerlo; trepaba como cabra, jamás lo vieron. «Si todos fuéramos como tú, Patitas, hace mucho que habríamos tomado Monte Cassino». Me aseguró que allá adentro no había alemanes, que sólo el abate de ochenta años, cinco monjes, algunos hermanos y un criado sordomudo atendían a los refugiados. Pasé el informe, pero de todos modos se decidió el bombardeo. Al estallar la primera de una sucesión de explosiones, toda la montaña resonaba en grandes bocanadas y espasmos de trueno y creo que aliados y alemanes sentimos el mismo escalofrío. Cuando abrí los ojos, Monte Cassino parecía un montón de dientes rotos. Encontré a Patitas arriba; todavía gesticulaba como un demente porque de entre los escombros y cubierto de polvo surgió el abate Diamare quien hizo su camino tropezándose entre las ruinas y con una pesada cruz de madera en los brazos les dijo a los pocos sobrevivientes: «Síganme». El patético grupito bajó hasta la carretera a Roma y allí los agentes de

Goebbels se acercaron al anciano y lo subieron a un carro: «Es usted nuestro prisionero», le sonrieron. Pero esto, sólo habríamos de saberlo después.

Alfonso de Rozensweig se acerca a José Gallástegui (el bueno de Pepe, qué bien toca la guitarra, me gustaría volver a escucharlo) y le dice algo en voz baja. Éste a su vez camina hacia Joacho Bernal, el jefe del protocolo que asiente con la cabeza. Viene hacia nosotros y se detiene junto a la fila frente al diputado Enrique Ramírez y Ramírez, quien a su vez antecede a mi hija. Oigo con toda claridad lo que dice porque no se dirige a él, sino a todos nosotros los que esperamos en la fila: «Lo siento mucho, pero nos hemos salido del horario, tenemos que suspender el besamanos, el señor Presidente de la República Mexicana y el señor Presidente de la República Francesa van a sentarse a la mesa». Mi mujer voltea a verme, pero me encamino hacia la mesa que nos han apartado, rápidamente, sin volver la cabeza; una muchacha de pelo rojo atraviesa riendo frente a mí, y al tropezarnos dice a pequeños gritos: «Pero ¡qué guapo está usted, qué gran gusto verlo, qué gusto, mi querido capitán!». Me introduzco de nuevo en mi lobera y pienso en mi fiel Patitas. ¿Dónde estará ahora?

DE NOCHE VIENES

Pero usted, ¿no sufre?

—¿Yo?

—Sí, usted.

—A veces, un poquito, cuando me aprietan los zapatos…

—Me refiero a su situación, señora —acentuó el señora, lo dejó caer hasta el fondo del infierno: se-ño-ra y lo que de ella pueda derivarse. ¿No padece por ella?

—No.

—A usted, ¿no le costó mucho trabajo llegar a donde está? ¿No fueron grandes los esfuerzos de su familia?

La mujer se removió en su silla y sus ojos verdes dejaron de interrogar al agente del Ministerio Público. Miró en el suelo la punta de sus zapatos, estos no le apretaban; eran los del diario.

—¿No trabaja usted en un instituto que emana directamente de la Revolución Mexicana? ¿No se ha beneficiado con ella? ¿No goza usted de los privilegios de una clase que ayer apenas llegaba del campo y hoy recibe escuela, atención médica, bienestar social? Usted ha podido subir gracias a su trabajo. ¡Ah, se me olvidaba que su concepto del trabajo es un tanto curioso!

La mujer protestó con una voz muy clara, aunque sus entonaciones fueran infantiles.

—Soy enfermera titulada. Puedo enseñarle mi título, ahora mismo, si vamos a mi casa.

—¿Su casa? —ironizó el agente del Ministerio Público—, ¿su casa? ¿Cuál de todas?

El juzgado era viejo; pura madera carcomida, pintada y vuelta a pintar y la cara del agente del Ministerio Público extrañamente no se veía tan vieja, a pesar de sus hombros encorvados y los sacudimientos que los estremecían. Vieja su voz, viejas sus intenciones, torpes sus ademanes y esa manera de fijar los ojos en ella a través de los lentes e irritarse como un maestro con el alumno que no ha aprendido la lección. «Las cosas —pensó ella— contaminan a la gente; este hombre parece un papel, un cajón, un tintero. Pobre». Tras de ella, en las otras butacas no había nadie. Sólo un policía se rascaba las verijas cerca de la puerta de salida. Ésta se abrió para dar paso a una chaparrita que se irguió junto al escritorio del agente del Ministerio Público y le tendió un documento. Después de revisarlo, la amonestó en voz alta: «Deben tipificarse debidamente los delitos... Y al final, siempre se le olvida a usted el Sufragio Efectivo no Reelección. ¡Que no se le vuelva a pasar, por favor!». Una vez solos, la detenida volvió a inquirir con su voz aguda:

—¿Podría llamar a mi casa?

El licenciado estaba por repetir hiriente: «¿A cuál de ellas?», pero prefirió emitir una negativa redondeando la boca en tal forma que todas las arrugas convergieron en un culo de pollo.

—No.

—¿Por qué?

—Porque es-ta-mos-en-ple-no-in-te-rro-ga-to-rio. Estoy levantando un acta.

—Ay, y si quiero ir al baño, ¿tengo que aguantarme?

«Dios mío, esta mujer es retrasada mental, ¿o qué? Pero si así fuera, ¿habría recibido su título?», inquirió con renovada curiosidad.

—¿A quién quisiera usted hablarle?

—A mi papá.

—A su papá … a-mi-pa-pá —arremedó—. Así es de que encima de todo tiene usted papá.

—Sí —dijo ella columpiando las piernas—, sí, me vive mi papacito.

—¿Ah, sí? ¿Y su papá sabe qué clase de hija tiene?

—Yo me parezco a él —dijo la mujer-niña con una sonrisa—. Siempre nos hemos parecido, siempre, siempre.

—¿Ah sí?, ¿y a qué horas lo ve, si me hace el favor?

—Los sábados y domingos; procuro pasar los fines de semana con él.

La dulzura del tono hizo que el policía dejara de rascarse.

—¿Todos los sábados y domingos?

—Bueno no todos, alguna vez se presenta una emergencia y no voy. Pero siempre le aviso por teléfono.

—Y a los demás, ¿les avisa usted?

—También.

—Procure no balancearse, señora, estamos en un juzgado.

La mujer miró con sus ojos candorosos las diez butacas vacías tras de ella, el mostrador de palo pintado de gris y los archiveros altísimos *D.M. Nacional.* Al pasar por las piezas que antecedían a la oficina del agente del Ministerio Público, casi se le vinieron encima los escritorios de lámina, ellos también cubiertos de expedientes apilados sin orden, algunos con una tarjeta blanca entre las hojas a modo de señal. Incluso, estuvo a punto de tirar uno de los alteros peligrosamente esquinado tras el cual comía su *lunch* una mujer gorda acodada a la mesa. Por lo visto le había dado previas mordidas a su torta y ahora le añadía con fruición grandes y sebosas tajadas de aguacate rebanadas con la plegadera. También el piso de granito muy gastado, grisáceo, era sórdido, aunque a diario lo trapearan, y las ventanas que daban a la calle, por cierto muy chiquitas, tenían unos barrotes gruesos y pegados los unos a los otros. Los vidrios siempre sucios dejaban pasar una luz terregosa y triste; se veía que a nadie le importaba esta casa, que todos huían de ella una vez terminado el trabajo, que ningún aire entraba a las oficinas al no ser el de la puerta de la calle que se cerraba de inmediato. La gorda guardó en una bolsa de papel estraza en la que también había un plátano, los restos de la torta seguramente para acabarla más tarde y el cajón se cerró con un ruido de resorte. Luego, con las mismas manos, se enfrentó a su máquina de escribir. Todas eran altas, muy viejas, y la cinta jamás regresaba sola. La gorda introdujo su dedo en el carrete, la uña al menos, y se puso a regresarla, después se cansó y con el dedo entintado, jaló el cajón de en medio del escritorio y sacó una pluma atómica que metió en el centro de la cinta. Cuando acabó, y ya con los anteojos puestos, procedió a iniciar la tarea sin importarle que la detenida en la antesala, alcanzara a leer el oficio. «El de la voz afirma no haber estado en su casa a la hora de los acontecimientos…». Se interrumpió para acomodar las copias, mojándose el pulgar y el índice; todos los oficios se hacían con diez copias y cuando bien les iba con cinco, por eso, en los botes de basura cuadrados y grises había mucho papel carbón gastado, con las siglas D.D.F. «¡Híjole, cuánto papel carbón, ¿para qué querrán tanta copia?». Todos en el juzgado parecían estar inoculados en contra de la crítica y la autocrítica; unos se rascaban las costillas, otros los sobacos, las mujeres se arreglaban un tirante del brasier, pujando. Pujaban también al sentarse, pero una vez sentadas volvían a levantarse para ir a otro escritorio y consultar algo que las hacía rascarse la nariz o pasarse repetidas veces la lengua sobre los dientes buscando algún prodigioso miligramo que una vez hallado se sacaban con el dedo meñique. Total, que si ninguno se veía a sí mismo, ninguno veía tampoco a los demás.

—Que manden a García para tomar la declaración.

—¿Cuántas copias van a hacer? —preguntó la acusada.

Nada turbada la limpidez de su mirada, ninguna sombra, ninguna segunda intención en la superficie brillante. El agente del Ministerio Público tuvo que responder:

—Diez.

—¡Ya lo sabía! —exclamó triunfante.

—Pues, ¿cuántas veces la han detenido?

—Nunca, esta es la primera. Lo sé porque me fijé en la entrada. Soy muy observadora —dijo con risa satisfecha.

—Debe serlo para poder sostener una situación semejante durante siete años.

La mujer sonrió, una sonrisa fresca, inocente, y el juez pensó: «Con razón…» y estuvo a punto de esbozar una sonrisa: «Debo mantener esto en un terreno impersonal, pero ¿cómo hacerlo con esta mujer que parece estar jugando, cruza y descruza las piernas y enseña unas rodillas doradas, redondas, perfectamente bien acabadas?».

—Vamos a ver… Su nombre.

—Esmeralda Loyden.

—¿Edad?

—Veintisiete años.

—¿Lugar de nacimiento?

—México, Distrito Federal.

—¿Defeñita?

—Sí —sonrió de nuevo Esmeralda.

—¿Domicilio?

—Mirto, número 27, interior 3.

—¿Colonia?

—Santa María la Ribera.

—¿Zona Postal?

—Cuatro.

—¿Oficio?

—Enfermera. Oiga, señor juez, el domicilio que le di es el de mi papá —sacudió su cabeza productora de cabellos y rizos—. Las otras direcciones usted las tiene.

—Bueno, ahora vamos a ver lo de sus actas. ¿Está usted tomando nota, García?

—Sí, licenciado.

—¿Católica?

—Sí.

—¿Profesa?

—Sí.

—¿A qué hora?

—Siempre voy a misa los domingos, señor juez.

—¿Ah, sí? ¿Y cómo se siente?

—Bien, señor juez, sobre todo, me gustan las misas cantadas.

—¿Y las de Gallo? Esas deben gustarle más —carraspeó el viejo.

—Esa es una vez al año, pero también me emociona.

—¿Ah sí?, y, ¿con quién va?

—Con mi papá. Procuro pasar la Navidad con él.

Esmeralda agrandó sus ojos verdes como el pasto tierno que nunca ha sido pisado. «Pero si hasta parece una virgen», pensó el agente.

—Vamos a ver, García. Vistos para dictar sentencia a la causa número 132/6 763, instruida en el Juzgado Trigésimo Segundo Penal por los delitos de Adulterio Quintuplicado.

—¿Quintuplicado, licenciado?

—Son cinco, ¿o no?

—Sí, licenciado, pero sólo la acusa uno.

—Pero está casada con los cinco, ¿o no?

—Sí, señor.

—Apunte usted entonces, veamos la primera acta de Querétaro, estado de Querétaro. Dice así: «Estados Unidos Mexicanos. En el nombre de la República de México y como Juez del Estado Civil de este lugar hago saber a los que la presente vieren y certifico ser cierto que en el libro número "Matrimonios" del Registro Civil que es a mi cargo, a la foja 18, año de 1 948, permiso de Gobernación número 8 577, Exp. 351.2/49/82 756 de fecha 12 de junio de 1 948, F.M. a las veinte horas, ante mí comparecen el ciudadano Pedro Lugo Alegría y la señorita Esmeralda Loyden con el objeto de celebrar matrimonio bajo el régimen de Sociedad Conyugal». ¿Tomó nota, García? Como ésta, hay cuatro actas más, todas debidamente legalizadas y timbradas. Sólo cambian los nombres de los ciudadanos contrayentes del sexo masculino porque el de la contrayente, nanay, siempre es el mismo: Esmeralda Loyden. Aquí hay una carta levantada en Cuernavaca, Morelos; otra en Chilpancingo, Guerrero; otra en los Mochis, Sinaloa; y la quinta en Guadalajara, Jalisco. Hasta eso, además de bígama, le gusta a usted viajar, señora.

—No crea usted que tanto, licenciado, ellos son los que… bueno, por aquello de la luna de miel.

—¡Ah, sí!

—Sí, licenciado, por mí, me hubiera quedado en el Distrito Federal —añadió con voz melodiosa.

De nuevo entró la chaparrita con su folder. El agente exasperado tomó el papel con brusquedad y vociferó:

—… «con las inspecciones oculares y fe ministeriales, tanto de los daños causados durante el desarrollo de los acontecimientos citados en el inciso inmediatamente anterior…» y ya de ahí sígase usted sola, si no es más que una copia… ¡Ah, y mire! Se le olvidó otra vez el Sufragio Efectivo no Reelección, ¿no le digo?, pues no se distraiga. Que no vuelva a suceder, por favor.

Se veía que al agente ya le andaba por volver al caso de Esmeralda Loyden porque cuando la enana cerró la puerta, se apresuró a decir:

—Los nombres de los contrayentes, García, deben aparecer en el Ordenamiento Jurídico por riguroso orden alfabético: Carlos González Ramos, Pedro Lugo Alegría, Gabriel Mercado Zepeda, Livio Martínez Cruz, Julio Vallarta Blanco… uno, dos, tres… cuatro, cinco… —contó para sí mismo el juez—. Así es de que usted viene siendo la señora Esmeralda Loyden de Gónzalez.

Esmeralda Loyden de Lugo.

Esmeralda Loyden de Martínez.

Esmeralda Loyden de Mercado.

Esmeralda Loyden de Vallarta… Humhum. ¿Cómo le suena a usted, García?

—Bien.

—¿Cómo que bien?

—Los nombres están correctos, licenciado, pero el único en hacer la denuncia es Pedro Lugo Alegría.

—No le estoy preguntando eso, García, estoy haciendo hincapié en la implicación moral, legal, social y política del caso que por lo visto a usted se le escapa.

—¡Ah, bueno, licenciado!

—¿Se ha encontrado usted, García, con algún caso semejante a lo largo de su vida?

—No, licenciado, bueno, no en una mujer porque en hombres… —García chifló en el aire; el silbido largo como de tren que pasa.

—Veamos lo que tiene que decir la acusada. Pero antes,

permítaseme una pregunta estrictamente personal, señora Esmeralda. ¿No confundía usted a Julio con Livio?

Esmeralda con la vista fija, semejaba una criatura frente a un kaleidoscopio de una profundidad insondable bajo el lujo de las aguas transparentes de sus ojos; un kaleidoscopio en el aire, puesto allí sólo para ella. El juez, despechado, tuvo que repetir su pregunta y Esmeralda se sobresaltó como si la pregunta le molestara:

—¿Que si los confundo? ¡Oh, no, señor juez, son tan distintos!

—¿Nunca tuvo usted una duda, un tropiezo?

—¿Cómo podría tenerlo? —respondió con energía—, los respeto demasiado.

—¿Ni siquiera en la oscuridad?

—No lo entiendo, licenciado.

Esmeralda posó sobre el viejo una mirada tranquila, límpida y el agente tuvo que dar marcha atrás. «¡Es increíble —pensó—, increíble, soy yo el que ahora voy a tener que pedirle una disculpa!». Entonces arremetió:

—¿Se sometió usted al examen ginecológico con el médico legista?

—No, ¿por qué? —protestó García— si no se trata de un caso de violación.

—Ah sí, de veras, a los que habría que someter es a ellos —río el agente manoteando vulgarmente.

La mujer sonrió también como si no se tratara de ella; sonrió por gentileza, para acompañar al viejo y esto lo desconcertó aún más.

—¿Así es de que cinco? —Tamborileó en la puerca mesa de madera.

—Los cinco me necesitaban.

—Y usted pudo prodigarse.

—Tenían una urgencia mucho muy considerable.

—¿Y los hijos? ¿Tiene hijos? —preguntó casi con respeto.

—¿Cómo podría tenerlos? Ellos son mis hijos, los cuido y los atiendo en todo, no tendría tiempo para otros.

El juez no pudo proseguir; los chistes de doble sentido, las groserías, los comentarios ingeniosos le pasaban por encima y García era una bestia peluda, una res echada, parecía incluso haberse solidarizado con la acusada. ¡No faltaba más! No estaría pensando en convertirse... Tendría que esperar la hora de la cantina para compartir con los cuates el rostro y la vida de esta mujer que sonrcía simplemente porque sonreír era parte de su naturaleza.

—Supongo que al primero lo conoció usted en el parque.

—¿Cómo lo sabía? Sí, a Carlos lo encontré en el Parque Hundido; yo leía allí la novela de José Emilio Pacheco, *Morirás lejos*.

—¿Así es de que a usted le gusta leer?

—No, es al único que he leído, y eso porque a él lo conozco —Esmeralda se animó—. Yo creí que era un cura, fíjese usted, coincidimos en un pesero y al bajar le pedí: «Padrecito, déme la bendición» y él se puso nerviosísimo, hasta sudaba, y me tendió algo negro: «Mire, para que vea que no lo soy, le regalo mi libro».

—Bueno ¿y qué pasó con Carlos?

—Pedro, perdón, Carlos se sentó en la banca en donde yo leía y me preguntó si estaba bonito y así empezó todo. ¡Ah, no!, luego se le metió una basura en un ojo —ya ve que febrero es el mes de las tolvaneras—, y ofrecí sacársela, le estaba llorando muchísimo, le dije que yo era enfermera Y pues... se la saqué. Oiga, y a propósito estoy viendo desde hace rato que a usted le llora mucho el ojo izquierdo, por qué no le dice a su esposa que le ponga tantita manzanilla, pero no de la del sobre, de la fresca, pero que se la den bien floreadita, dígale a su esposa, yo si pudiera se lo hacía, pero necesita estar limpísimo el pocillo en el que se hierve una nadita de manzanilla pero de la buena y luego mantenerse así, la cabeza echada para atrás, unos diez minutos a que le penetre bien, va usted a ver cómo descansa, así la pura flor de la manzanilla.

—Así es de que usted es de las que se ofrecen... a ayudar.

—Sí, licenciado, es mi reacción natural. También con Gabriel sucedió lo mismo; se había flameado el brazo, viera usted qué feo lo tenía, una pústula tras otra y lo curé, a mí me tocó vendarlo, me lo ordenó la doctora Carrillo. Ya cuando se alivió me dijo no sé cuántas veces que lo que más quería en la vida, además de mí, era su brazo derecho porque por él...

Las cinco historias de Esmeralda Loyden eran parecidas, un caso suplantaba a otro con muy pocas variantes. Relataba sus matrimonios con ojos luminosos y confiados, a veces era hasta inocentemente fatua en sus asertos: «Sin mí, Pedro no puede vivir. No sabe ni dónde están sus camisas». Al agente del Ministerio Público le temblaban sobre los labios los términos perversión, perfidia, depravación, el más absoluto descaro, pero nunca se presentó la oportunidad de emitirlos y eso que le quemaban la lengua. Con Esmeralda perdían todo su sentido. Su relato era llano, sin recovecos, simple, los lunes eran de Pedro, los martes de Carlos y así hasta completar la semana, inglesa por supuesto, porque los sábados y los domingos los destinaba a lavar y planchar su ropa y la de ellos y preparar algún guiso para Pedro, el más antojadizo de los cinco. Cuando surgía una emergencia, un cumpleaños, un santo, un día de campo, entonces daba también su sábado, su domingo. No, no, ellos lo aceptaban todo, con tal de verla, y ella siempre les puso como única condición el no abandonar su carrera de enfermería.

—Y ellos, ¿están conformes con que les dé usted un solo día?

—A veces les toca su pilón. Además, ellos también trabajan. Carlos es agente viajero, pero siempre procura estar en México los miércoles, esos no se los pierde, Gabriel vende seguros, también viaja y es tan inteligente que le han ofrecido chamba en la I.B.M.

—Y, ¿nunca han deseado un hijo?

—Nunca me lo han dicho así de fuerte. Cuando lo platicamos les respondo que apenas llevamos unos años, que el amor se madura.

—Y ellos, ¿aceptan?

—Sí, por lo visto.

—Pues por lo visto no, ya se le cayó su teatrito porque la han denunciado señora.

—Ese fue Pedro, siempre ha sido más colérico, más enérgico, pero en el fondo, señor juez, es muy buena onda, tiene buen corazón, haga usted de cuenta, la leche que sube y después se arrepiente... ya lo verá usted.

—No voy a ver nada porque usted está consignada; lleva ocho días en los separos. ¿O no lo ha notado, señora Esmeralda, no le pesa el encierro?

—No tanto, aquí todos son muy buenas gentes; además se pierde la noción del tiempo. He dormido por lo menos ocho horas por noche porque en verdad estaba yo cansada.

—Me lo imagino. Entonces, usted, ¿no la pasa mal nunca?

—No. Nunca me he dormido con una cosa mala en la cabeza.

Y de veras, la muchacha se veía bien; la piel saludable y limpia, los ojos brillando de salud; toda ella de una apacible tersura. ¡Ah!, y también el pelo le brillaba, un pelo de animalito recién nacido, un pelo fino que daban ganas de acariciar, así como daban ganas de jalar su nariz respingada. El licenciado tuvo un arrebato de furia, ya estaba harto de tanta inconsecuencia:

—Y, ¿qué no se da cuenta de que vivió en la promiscuidad más absoluta, que engañó, que en-ga-ña, que usted no sólo es inmoral sino amoral, que no tiene principios, que es pornográfica, que el suyo es un caso de enfermedad mental, que su ingenuidad es un signo de imbecilidad... dad... dad —Empezó a tartamudear—. ¡Gentes como usted minan nuestra sociedad en su base, destruyen el núcleo familiar, son una lacra social! ¿Qué no se da cuenta de todo el mal que ha hecho con su conducta irresponsable?

—¿Mal a quién? —chilló Esmeralda.

—A los hombres que engaña, a sí misma, a la sociedad, a los principios de la Revolución Mexicana.

—¿Por qué? Los días compartidos son días felices, armoniosos, que a nadie dañan.

—¿Y el engaño?

—¿Cuál engaño? Una cosa es no decir y otra cosa es engañar.

—Usted está loca. Además, lo va a corroborar el alienista; de eso tenga la plena certeza.

—¿Ah, sí?, y entonces, ¿qué pasará conmigo?

—¡Ah, hasta ahora se preocupa de eso! Es la primera vez que piensa en su suerte.

—En realidad sí, licenciado, nunca ha estado dentro de mi carácter preocuparme.

—Yo no sé qué clase de mujer es usted, no la entiendo. O es una débil mental... o no sé, una cualquiera.

—¿Una cualquiera? —se puso seria Esmeralda—, eso dígaselo a Pedro.

—A Pedro, a Juan y varios, a cualquiera de sus cinco maridos que cuando lo sepan van a pensar lo mismo.

—No creo que piensen lo mismo; todos son distintos, yo no pienso lo mismo que usted ni podría.

—Pero, ¿no se da cuenta de su terrible inconsciencia? —pegó el agente con el puño sobre la mesa haciendo volar el polvo milenario—. Es usted una pu... Se comporta como una prosti... —Curiosamente, ante ella no podía terminar las palabras; su sonrisa lo cohibía; mirándola bien nunca había visto a una muchacha tan bonita, no es que fuera bonita así a las primeras de cambio, sino que iba creciendo en salud, en limpieza, en frescura; parecía acabada de bañar, eso era, recién salidita del baño, ¿cuál sería su olor?, pue' que a vainilla, una mujer con todos sus dientes, bien que se le veían cuando echaba la cabeza para atrás riéndose, porque se reía la muy descarada—. Bueno, y usted, ¿no se desprecia a veces como si fuera basura?

—¿Yo? —interrogó sorprendida—, ¿por qué?

El agente se sintió desarmado:

—García, llame usted a Lucita para que consigne la declaración.

Lucita resultó ser la del aguacate y el plátano. Llevaba su block de taquigrafía bajo el brazo, el dedo todavía entintado. Se sentó pujando y murmuró: «La dicente...».

—No mire, tómelo directamente a máquina, sale mejor. ¿Qué tiene usted que decir en su defensa, señora Esmeralda?

—No conozco los términos jurídicos, no sabría decir. ¿Por qué no me aconseja usted que es tan competente, licenciado?

—Es... es... es el colmo —tartamudeó el agente—, ahora yo soy el que tengo que aconsejarla, lea usted el expediente, Lucita.

Lucita abrió un folder con una tarjeta blanca en medio y advirtió:

—No está firmado.

—Si quiere —propuso Esmeralda—, firmo.

—Si no ha declarado, ¿cómo va a firmar?

—No importa, firmo antes. Al fin que me dijo Gabriel que en los juzgados ponen lo que quieren.

—Pues su Gabriel es un mentiroso y voy a tener el gusto de enviarle un citatorio acusándolo de difamación.

—¿Podré verlo? —preguntó gustosa Esmeralda.

—¿A Gabriel? Dudo mucho de que él quiera poner los ojos en usted.

—Pero el día que venga, ¿me mandará usted llamar?

(Loca, tarada, animala, todas las mujeres están locas, son unas viciosas, unas degeneradas, dementes, bestias, mira que meterse con cinco a la vez y amanecer como la fresca mañana, porque a esta mujer no le hacen mella tantas y tantas noches de guardia ni le llega nada de lo que le digo, por más que me empeño en encauzarla, en hacerla comprender).

—Para entonces ya estará usted tras las rejas de Santa Marta Acatitla, por desacatos a la moral, por bígama, por insensata —barajó otros posibles delitos—, por agravios a particulares, asociación delictuosa, invitación a la rebelión, ataques a las vías públicas, sí, sí, ¿no se encontraron en el parque usted y Carlos?

—Pero, ¿podré ver a Gabriel?

—¿Al que más quiere es a Gabriel? —preguntó súbitamente intrigado el agente del Ministerio Público.

—No. Los quiero a todos, a toditos, a todos igual.

—¿Hasta a Pedro quien la denunció?

—Ay, mi Pedrito lindo —dijo ella acunándolo entre sus pechos por lo visto muy firmes porque se mantuvieron erectos mientras ella hacía el ademán de mecer a Pedro.

—Nada más eso me faltaba.

Lucita con su lápiz tras la oreja, ensartado en su pelo

grasiento, hacía tronar algo entre sus manos, una bolsa de papel estraza, quizá para que el agente la tomara en cuenta o para que cesaran sus gritos. Hacía rato que no le quitaba los ojos de encima a la acusada, de hecho cuatro o cinco empleados no perdían palabra del careo; Carmelita dejó su *Lágrimas y Risas* y Tere también arrumbó su fotonovela, Carvajal se había parado junto a García y Pérez y Mantecón escuchaban sin parpadear. En ese juzgado todos usaban corbata, pero se veían sucios, sudados, la ropa pegada como cataplasma, los trajes lustrados, llenos de lamparones, del horrible color café que acostumbran los morenos y los hace parecer una tablilla de chocolate rancio. Lucita suplía su baja estatura con colores chillones, por ejemplo una falda verde con una blusa naylon amarilla o al revés; puras combinaciones cirqueras pero ahora su expresión era tan entusiasta que se veía atractiva; el interés los ennoblecía a todos; habían dejado de chanclear, rascarse, embarrarse en contra de los muros; ninguna desidia podía flotar ahora en el recinto; cobraban vida, recordaban que alguna vez fueron hombres, y no sólo eso sino jóvenes, ajenos al papeleo y a la tarjeta marcada; una gota de agua cristalina resplandecía sobre cada una de sus cabezas: Esmeralda los estaba bañando.

—Allá afuera esperan los de la fuente —advirtió Lucita al agente del Ministerio Público.

El agente se levantó. Tenía la costumbre de no hacer esperar a la prensa: el quinto poder. Entre tanto, Lucita se acercó a Esmeralda y le palmeó el muslo.

—No se preocupe, chula, yo estoy con usted, ¿eh, chula? A mí hasta gusto me da porque el desgraciado con quien me casé, al rato ya tenía otra y hasta le puso casa y aquí me tiene haciendo oficios. Así es de que qué mejor que una como usted vengue. Yo le voy a ayudar en la averiguación previa por mi madre que le ayudo, chulita, y no sólo yo, también Carvajal y Mantecón del escritorio allá fuera y Carvajal y Mantecón y Pérez y don Miguelito, que es algo anticuado, pero bueno, pa' qué le digo, pa' nosotros usted vale más que Yessenia. Vamos a ver, yo le empiezo el oficio: «La dicente…» (Ya para entonces, Esmeralda, sentenciada o no, sentía un sueño que la hacía acurrucarse en el asiento como un gatito que a todos resultaba grato, sobre todo a Lucita cuyas teclas volaban jubilosas entre los términos legales, que si escritos son totalmente oscuros, dichos en voz alta le resultan entidades innominables, pero que Lucita se empeñó en comunicar a Esmeralda en voz alta para dar mayor prueba de su fidelidad. En un momento dado, después de mecanografiar «Servicios Coordinados de Prevención y Adaptación Social», y darse cuenta de la nula respuesta de la de la voz, Lucita le susurró al oído: «Tiene sueñito, mi chula, ya merito acabamos, nomás me falta lo de la reparación del daño y el notifíquese, amonéstese a la sentenciada, ya no me ocupo, bueno allí se va conforme a la ley, hágasele saber el derecho y término que tiene para la apelación, expídance, creo que con 's', ni modo, las boletas y copias correspondientes, la palabra copula lleva acento pero no se la puse en ninguna de las cinco veces, ni que importara tanto. A ver, mi linda, échele aquí una firmita y … oiga, ¿le traigo un refresquito pa' que se despabile? Estas son las fichas signaléticas, se le decreta la formal prisión como presunta responsable pero ni caso haga porque no vamos a dejar que esto suceda; falta el certificado médico y la fe de avalúo correspondiente, las conclusiones de ley, que todas van a serle favorables, va a ver chulita, de eso me encargo yo, a usted, no puede irle mal»).

En los separos, después de un buen caldo con alón y muslo, Esmeralda durmió rodeada de la simpatía de las celadoras. Al día siguiente, muchas agrupaciones acudieron a manifestarle su adhesión, los sectores femeniles de varios partidos, y René Cardona Junior muy insistente en filmar una película al vapor. Los de la fuente habían dado la noticia en forma escandalosa: «Cinco, como los dedos de la mano», a ocho columnas en la sección de policía y el *Ovaciones* en grandes titulares negros publicó: «Vaya quinielita y el jockey es una mujer», con tres puntos de exclamación de cada lado. Un editorialista inició sombríamente su columna: «Una vez más es confrontada y puesta a prueba nuestra naturaleza primitiva», y abundó en lo de los bajos instintos, y otro, obviamente un técnico del CONACYT habló de la multiestratificación de la mujer, su cosificación, el trabajo doméstico no asalariado que por ende no le permite acceder a las señeras cimas de la cultura y otras peligrosas tergiversaciones que los lectores se prometieron leer para más tarde. En fin, el día resultó ajetreado; entre los múltiples visitantes se asomaron dos monjas muy agitadas, y eso sin hablar de las religiosas sin hábito que son muchas, sumamente progresistas y casi siempre francesas. «Híjole, pensó Lucita, qué estimulante, qué día para nosotras. Aunque Esmeralda esté medio piradona, nos sirve de bandera y su lucha es la nuestra». El agente del Ministerio Público se encargó —al ver los ánimos caldeados— de echarle agua fría al anunciar:

—La audiencia se hará a puerta cerrada.

Lucita desapareció casi tras la altura de la vieja máquina de escribir con su cinta que tenía que regresar con el dedo:

> En Iztapalapa, Distrito Federal siendo las diez horas y treinta minutos del día 22, estando dentro del

término señalado por el Artículo 19 Constitucional se procedió a resolver la situación jurídica de la señora Esmeralda Loyden de González, de Lugo, de Martínez, de Mercado, de Vallarta a quien el Ministerio Público le imputa la comisión de los delitos de adulterio en quinto grado, considerado el cuerpo del delito de bigamia, previsto por el artículo 37 párrafo primero del Código Penal, que se encuentra comprobado en los términos del Artículo 122 del Código de Procedimientos Penales con la fe de daños presentada por el denunciante el que en su estado normal dijo llamarse Pedro Lugo Alegría, quien protestado y advertido en términos de ley para que se conduzca con verdad y sujeto a las sanciones a los que declaran con falsedad manifestó llamarse como queda escrito, de treinta y dos años de edad, casado, católico, con instrucción, empleado, originario de Coatzacoalcos, estado de Veracruz, quien en lo esencial de su declaración dijo que el lunes 28 de mayo, al no ver llegar a su esposa como acostumbraba todos los lunes, a las veinte horas en punto al domicilio conyugal cita en Patriotismo número 246, interior 16, zona postal 13, colonia San Pedro de los Pinos, fue a buscarla al hospital donde decía trabajar y al no hallarla preguntó si asistiría a la noche siguiente y fue informado por la recepcionista que pasara a la dirección ya que el nombre de la solicitada no aparecía en la lista de guardia, que creía que probablemente ésta trabajaría de día pero que como ella entraba en el segundo turno no le constaba y no podía abundar al respecto, ya que se le había hecho tar… (así nada más «tar» porque a Lucita no le cupo la sílaba «de» y simplemente la dejó caer) y por lo tanto y a renglón seguido se veía en la necesidad de enviar al quejoso a la dirección a recabar mayores informes y que en la susodicha dirección fue informado el acusador que la que él llamaba su esposa jamás tenía turnos nocturnos, por lo cual el hombre tuvo que ser sujetado poniéndole las manos hacia atrás, cosa que hicieron dos camilleros que el director mandó llamar, temiendo que el hombre no estuviera en sus cabales, que vieron después cómo el hoy acusador salió trastabillando, fuera de sí, recargándose en las paredes pues sostenía con la deponente relaciones sexuales siendo su legítimo marido como consta en el acta número 13 797 a fojas 18, siendo ella mujer púber, multipara cuando la desposó hace siete años. Después el acusador procedió a ulteriores investigaciones abundando en lo que queda glosado en el expediente número 347 597, sin el conocimiento de la deponente y logró enterarse que en su misma situación se encontraban los otros cuatro cónyuges a quienes procedió a informar de la quintuplicidad de la acusada. La presunta responsabilidad penal de la inculpada en la comisión de los delitos cometidos con un original y cinco copias (el original para Pedro Lugo Alegría, siendo él, el primero y principal acusador) que les imputa la Representación Social, se encuentra acreditada hasta este momento procesal, con los mismos elementos de prueba mencionados, en el considerando que precede, destacando la imputación directa que hace el ofendido y sobre todo, la fe de la ropa y objetos personales de la inculpada en los cinco domicilios arriba mencionados, así como los numerosos datos personales, pruebas fotográficas, dedicatorias de fotografía, cartas y misivas amorosas en que se prodigaba la acusada, aportados por los agraviados y ante todo, la prueba indudable y fehaciente de las actas matrimoniales y los consiguientes actos que se derivan del susodicho y que a decir de los cinco y de la propia acusada fueron debida y enteramente consumados, a plena satisfacción, en la persona física de Esmeralda Loyden, dícese enfermera de profesión. Que la de la voz emitió declaraciones que no se encuentran apoyadas en alguna prueba que las haga creíbles y sí en cambio desvirtuadas por los elementos a que se hizo alución (alución con c), que la de la voz no manifestó remordimiento en ningún momento ni pareció darse cuenta que se le imputaban cinco delitos, que nada tuvo que objetar salvo que tenía sueño, que la de la voz se presta con notable docilidad a que se le practiquen todas las pruebas y se lleven a cabo todas las diligencias que sean necesarias para el esclarecimiento de los hechos, así como las que promuevan las partes, de acuerdo con las fracciones III, IV y V del artículo 20 de la Constitución Federal, notifíquese y cúmplase, naturaleza y causa de acusación. En la misma fecha, la Secretaría de la Oficialía de Partes hace constar que el término para que las partes ofrezcan mayores pruebas en la presente causa empieza a correr a partir del día 20 de junio en curso y concluye el día 12 de julio próximo. Conste. Doy fe. Sí vale.

Cuando el Agente del Ministerio Público estaba por poner su firma al calce, gritó enojado:

—Lucita, ¿qué pasó? ¡Otra vez se le olvidó el Sufragio Efectivo no Reelección!

Después, todo fueron murmullos. Unos cuentan que Esmeralda salió entre sus celadores rumbo a la julia seguida por la fiel Lucita, que le había preparado una torta para el viaje, García el escribiente, quien le besó la mano, y la mirada afectuosa del agente del Ministerio Público. Al despedirla volvió a instarle, tomando sus dos manos entre las suyas y conmoviendo a todos por lo sentido de sus palabras: «Esmeralda, mire lo que pasa por andar en estas cosas, hágame caso, está usted muy joven, aléjese de todo ello, Esmeraldita, formalita la muchacha, de ahora en adelante muy formalita». Muchos espectadores hicieron sonreír a la presunta responsable al aplaudir su paso menudo y cantarino. Otros, en cambio fueron testigos de que, entre la concurrencia, detrás del barandal gris de madera pintado y vuelto a pintar con una capa cada vez más delgada, Esmeralda Loyden sintió que la taladraba la mirada intensísima de Pedro Lugo Alegría su acusador y en el otro extremo los anteojos de miope de Julio quien le hizo una señal amistosa con la mano. En el momento de subir a la julia, Esmeralda no vio a Carlos, pero sí a Livio con el pelo casi al rape y los ojos arrasados en lágrimas. Todavía alcanzó a gritarle: «¿Por qué te lo cortaste? Ya sabes que no me gusta», cosa que inmediatamente consignaron los periodistas. Ninguno de ellos faltó, ni siquiera el agente viajero. Voces autorizadas han hecho circular el rumor de que los cinco maridos intentaron desistir de la acusación ya que todos deseaban que la de la voz regresara. Pero como ya la sentencia estaba dictada y no podían apelar a la Suprema Corte de Justicia porque el caso había recibido demasiada publicidad, tuvieron que conformarse con ir cada uno por turno a la visita conyugal en Santa Marta Acatitla, lo cual de todos modos no cambiaba mucho la situación *de facto et in situ*, puesto que anteriormente sólo la veían una noche por semana. Incluso ahora coincidían en no pocas ocasiones los domingos en la visita general, cada uno con algún antojito en el que tuvieron que ponerse de acuerdo para no repetirse y llevar un variado espectro que complaciera a Esmeralda así como a Lucita, a Carmelita, a Tere, a García, a Carvajal, a Pérez, a Mantecón y al agente del Ministerio Público que de vez en cuando se presentaba muy circunspecto habiéndose aficionado a las respuestas de la acusada. Sin embargo, de todo ello no pudo hacerse un acta ya que acusadores y acusada, juez y partes se arrepintieron de su desmesura al haber levantado la primera número 479/32/875 746, a fojas 68, y todo quedó inscrito en el llamado libro de la vida que es muy cursi y que antecede al que en la actualidad se utiliza para consignar los hechos y tiene un nombre muy feo: certificación de cómputo. Conste, doy fe, sí vale.

Sufragio Efectivo No Reelección.

TLAPALERÍA

Uno de los anaqueles es de botes de Vinílica Mate Marlux para interiores y exteriores, otro de rollos de papel del excusado Pétalo. La Virgen de Guadalupe tiene sus foquitos de colores. Los tornillos, las armellas, las bisagras resuenan bonito cada vez que el muchacho los busca en su cajón. El radio colocado sobre el mostrador de zinc difunde a La Charrita del Cuadrante. El lazo de cuerda cercano a la cortina espera su caballo.

Sobre el mostrador se apoyan las manos, son manos que lo han resistido todo, manos geológicas, casi cósmicas, manos de pico y pala, de tubería, de agua, de lejía, manos de plomero, de albañil, de jardinero. Son manos cruciales que no le temen a la eternidad. Antes de entrar en servicio de nuevo, de volver a cargar, a restregar, a sembrar, descansan en el mostrador. Lo hacen con modestia, contrayéndose para no estorbar; que nadie les vaya a decir: «¡Quite de ahí esas manos!».

—Me da un litro de aguarrás.

—No me conviene comprar chiquito…

—Bueno, deme un cuarto de aguarrás… Es que donde yo vivo está muy oscuro.

—Un chiquito para la mesa.

—José Luis, ven acá, ven acá… Allá te va a agarrar el viejo del costal.

—En esta esquina se pasan sin fijarse.

—Déjalo, ya no le hables, ahorita me las va a pagar.

—Tan buena gente, don Seki, tan comedido. Cuando decía «La semana que entra se lo tengo», lo tenía.

—¿Por qué no pinta su cocina de amarillo?

—Es que es de mosaico amarillo y le quiero poner las puertas de blanco.

—Si donde yo vivo está reteoscuro.

—Me da una clavícula.

—Será clavija.

—Le pedí los clavos y me los dio sin cabeza…

—Ya ve que estuve busque y busque.

—Oiga, ¿le pongo tíner para quitarle la pintura vieja?

—Éste es un buen negocio. La mercancía nunca se echa a perder, puede durar años. No es como la de un restaurante, un comedero, ya ve, tan desairado.

—Por esa oscuridad me han dado ganas de cambiarme, pero ¿dónde?

—Mi nota, ya ve que siempre piden la nota.

—No es la primera vez, y ya hemos ido a la Delegación a exigir topes, pero se quedan como quien ve llover.

—No hay en ningún lado un removedor que le cueste sesenta pesos.

—No, al fin que es para la cocina, luego le pongo un plástico encima.

—Ya tendré para de hoy en ocho, sí, la semana que entra.

—¿Me da mi nota?

—De dos litros para que le convenga.

—Sí, porque son una, dos, tres, cuatro puertas.

—Señor, que si no me la cambia por una de a cuarenta.

—Un jalador para los pisos.

—Qué seguro de vida ni qué nada, no, qué iba a estar asegurado…

—Un abridor, no, más bien uno para refrescos. No, éste no, uno más sencillo.

—Antes las veladoras eran grandes, de vaso alto, ahora, ni sus luces.

—De esas que andan con coche de papi…

—¿Cuánto es?

—Cinco cincuenta.

—A ver, déjeme ver eso que tiene allá.

(La de pelo oxigenado mira a ver qué compra y recarga su vientre sobre el aparador dentro de sus apretados *blue jeans.*)

—Señor, que si no me da una nota de remisión, por favor.

—¿Me permite utilizar su teléfono?

—Sí, cómo no.

—Nunca me pasaron para adentro. Cuentan, pero no me creas, que tenía sus lámparas blancas de papel de arroz.

—Mi teléfono murió hace un mes. Diario les hablo a Teléfonos de México.

—Allá en su isla, los niños, cuando van a atravesar la calle, toman una banderita y la ondean y luego la dejan del otro lado en una canasta junto al poste. Por eso, a don Seki le daba tanto horror el crucero. Barbajanes, decía, barbajanes; bueno, en su idioma.

—¿No hay otra clase de estopa?

—La estopa es la estopa.

Un chaparrito vestido con overol azul marino: Garza Gas en letras blancas en la espalda, informa:

—Diario hay accidentes en esta esquina.

—Un empaque para agua caliente.

—Quién sabe por dónde se me meterá la humedad.

—Jovenazo, un favorzote grandote —blande un billete de quinientos pesos.

—Una lija para fierro, ésa de seis cincuenta está buena.

—Él la mantiene de cabo a rabo con todos los lujos.

—Me da dos sóquets —pide una niña que trae una moneda de diez pesos.

—¿Sóquets sencillos o con apagador?

—Con apagador... y dos focos de cien.

—Veía con el rabillo del ojo.

—No saben manejar y luego luego quieren correr.

—¿Que si no me la puede dar un poco más gruesecita?

—¿Me da una nota?

—¿Tiene Fab suelto? ¿A cómo el kilo?

—Veinticuatro cincuenta.

—Ay, ya subió. ¿Tiene jerga? ¿Cuánto vale?

—Dieciséis y dieciocho el metro.

—Démela de dieciocho, pero que sea roja, aquellita, la de la raya roja.

—Enloquecen con la fruta, la fruta allá es carísima, es un verdadero lujo, allá es isla, isla chiquita, no les cabe nada. ¿Se imaginan un altero de sandías?

—No llegó el gas. Me la paso reportándolo y seguimos sin agua caliente.

—Se atravesó y por un pelito y lo mata; pero no sólo eso: después de esquivar el coche y pegarle sólo en el ala, vino a dar contra el aparador y la gente aquí parada y don Seki despachando, hágame el favor.

—Don Seki jamás habría confundido tornillos con chilillos.

—Nunca enfrenó, nunca enfrenó...

—Ellos tan cuidadosos, tan puntillosos, al fin budistas, cuando a don Seki le daba catarro, se ponía tapaboca, hágame favor, dizque pa' no contagiar.

—Lo bueno de ser tan alto.

—Si no se la lleva la policía, la linchan.

—¿Cómo sigue? Pero qué salvaje, chin...

—Y ¿qué le hicieron a la muchacha?

—Nada, nada.

—Pues que la metan al bote.

—Lo malo es que la soltaron desde el primer día.

—Un empaque como éste, es para una llave de cocina.

—Un tapón de hule.

—De esas que se van poniendo el rímel en los altos…

—¿No tiene otros dos?

—Le escurría la sangre sobre la cara.

—Ni cuenta se dio de lo que había hecho. No hablaba, nomás le entró la temblorina.

—Agujetas de las más largas que tenga, me da cuatro, por favor.

—Cuatro, éstas azul marinas no son largas.

—¿Las únicas? Sí, me da otras, por favor, un par.

—No le gustaba que lo tocaran o lo abrazaran.

—No, si ellos limitan muy bien su espacio. Hasta aquí nomás…

—Don Seki allí tendido, sus ojitos abiertos, ya ve qué chiquitos eran, pues se le hicieron unos ojotones así, la sangre gruesa como pintura de aceite, todas las latas de Marlux habían rodado a la calle. Algunas las recogí y las vine a dejar, otras se las llevaron.

—No, Kotex aquí no vendemos, aquí no es farmacia.

—El destino sabrá cobrarle.

—Cuando la veas pónchale las llantas para que se dé en la torre.

—Me da mi notita, por favor.

—Té de chinos de la calle de Dolores, té verde, tuestan arroz así como palomitas, y ésas se las echan al té.

—Además de asesinado, robado.

—Sembró tres árboles de cereza, se le dieron capulines.

—¿Qué dice la Chata? Hace mucho que no la veo.

—Mi notita, por favor.

—Nara, rumbo a Kyoto, Nara.

—Mira, chico perrote.

—Es San Bernardo, es de los que caminan en la nieve.

—Que siga mejor.

—Los pérsimos son de Persia.

—Se ha de comer como dos kilos de carne diarios.

—Más, como unos cinco.

—Unas frutas muy especiales.

—Se me tapa muy seguido el fregadero.

—La jerga me la corta a la mitad, luego de medio metro.

—Estos señores…

—Nos referimos al accidente ocurrido con fecha del 8 del presente al proyectarse sobre un negocio un automóvil causando daños a su mercancía.

—Ácido muriático.

—Como la mitad.

—Veneno.

—No le bombee.

—Son las doce.

—Una bomba.

—Ya no ha hecho cortos.

—No, ya no.

—¿Cuánto es?

—Un cuartito de barniz marino.

—Hay maple y nogal.

—Considerando que la póliza expedida 218554 del ramo de Incendio sólo se contrató para cubrir los riesgos de Incendio, Rayo y Explosión, no quedan cubiertos los daños causados por vehículos en sus contenidos debiendo presentar su reclamación a quien haya resultado responsable de la colisión de vehículos.

—Él decía que para qué se había venido de allá porque

desde su ventana podía ver el volcán. Aquí en verdad, nunca le gustó, extrañaba el calorcito.

—Stanhome, es la mejor.

—El aparador apenas lo pusieron, les salió en un ojo de la cara.

—No hay.

—Hasta el Clarasol subió.

—Total que el seguro siempre sale ganando.

—En esta ciudad ya no se puede conseguir un electricista.

—¿Me presta su teléfono para una llamada súper urgente?

—¿Qué onda?

—Yo a toda madre.

—¿Y tú, qué onda?

—¡Ay, qué buena onda!

—Vamos a ver cómo se pone esa onda.

—¿Cómo?

—¿Hola?

—Es a ti a quien se te va la onda gacho.

—¿Me oyes?

—Ésa sí que es una chava buena onda.

—¿Que qué?

—Qué padre, qué a toda madre.

—Ya es hora de que ése vaya agarrando la onda.

—Pinches teléfonos tan mala onda. ¿Hola?

—Seguimos con la misma costumbre de don Seki, el cliente es primero, todo para el cliente, el cliente siempre tiene la razón aunque no la tenga, por lo tanto aquí tiene su teléfono.

—Un cuarto de almidón, ahora ya no hay ni quien almidone la ropa, pero yo sí, sus camisas.

—Su viuda está inconsolable: era la señora de ojos bajos

que a veces atendía la caja, pero no le gustaba estar en la tienda, meterse en lo de su marido. Sus ojitos también jaladitos, siempre cerrados, cuentan que se los quería operar para no ser tan china o japonesa, pero no me crea, sólo me lo contaron, ya no le gustaba ser tan china o japonesa.

—Chino, japonés, es igual.

—Don Seki iba a San Juan a comprar pescado fresco para hacer su suchi.

—¡Dígamelo a mí que no veo mi suerte desde que pasó a mejor vida! Siquiera no sufrió, fue instantáneo.

—Mire, dele una rociada con Baygon.

—¿Petróleo para desmanchar? No, aquí sólo quitamanchas. No, es mejor que el Carbona.

—Los domingos era otro hombre, muy otro.

—Dicen que en la trastienda encontraron revistas pornográficas.

—No hay.

—Un ranchito, Ojo de Agua, en Cuautla, así se llama, está bonito, bueno, más o menos; se da ciruela, manzana, pera, durazno, papa, mucha papa. Hay gran variedad de flores, a él le gustaba, mi mamá no quiere venderlo, pero nosotros ¿cuándo vamos a ir si siempre estamos aquí metidos en el negocio? Él se emocionaba mucho con las verduras, un ejote lo ponía a llorar, un jitomate ni se diga, a las calabacitas las acariciaba.

—Ése nomás coge el dinero y corre, nunca lo vemos.

—En febrero salía a volar los papalotes y casi se iba con ellos, tan delgado. La gente se le juntaba porque su papalote era el más bonito, raro eso sí, muy raro, como de brujería. Daba miedo. Dicen que así son sus dioses, con esas caras achinadas, feas, bueno, a mí no me gustan.

—Cómo no, los capulines sí dan flor, como los cerezos, una florecita blanca sin chiste.

—Nunca frenó.

—Una vasijita que era de su tatatarabuela, una como medio teterita de sake, que así le llaman a su vino de arroz.

—No se le subía, a él lo único que se le subía eran sus papalotes, nadie los volaba como él, con sólo un jaloncito, se elevaban a las primeras, de papel de china los hacía y allá iban por el espacio, rasgándolo a puro zas y zas y zas, cada vez más alto, haga de cuenta una escalera que va subiendo sesgadita, como ellos son chiquitos yo creo les gusta la altura, les soltaba un poco el mecate, luego el jalón y vámonos más para arriba, alrededor de él toda la gloria del cielo, él una sombrita nomás sobre la tierra.

—Un hombre muy livianito…

—Él era toda su vida.

—Dos metros de papel estraza para envolver.

—¿A cómo su alambre de ese delgado?

—Un pliego de papel manila para forrar.

—Ahora todas las cubetas son de plástico y ésas no me gustan.

—Una mariposota de papel pintada para niños, eso es.

—Un desarmador de cruz.

—Le aplaudían y él se agachaba hasta el suelo para dar las gracias.

—Me mareé de tanta comida, bueno, me puse pesada y roja como jitomate.

—¿El cable ese a cómo?

—Desde que murió esto no es como antes. Puro no hay y no hay y no hay. Él era muy soberbio. Cuándo hubiera aceptado un no hay, nunca de los nuncas. Se lo tengo mañana.

—Desde que él se les fue, se les descompone el radio, la luz, los conductos de agua; se les acabó el petróleo… Bueno, una cosa.

—Para sus hijos, su pasado no vale ni un recuerdo.

—Se vienen los meses de invierno.

—A mí también me dan ganas de hablar de mí mismo, a ellos no, nunca, no les gusta, no cuentan nada, uno porque se fija.

—En un estado de felicidad constante.

—No hay.

—¿Me da mi notita, por favor?

—Unas chinches de colores como las gringas, una docena.

—Dicen que van a poner una pastelería.

—¿Un semáforo? Estaría bueno. Un semáforo y topes.

—Hay algunos así, tienen una como magnificencia, saben dar.

—De esos plumeros pintados son más alegres, ah, y una escoba, pero no de plástico.

—Nunca nadie ha esperado nada de mí.

—¿De qué color quiere su papel de china?

—Don Seki fue de los que firmaron la solicitud para el semáforo, pero nunca lo vio, y ya ve, todavía no lo ponen.

—No lo vendemos por pieza, al mayoreo.

—Dentro de su casa andan descalzos, por respeto.

—Me gusta hablarme a solas, sola me platico, sola me acompaño.

—Son de esos relojes a los que no hay que darles cuerda y nunca se atrasan.

—Un kilo es demasiado, con medio me alcanza.

—Don Seki decía que cada cosa viene a su tiempo; no hay que apresurarse.

—A mí no me importan las cosas que he hecho, me importa lo de mañana.

—Nunca hay tiempo.

—No hay.

LAS PACHECAS

—Date un llegue, fierita, así te alivianas. A ti no te vamos a dar carrilla, tú no eres chiva ni llorona.

Luisa se metía chemo. Flexeaba todo el día: sujetar el cuello de la bolsa con la mano izquierda, aspirar por la nariz, exhalar por la boca, hacer fuelle hacia abajo y hacia arriba con la mano derecha, cuidando de no romper la bolsa, pegar bien la nariz como queriendo introducir todo su rostro, tal vez toda su humanidad en el universo mínimo de polietileno y resistol. En blanco los ojos, se perdía extasiada; sonreían sus labios manchados de pegamento. Luego le hizo a la mona, era más fácil un trapito con tíner, bendito tíner, pero también más caro.

A los nueve años conoció el chemo en un lote baldío con la banda de la colonia La Bolsa, ese grupo de chavos a los que ella solía referirse como «los culeros del baldío». Que eso «chupa el cerebro», les decían a cada rato los de la Casa Alianza que iban a visitarlos, a la Dico, a Buenavista, a Taxqueña, a las coladeras de la Alameda Central.

No vivió menos perdida en el cuarto de azotea donde creció entre sus dos medios hermanos y la ausencia de su madre que salía de noche y dormía de día. Socorro los sacaba a la azotea para que no le hicieran ruido. Comían frijoles y tortillas que ella les dejaba encima de la estufilla de gas; en ocasiones una gelatina y, en los grandes días, menudencias de pollo que saboreaban como un manjar. Las economías de Socorro eran impredecibles: un ramo de flores de plástico se entronizaba frente al altar arrinconado de la Virgen de Guadalupe, un perfume de Dior sobre la cómoda, una bolsa de piel de cocodrilo. Socorro misma era impredecible y los tenía flacos y enfebrecidos, tres rostros a la expectativa, tres rostros vueltos hacia la puerta, tres rostros pálidos en los que sólo brillaban unos grandes ojos de pobre.

A ellos, sin embargo, les iba mejor que a otros porque nunca se les había caído el techo encima, ni en época de lluvias. Olía a gas, pero se habían acostumbrado. También la calle olía a gas y la avenida Oceanía y la colonia entera. Vivían de puertas para afuera, acechando el regreso de Socorro Bautista. ¡Qué bonito apellido, Bautista! Cuando Socorro traía algún amigo y lo pasaba al cuarto al que entonces llamaba «nidito de amor», se quedaban en la azotea. Alguna vez, un joven enamorado de traje y corbata —como lo exigía su trabajo de vendedor de puerta en puerta— le preguntó a Socorro:

—¿Es usted descendiente de San Juan Bautista?

—Sí, yo también soy santa.

De repente prendía el radio en la estación de cumbias y se ponía a bailar con Luisa, con Fermín el mayor y con Mateo, el más pequeño, sobre los altos tacones de sus zapatos de pulsera. Reían contentos, Luisa arrobada por la cintura de su madre, su esbeltez de hoja al viento, su cabello ondulado negrísimo que le llegaba a los hombros. Otras veces los hacía saltar sobre sus rodillas a las ocho de la mañana y les cantaba *La cucaracha* en medio de carcajadas estridentes. Algún domingo los llevó al circo.

Todo lo recordaba Luisa. Cuando tenía conciencia, Socorro aparecía en su memoria, en un parque, frente a unos niños que se reían de ella. Luisa la defendió a pedradas con una furia que espantó a los niños. Entonces Socorro la tomó entre sus brazos con un «gracias, hija» que hizo que Luisa se sintiera su predilecta, la niña más feliz de toda la colonia La Bolsa.

Una noche, en la azotea, Luisa contaba las estrellas, el cuarto estaba cerrado, Socorro adentro. Se oían voces. Un hombre, con gesto feo en la cara, subió a la azotea.

—¿Qué haces allí, niña?

—Estoy esperando. Mi mamá atrancó la puerta.

El feo se sentó, la atenazó, la sentó a ella a horcajadas sobre sus rodillas, le jaloneó la ropa y le subió la falda. Luisa sintió algo que dolía mucho, algo que la hería muy dentro, en el pecho, en el vientre, y suplicó ronca: «No, no, suélteme, suélteme».

La soltó y como un ladrón bajó a la oscuridad de la que había subido. Cuando empezó a escurrir la sangre Luisa golpeó la puerta: «Mamá, mamá, ábreme». Socorro tardó en hacerlo; la niña le contó entre gritos lo que había pasado, el hombre adentro seguro escuchaba aquella voz infantil y entrecortada. Socorro respondió más para el hombre que para la criatura:

—Tú lo provocaste.

Entonces Luisa, al igual que el hombre de la noche, se fue a la calle. Nadie se dio cuenta de que se había vuelto adolescente, ni ella misma. En el baldío, acuclillados, subsistían, corrían cada vez que alguno gritaba: «¡Aguas, la chota!». Allá por Oceanía, la colonia La Bolsa, la Venustiano Carranza, la Moctezuma, la Gertrudis Sánchez, el reino de las fábricas de jabones y de aceites, de tornillos, de vidrio, de margarinas, en aquel mugrero de accesorias y casas inhabitables habitadas, todos estaban pirados.

En el baldío, en un pasón, el Pritt la tomó en pleno viaje,

sin que ella reaccionara. «Ya te hice mujer», presumió y la abandonó con la falda levantada. Luisa sólo pensó en lo bien que le había cabido. «Ése no me dolió», se dijo. Al día siguiente empezó a andar de aquí para allá con la banda, a conocer la inmensa ciudad, a ir de la Tapo a Taxqueña, de la Dico a la delegación Cuauhtémoc, del metro Observatorio a La Merced. Hasta trabajó y ganó sus buenos centavos porque caía en gracia cuando se trepaba como chango en el cofre para limpiar parabrisas.

A pesar de su movilidad no intentó ver a los suyos. Cada uno de los dos hermanos, Fermín y Mateo, agarraron camino. Un día cerraron la puerta tras de sí y ya. ¿Iban a saber dónde estaba ella si Luisa misma casi no se daba cuenta? En el baldío de la calle y en el baldío del corazón, ni quien preguntara por los idos. Allí nadie tiene familia, nadie tiene pasado, nadie anda investigando, eso se lo dejan a la tira. La calle es la casa. «Yo soy mi casa», decía la Marilú como Pita Amor. Marilú también era poetisa y también había volado por los aires para quedar en el montoncito de cenizas que ahora le salía por la boca. Alguna vez le pareció que Fermín la sacudía, su rostro sobre el de ella. En efecto, Fermín fue por Luisa al baldío, la golpeó. Ella casi no lo reconoció. ¿Cómo era posible que, sin comer, Fermín hubiera crecido tanto? Entre las bofetadas pudo notar su expresión amarga, dura, sus labios apretados que dejaban salir:

—¡Mi mamá te está buscando, perra, desgraciada!

***

Fermín llevó a Luisa a La Granja con engaños.

Sí, aquello parecía una reunión: mesas y sillas plegables, gente mayor y muchos chavos platicando.

—Lánzate por unos chupes en lo que yo busco mesa —propuso Luisa.

—Vas.

Su hermano desapareció y de pronto se vio tomada de los brazos por dos grandulones.

—Véngase pacá, mi reina.

—¡Órale, culeros! ¡Fermíííííín! ¡No vengo sola, hijos de la chingada, orita se les va a aparecer Juan Diego! ¡Fermíííín!

No le extrañó que ninguno de los presentes moviera un dedo en su auxilio. A los chavos como ella nadie les ayuda nunca: si los atacaban era porque algo habrían hecho.

Nada pudo hacer inmovilizada por la fuerza de los dos gigantes que la empujaron a una mazmorra inmunda. Al cerrar la puerta, una bofetada acalló sus gritos.

—Más vale que te calmes, porque de aquí no vas a salir en un buen tiempo, bizcochito. Ésta es una granja para pachecos. Aquí te vamos a rehabilitar y bájale de güevos porque si no la vas a pasar muy mal.

—Mi bróder, vengo con él; háblenle a mi bróder.

Los dos sujetos estallaron en una carcajada.

—¡Inocente palomita! A tu carnal ya no lo vas a ver hasta que salgas de aquí y esto será en tres meses si te portas bien. Él te trajo, no seas pendeja, ahorita está llenando tu ficha para dejarte aquí. Es por tu bien, muñeca, aquí te vas a curar del vicio…

—¡Ni madres! ¡Cuál pinche vicio! ¡Déjenme salir, cabrones, o les va a pesar, tengo una banda gruesa y si les digo van a valer madres!

—¡Cállese el hocico, hija de su puta madre! —Luisa recibió un nuevo bofetón—, cuál banda, no mames, aquí estás sola y vas a tener que echarle humildad. Los que mandan, grábatelo bien, son los padrinos, el padrino Celso y la madrina Concha. Lo que dicen ellos es la ley, ellos son los que te van a sacar del hoyo.

***

Una veintena de miradas oscuras se clavaron en Luisa cuando entró a la sala de terapia. «Siéntate», ordenó con voz seca la madrina Concha. Luisa se dirigió a la última fila.

—¡No, burra, acá, adelante, donde te estoy señalando! ¿Te dejó ciega el vicio o qué?

Comenzaba Luisa a aprender las reglas del juego. Obedeció y tomó asiento, la cabeza gacha. En el estrado, vio a una mujer de unos veinticinco años, atractiva, aunque las raíces negras de su cabello teñido de rubio se extendían hasta la altura de sus orejas.

—Continúa, Güeragüevo, ¡perdón!, Érika —indicó la madrina Concha.

—Pues así es, como les iba yo diciendo, la coca se me volvió una necesidad, más importante que comer, que mi hija, que mi chavo, que todo. Empecé con él, él me enseñó el caminito. Ellos, una punta de gañanes aunque fueran de mucha lana, sabían que por un pase yo caía con cualquiera. Mi chavo se vino a enterar de lo grave que estaba hasta poco antes de traerme aquí. Nunca se imaginó cuánta ventaja le llevaba. Empecé como todo mundo, por la mota y luego la cois, pero por la nariz. Con aquellos tipos caí en algo peor que la inhalada: el arponazo. Ya el *sniff* se me hacía una mamada; lo chido de picarse es que sientes de veras la coca, te recorre todo el cuerpo, se te sube por las venas. Me pasó igual que a todos los yonkis: me hice adicta no a la droga, sino a la jeringa. Luego empecé a viajar más a todo dar con el Nubain. Me lo conseguían los cuates con un güey de una farmacia. Acabé inyectándome lo que encontraba: alcohol, acetona, Clarasol, hasta Fabuloso y Maestro limpio, me cae.

Impactada, porque ella lo único que conocía eran los inhalantes, Luisa acabó por levantar la vista para ver bien a la Güeragüevo, su rostro demacrado y la imagen patética de su tinte rubio ya a media cabeza. Una chamaca más o menos de su edad, ésta sí rubia natural, le sonrió. Al término de la sesión se le acercó:

—Hola, me llamo Soraya, pero me dicen Yaya.

Luisa no respondió.

—Estás sacada de onda, amiga, es normal, pero no queda más que alivianarse. Así es al principio. No es fácil, pero pues tú se ve que ya has corrido mucho, ¿o no?

—Chale…

—No te esponjes, manita, pero es que ve esos pelos llenos de grasa, ¿desde cuándo no te bañas? Y luego la boca te huele a…

—Ya bájale, güey.

—Por lo menos te hice hablar. ¿Cómo te llamas?

—Luisa.

—Mucho gusto, Güicha. Más sacada de onda te dejó la Güeragüevo, vi los ojos que ponías. Esa chava sí que fondeó gacho, porque mientras más lana tienes, más abajo caes. La onda es que es hija de Rubí Maya, la vedettota esa muy famosa, pero nunca quiso reconocerla que porque iba a afectar su imagen. ¿Tú crees? Su imagen. ¡Su imagen de puta, digo! Yo creo que eso le hizo mucho daño. Ya la ves, pintándose el pelo de güero para parecerse a su mamá. El otro día se puso a decirme «güera de rancho», yo no le contesté, pero por lo menos yo no me pinto. Pobre chava, ella sí que sabe lo que es perder, porque encima se puso a andar con puro pájaro de cuenta, tipos reventadísimos que nomás se aprovechaban de ella. Luego la llevaron a dos clínicas de esas carísimas, una en la playa, como último recurso. Para mí que saliendo vuelve a recaer. Mírala, está jodidísima, y no creas que es tan ruca como aparenta, es que, como quien dice, la corrieron sin aceite. Desbielada, ja, ja, ja, ja, desbielada, ja, ja, ja, ja —tarareó.

Luisa sólo veía de reojo a la Yaya, que hablaba como poseída.

—Aquí vas a encontrar de todo, gente rica, gente pobre, hasta gente decente, imagínate.

***

En La Granja todas sabían todo de todas, hasta lo que se callaban. Cada una subía al estrado para contar su vida, sus íntimos naufragios, sus dolores. Celso y Concha, los padrinos, se erigían en conciencia moral del grupo y vivían pendientes de echarles en cara sus culpas y el privilegio de que eran objeto al tenerlos de rentadores. «¿A poco ellos serán muy acá?», se preguntaba Luisa. Habría de enterarse —por la Yaya, desde luego— de que eran amantes y que ambos fueron alcohólicos, de ahí que su lenguaje fuera el de la banda. Se regeneraron al ingresar a una religión extraña y creerse señalados por el Señor para salvar almas. Vivían en el albergue de acuerdo con una máxima: «Según el sapo es la pedrada». A los chavos de familias adineradas les «sacaban la laniza», según la Yaya, pero les daban techo y comida a «la carne de albergue»; aquellos que se iban quedando y hacían bulto.

—Ay, no, mana, a mí eso es lo peor que me podría pasar, que me dejaran aquí como pendeja pa' siempre —dijo Luisa.

Acabó, sin embargo, por tolerar una tras otra las etapas hacia la libertad. Sólo una vez Fermín regresó a visitarla:

—¡Qué poca madre, carnal! Ya sácame de aquí, no seas culey.

—No, hermanita, es por tu bien. Estás mejor aquí que afuera, entiende. Es más, yo creo que te hace mejor que ni nos veas. Yo me voy a pasar al otro lado a ganar dólares con unos de Mexicali, fíjate. De allá voy a mandarle la lana a los padrinos.

—¿Y la jefa?

—No, ella tampoco va a venir. Dice que le da cosa verte aquí. La tienes que entender.

—No, pos sí.

Jamás se enteró de si en realidad Fermín enviaba dinero. Los padrinos no hablaban de finanzas con los internos, pero a leguas se veía quién tenía y quién no.

La Granja, en Cuernavaca, estaba lejos de ser una granja. Abierta a la calle, sus cuartos de concreto se alineaban con aspiraciones de cuartel. Todo era de cemento, el color del cemento encementaba la mirada. Los transeúntes se cruzaban a la acera de enfrente, no fuera a ser la de malas. ¡Qué pésima vibra la de ese edificio!

Los hijos, los hermanos, maridos o esposas que llegaban por primera vez se destanteaban: «Creíamos que tenía jardín», le reclamaban a Celso: «¿Por qué la llaman granja, entonces? ¿Dónde caminan? ¿Dónde juegan? ¿Dónde está la alberca?».

—Aquí mismo —respondía Celso señalando el cemento—. Aquí son los recreos, las comidas, las terapias. Se acostumbran pronto.

Afuera el sol ironizaba las respuestas.

—Vamos a dejar a su hijito como nuevo —Celso recargaba su brazo en los hombros del recién llegado.

—¿Podríamos ver los dormitorios?

—Es la hora del aseo, para la próxima se los enseño.

***

De Cuernavaca no entraba absolutamente nada a esta cárcel de lámina, ni siquiera el sol, aunque pegaba en el techo. Ni una brizna de pasto. Nada, sólo la trepidación de los aviones que cimbraba las láminas de los corredores, de las escaleras y sus barandales expuestos a la calle. Una inmensa tlapalería, ésa era la mentada granja. Hasta las brisas nocturnas se alejaban y jamás se oía el sonido del aire en las palmeras como anunciaban los padrinos.

Frente a ellos, el «padrino Celso», con las piernas separadas, indicó:

—Soy humilde instrumento del Señor para anunciarles que se les otorga una nueva oportunidad de redimirse frente a Su Grandeza. Los que deseen aprender la cosa artística pueden ahora pintar en este muro. Toda la pared es suya, como lo es todo en este bondadosísimo lugar creado para su salvación. Les sugiero el Divino Rostro. Órale, mis tres grandes, hijos de su puta madre.

Y nació el rostro atroz de un Cristo rencoroso.

Todo color moría frente a La Granja, fortaleza levantada al lado de una barranca, ésa sí de tupida vegetación. Los colores que podían ver los internos eran los del mural. Su fealdad agredía. Las figuras desproporcionadas bamboleaban chillonas porque algunos compañeros, convertidos de la noche a la mañana en pintores, descargaron su rabia a brochazos: el Papaloquelite, el Mocoverde, el Mañosón, el Ladras.

Luisa fue y vino frente al mural durante nueve meses. Flotaba movida por la neblina, ni siquiera el viento, que aquí tiene prohibida la entrada, aunque la puerta principal de este Centro para rehabilitar alcohólicos y drogadictos exhibe a los internos. Incluso afuera, algunos internos invitaban a los transeúntes.

—Pásele, pásele.

La mayoría se cambiaba de acera.

Una escalera de metal permitía el acceso al segundo piso. Nadie creería que en cada dormitorio para quince duermen cincuenta entre literas y catres. «Granja», la llamaban, sólo que las semillas allí guardadas eran hombres y mujeres.

El sitio destinado al ejercicio matutino era repelente: muros y piso de concreto sobre el cual rebotaba el movimiento. El patio dedicado a la instrucción era aún más inhóspito. Sólo le faltaban púas al alto alambrado carcelario.

El «tratamiento» no era sino un lavado de cerebro a base de diez horas diarias de dar y escuchar testimonios previsibles, espantosos, huérfanos, desangelados, una repetición incesante impuesta por los padrinos. De pronto, la llegada de seres extravagantes, cabelleras punks que acaban siendo rapadas o alguna figura que parecía mandada a hacer para el escarnio, rompía la rutina. Fue el caso de una señora cuya presencia resultó extraña en medio de tantos jóvenes.

—¿Qué onda, abuela? ¿Y usté a qué le metía?

Se escandalizó con las formas y el lenguaje de La Granja que, decía, no era para ella.

—Mis hijos son unos infames. Dicen que soy alcohólica nomás porque me tomé un pulquito.

La apodaron «Doña Pulques».

—Aquí me voy a marchitar.

—¡Ah, chingá! ¿Más? Pues si usté ya rebasa el tostón.

Cuando se descubrió que la Chichitibum había llegado con embarazo de tres meses, el escándalo fue mayúsculo.

—¡Cámara, maestra! Tu hijo sí que va a tener futuro. Va a nacer en buena cuna y con pinchemil madrinas, pura finísima persona.

Al principio, las palabras de los testimonios, los lentos e interminables «eché a perder mi vida», «no tuve consideración por mi familia», «nadie me entiende, nadie cree en mí», sólo pasaban por encima de la cabeza de Luisa. De tanto oírlas le inspiraron curiosidad. Y una mañana se dio cuenta de que las estaba esperando, eran como un virus. Esas palabras primitivas, brutales, esas patéticas confesiones, «le puse una golpiza a mi mujer», coincidían con las órdenes del padrino Celso y alteraban su forma de pensar. Se metían dentro de su cabeza y agarradas de sus neuronas no querían soltarse, ninguna idea rival podía removerlas. Demandaban su total atención, la absorbían hasta que oía el campanazo.

El despertar, que antes la sumía en el llanto más desesperado, era una bendición. Las mañanas ya no eran malas. Muchas veces antes, a la hora de la gimnasia matutina, Luisa había pensado en abandonar las filas, salirse de la tabla, desobedecer con un grito. Un día dijo: «¡Me tienen hasta la madre!», y la Yaya comentó: «Tú sí que eres bruta, pinche Güicha; te faltaban quince días y le levantas la voz al padrino». Ahora, repetía los gestos con reverencia, poseída por la voz de mando; lo que él dijera eso era lo que iba a hacer, porque dentro de la vulgaridad de sus propósitos, de vez en cuando Celso decía algo que le llegaba al corazón. Si no respiraba hondo abriendo los brazos, la cabeza alta, perdería su cuerpo como había perdido su cerebro. El padrino se lo había dicho. Sus músculos se atrofiarían, ya no responderían a las órdenes que todavía hoy podía darles su cerebro.

Ese antro asqueroso ahora le parecía hospitalario.

Claro que las ideas cambian la vida. A ella, el instructor le estaba transformando la suya. Ella, que de niña nunca recibió una idea, porque su madre no era precisamente un surtidero de propuestas de vida, pensaba que estaba allí, en ese culto religioso que jamás había practicado (la gimnasia, el baño a manguerazos, el indoctrinamiento hora tras hora, la voz de los compañeros que recitaban el hartazgo de su propia historia hasta que en sus oídos sonaba como un estribillo de podredumbre y de imbecilidad). Por eso el instructor con sus órdenes precisas, flanco derecho, vuelta a la derecha, ¡ya!, la exaltaba. Él sí que podría encauzarla en los programas de rehabilitación y quizá ella más tarde —él se lo había propuesto— también sería capaz de volverse guía espiritual, convertirse en madrina, aunque sintiera una secreta repugnancia por los padrinos, por más que respondiera: «Sí, padrino», «No, madrina», «Lo que usted mande, padrino». La madrina Concha sobre todo era inmisericorde. «A ver tú, Güicha, lleva a La Marrana a hacer del baño», ordenaba y de inmediato se impacientaba: «¡Oye! ¡Oye! Llévala pronto que se hace. ¿O no ves lo jodida que está?» Dando traspiés de borracho, la nueva la seguía y Luisa se preguntaba qué caso tendría que esa muchacha casi en estado vegetativo fuera llevada a las sesiones dizque de terapia. «Así llegaste tú, Güichita, igualita, no te hagas la remilgosa, así o quizá peor.

***

El mundo se redujo a las cuatro paredes de La Granja, las altas láminas que resguardaban a los pobladores del suplicio. Luisa acabó por acostumbrarse. El más mínimo chisme se volvía un hecho trascendente y los desertores imponían verdaderos parteaguas en la historia de La Granja. «Esa barda la levantaron desde la fuga de los cuatro.» «Cuando se escapó el Chocorrol yo llevaba dieciocho días aquí.» Contaba uno por uno sus días de internamiento. «Hoy cumplo ochenta y ocho, pasado mañana a volar gaviotas.»

***

«Esta chava es bien vaciada», se repetía Luisa a medida que conocía a la Yaya. Al principio, su compulsión por arreglar cabelleras le acarreó infinidad de problemas. Las internas mismas la alucinaban. Dormían con la cabeza amarrada y aun así a veces despertaban al sentir que alguien les trenzaba el pelo.

—Órale, pinche Yaya, ya ni chingas, maestra, ¿qué te traes?

«A mí ya me da mala espina, ha de ser tortilla», insistía la Chichitibum (así le decían por tetona), pero su dictamen psicoanalítico no prosperó en la comunidad. A la Yaya todas, simplemente, la tiraban de a loca. Luisa fue la excepción. Le agradaba lo que el peine tiene de caricia, y además, imaginarse bonita en un sitio en el que no existían los espejos.

—Así peinada me he de parecer a mi mamá.

Esperaba la noche para allí, sobre la cobija tirada en el piso en que dormían, sentirse la más bella de las mujeres gracias a las hábiles manos de la Yaya.

—Cuando salga de aquí voy a poner mi salón de belleza, tengo hasta el nombre: «Estética Renacimiento». La voy a hacer. Ya ves tú, estabas bien garrita, todo el tiempo con los pelos lacios encima de la cara, y yo te dejo acá, bien irresistible. Me cae que sí tengo facilidad y pues también práctica, ¿no? Si vieras mis Barbies, no son originales pero parecen, de lo chulas que las tengo, ni quien se imagine que son de Tepis… o sea que hasta de modista la libro, ¿cómo la ves, mi Güicha?

Sólo Luisa la escuchaba en sus largos soliloquios. Algo tenía la Yaya, tal vez ese aire de infancia o una cierta fineza que le recordaba a Marilú, la poetisa de la colonia La Bolsa.

Con el tiempo, la Yaya también se convertiría en su manicurista. La ansiedad había llevado a Luisa a comerse las uñas en forma despiadada; no descansaba hasta sentir el dolor de la carne viva de sus larguísimos dedos. Sana como se veía ahora, luego de tres tratamientos consecutivos, ya no llevaba sus manos a la boca con la obsesión de antes ni le decía a la Yaya: «Si no me la como exactamente como quiero, si me queda un piquito, la pinche uña me desgracia el día».

La Yaya vivía al pendiente de las uñas de su amiga:

—¿Te las moldeo? Ay, pero mira qué manos tan lindas tienes.

***

Un recién llegado de rostro noble, ojos profundamente azules, piel muy blanca y cabello muy negro le llamó la atención, quizá porque Luisa, que tardeaba en el patio mirando sus uñas, vio cómo lo apandaron. También a él lo habían engañado. Cuando él dijo lívido y con una risa que más parecía llanto, «No, no me quedo», su mamá, una señora bien vestida a quien acompañaban su chofer y una muchacha de uniforme, se echó para atrás. En cambio, Don Celso detuvo al joven asiéndole fuertemente del brazo:

—Vente a conocer el jardín aquí adentro.

«Sí, cómo no, ahí te llevo con el jardincito», murmuró Luisa mientras contemplaba alelada a ese ángel en medio del averno.

—Mi rey, nomás te faltan las alitas —dijo bajito.

Mientras el muchacho desaparecía tras la puerta, Luisa vio a la sirvienta esconder su rostro en su delantal.

—¡Ay, señora, el niño, el niño Patricio!

El padrino Celso, que ya peinaba canas y era tan súper largo y alto como el joven, regresó y se dirigió a la señora:

—Firme, firme ya para que se quede.

La madre titubeó.

—¿Sin avisarle? Él no quiere quedarse.

—Usted firme y váyase en su coche. Pierda cuidado, va a estar bien. Mañana me habla. A los tres meses va a ver qué cambio. Puede venir a visitarlo el mes que entra, si él observa buen comportamiento. Se va a asombrar al verlo, se lo garantizo, señora.

—Bueno, mañana le mando con el chofer unas bermudas, unas playeras, su agua de colonia…

—No, no, nada más la ropa, por favor. Aquí tiene que aprender a ser humilde. La regla de oro es que en este lugar todos son iguales. Lo que sí, déjenos dos mil pesos para su comida.

—El niño Patricio… ¡Buuuuuu! ¡Buuuuuu! —lloró la muchacha.

La madre de Patricio firmó carta y cheque y giró sobre sus altos tacones, sus sirvientes como guardaespaldas, tras ella.

A leguas se notaba que ese muchacho era distinto, sobresalía su finura en medio de aquella punta de gañanes, se decía Luisa, que no se cansaba de mirarlo a lo largo de los días. De un ala a la otra del comedor, Luisa engullía con los ojos su figura espigada. Comía bonito, se movía bonito, hablaba bonito. Patricio pidió que le dieran permiso de leer, no se lo dieron; de escribir en una libreta, no se lo dieron; de hablar por teléfono, menos. «¿Qué crees que somos tus pendejos o qué?», tronó la voz de Celso. Eso sí, él se la vivía con el rostro vuelto hacia el teléfono y, cuando sonaba, casi siempre era para él. Luisa lo oyó decir en una ocasión con voz bajita, desesperada, tapándose la boca, nerviosísimo de que fueran a cacharlo: «Sáquenme de aquí, ésta es una pesadilla inaguantable, ya sáquenme, no voy a recaer, lo juro».

La Yaya, que todo lo sabía, comentó entre sus compañeras que Patricio era adicto a la heroína. Hora tras hora crecía en Luisa su fijación por el muchacho. Aguardaba el mínimo descuido para acercársele. Sólo en una ocasión logró hacerlo a riesgo del castigo. En secreto le dijo:

—No se me desvalorine, en mí tiene una síster.

Él la miró, agradecido, y con una sonrisa respondió:

—Gracias. Eres muy bonita.

Luisa sintió que todo daba vueltas, su frente se perló de sudor. ¿Bonita? ¿Ella bonita? Las breves palabras de Patricio tuvieron para ella el poder de una revelación. De aquella boca seráfica le era arrojada una verdad a la que ella podía aferrarse.

Entonces Luisa buscó su elegancia día tras día como las flores de cara al sol. Sentarse frente a él, aunque a distancia, era volverse otra cosa, irse muy lejos de La Granja, ver crecer lo verde, pero ya no con el terror de las alucinaciones. No tenía pensamiento más que para Patricio. Soñaba con un beso de su boca y se le ensangrentaron los labios de tanto mordisquearlos en la espera: «Antes las uñas, ahora los labios», regañaba la Yaya celosa. Luisa se chupó de lo flaca que se puso, pero él le sonreía desde lejos, apreciativo. Ella, en los huesos, empezó a soñar que a lo mejor en este palacio de las rehabilitaciones encontraría la felicidad y le bastaría hincarse a los pies de Patricio, enamorada como un perro.

El amor la hizo descubrirse en medio de un grupo de extrañas, porque ya sus amigas se habían ido al tiempo que llegaban otras. Por Carmela vinieron sus papás y los suyos por la Caquis y por la Pichi y por la Chichitibum, con todo y su embarazo (es más, su embarazo la sacó libre). Sólo ella, la Yaya, Yolanda la más nueva, Jacqueline y Aurora y Jessica y Sandra y Rubí y La Polvorona seguían ahí. Pero lo que ahora sentía Luisa no lo podía sentir nadie más; su amor por Patricio la hacía insustituible. Ahora la única desgracia verdadera era la de las horas en que no podía verlo. Se sentía enloquecer, poseída por vuelcos, mareos, ansiedades, incendios.

Hasta que la Yaya le dijo:

—Pero ¿qué haces tú con ese puto? Pues ¿qué no te has dado cuenta?

***

Un día Patricio desapareció con el Tufic, un árabe muy acuerpadito, cinturita y con un trasero muy paradito que era una monada. Los padrinos sabían que los que lograban escapar lo hacían rumbo a la barranca y mandaron a los grandulones a buscarlos. Quién sabe para dónde corrieron. «Ay, pero ¿a quién se le ocurre? Con esas piernas tan largas, ¿cuándo iban a alcanzarlos?», alegó la Yaya en el dormitorio. Luisa la escuchó con la cara escondida en la cobija; lloró toda la noche y ella, que no sabía rezar, le pidió a Dios que cuidara a su Patricio.

***

Muchas cosas habían cambiado en Luisa. Podría pasar frente a sus antiguos «ñeritos» sin ser reconocida. Ni su propia familia la vio jamás no sólo tan arreglada, sino tan dueña de sí, tan convencida de iniciar una nueva vida. Repetía muy seria: «Voy a recordar siempre las duras lecciones que me sacaron del pozo».

Su expresión corporal era otra; dejó de ser una cabra loca a imagen de su madre, para adoptar una actitud reposada y a ratos felina, ya sin el disloque de movimientos que causa la brutal descalcificación de la droga. Caminaba erguida, con pasos largos y armoniosos. Si antes para ella todo era motivo de risa, ahora le molestaba que alguien se riera sin ton ni son. Logró distinguirse como una de las internas más responsables. Luisa guiaba a las nuevas. Era imposible imaginarla en un nuevo estallido de histeria, como aquel de los primeros días en que, sin más, tomó una de las latas de atún empleadas como ceniceros y la arrojó a la cara del orador en turno. Entonces, su esperanza de ser apandada se esfumó al recibir un castigo infinitamente mayor: soplarse también los lamentables discursos de la sección de hombres. Los tres días a pan y agua, la segunda parte del castigo, no le afectaron: poca diferencia había entre eso y la dieta normal: arroz y frijoles. Jamás fantaseó que llegaría el día en que los padrinos ensalzarían sus logros ni que manifestarían su asombro ante sus cambios.

—Ahí la llevas, m'ija, ahí la llevas.

***

—Güicha, hoy vienen por ti.

—Simón, me voy a bañar.

—Ya te tocaba, ¿no?

Luisa sonríe.

—¿Ya empacaste, manis?

—Nomás es una bolsita... Después del baño ¿le puedo pedir a la Yaya que me haga unos tubos?

—A güevo. Hoy es tu día.

Luisa se echa a reír. Bromea en torno a su *pedicure*, su mascarilla, su masaje, su maquillaje, le voy a pedir a la Yaya su tubo de labios, le voy a decir a la Yaya que me acicale y le eche ganas pa' que quede yo bien buena, cuando lleguen mi jefa, el Fermín, el Mateo, no me van a reconocer, van a buscarme entre la bola y cuando por fin se den color de que soy yo, no se la van a acabar. «¡Qué chido —van a decir, ya los estoy oyendo—, pero qué a toda madre!»

***

Es el gran día para Luisa. Han culminado tres periodos de tratamiento en el albergue: nueve meses de recuperación. Por fin una silla de plástico blanco la aguarda en la ceremonia de salida, una especie de acto de graduación o de misa de quince años. En la calle, ninguna de las dos cosas tuvo Luisa: sólo llegó a tercero de primaria y sus quince años los cumplió en el baldío.

—¿Que hoy vienen por ti, pinche Güicha?

Luisa responde con una sonrisa.

—Congratulachiuns, manita.

—Vientos, mi reina, qué a toda madre.

—¿A qué horas llega tu jefa? ¿Entre cinco y seis? Entonces no tarda. Ya mero. Qué diéramos por estar en tu lugar, cabrona.

Desde hacía semanas Luisa se venía imaginando con su vestido azul, sentada en una de las sillas blancas junto a Socorro, su madre.

Cada uno de los que salían acompañados por sus familiares subía al estrado para dar gracias y jurar en contra de la reincidencia. Les aplaudían y cantaban el himno del albergue:

Por nuestra recuperación,
por nuestra salvación,
lucharemos,
venceremos,
sólo por hoy,
sólo por hoy.
El Señor es mi pastor,
Jesucristo murió por mí,
le confieso mis pecados,
y limpio mi corazón,
sólo él, sólo él, sólo él,
sólo él, el Redentor.

Los padrinos enaltecían su triunfo y los conminaban a una vida sana. Algún interno destacaba siempre entre el resto y Luisa tenía la seguridad de que en esta ocasión sería ella, porque ya le tocaba, méritos los tenía de sobra.

—¿Qué onda, mi Güicha? Ya son seis y media y de tu jefa ni sus luces.

—A lo mejor no puede venir porque a esta hora empieza el jale pa' ella. Seguro vienen mis bróders que son bien pinche güevones y a todas partes llegan tarde. Al rato…

Durante la ceremonia, la silla al lado de Luisa permaneció vacía. El caso de la recuperación de Luisa fue en efecto el más mencionado en los discursos de los padrinos.

—Vean ustedes, señores, lo que hacemos aquí. Esta muchacha llegó hecha una basura humana, nadie hubiera dado un centavo por ella y véanla ahora, rehabilitada, bonita, limpiecita, con la cabeza bien puesta, orgullo para su mamá que no pudo venir hoy, pero seguro mañana pasa a recogerla…

Una mueca en el rostro de Luisa pretendía ser sonrisa. Al llegar su turno se limitó a agradecer las alabanzas y su rehabilitación en La Granja. Ninguna mención hizo de la ausencia de sus familiares. Después, durante la cena, a cuantos preguntaron respondió:

—Ya me habían mandado decir que quién quita y hoy no iban a poder…

Con el mismo gesto imperturbable que mantuvo durante la ceremonia, Luisa se retiró a dormir en esta noche que ya no le correspondía en La Granja. La Yaya la siguió con sentimiento de culpa. Pobre de su ñerita, de veras, qué joda le habían acomodado sus carnales. Se sintió peor cuando Güicha empezó a hablar:

—Cierro los ojos. Veo crecer la hierba. Crece rápido. La oigo: ssshhhhh, crece, sssssshhhhh, ssshhhh, ya va más alta que yo, sigue pa' arriba. Nos va a cubrir a todos.

—Órale, pinche Güicha, ábrelos, ábrelos, aquí no hay ni una brizna de hierba.

—Cierro, abro, cierro mis ojos. Sigo viéndola, es verde, bonita. Me cae, es una montaña bien tiernita, de ese verde empieza…

—Estás pastel, Güicha, bien pastel. Aquí no hay nada de eso.

—También el tabachín, viene hacia mí, alarga sus ramas y me levanta en brazos; quiere que vea el nido.

—¿Cuál nido, pinche Güicha?

—Ese que trae en la cabeza. Todos los tabachines tienen su nido.

Luisa siguió divagando quedito hasta que las demás protestaron, «Órale, pendejas, dejen dormir». A la noche siguiente, no ocupó su sitio de siempre en el dormitorio. Tendió su cobija en la esquina de la Güeragüevo, otra de las que se habían marchado. Sentada, experimentó algo parecido a tener la mente en blanco. Sintió el regreso de aquella sensación indescriptible que no había vuelto desde hacía nueve meses. Su pulso se aceleró, sus manos temblaron y empezó a sudar copiosamente. «Qué estadazo», volvió a decir al tiempo que dejaba de escuchar los ronquidos atronadores de sus compañeras. ¡Tanto le habían hablado del «rebote» y hasta hoy tenía la oportunidad de experimentarlo! La pertinencia de un viaje le llegaba en el momento exacto, con toda justeza tocaba a la puerta que ella abría.

En la madrugada, bajó del dormitorio ojerosa, pálida, algo gravísimo debía haberle pasado porque el padrino Celso la eximió de la gimnasia. Cuando se acercó y la miró a los ojos, vio con miedo que Luisa ya no estaba allí. De inmediato la llevó a la enfermería:

—¿Qué le dieron? ¿Qué se tomó? —preguntó al encargado el padrino Celso.

—No se me encabrone, no sé, ni la he visto, no ha salido de La Granja.

—Ya no se puede confiar en nadie.

Luisa caminó deshuesada hacia la mesa. A la hora de comer, ni siquiera vio el plato por más que la Yaya suplicó llorosa, cuchara en mano: «Yo te doy manis, ándale, come».

La tarde la pasó en absoluto estado de idiotez, lo mismo sucedió a la hora de acostarse. Ni siquiera reaccionaba con los campanazos. En la noche, Yaya, la cabeza sobre la almohada, concluyó que a su cuata el viaje le había llegado a tiempo y que en el día no muy lejano en que a ella le tocara salir libre, no le remordería la conciencia dejar a la Güicha atrás. Mordería olvido.

Al día siguiente Yaya escuchó entre trinos el aviso que había puesto en órbita a la Güicha:

—Soraya, hoy vienen por ti.

LA BANCA

En las tardes, Rufina y yo vamos al camellón enjardinado y nos sentamos en la banca. Al rato, junto a ella se desliza un hombre. Rufina y el hombre se dan unos besos que truenan como una llanta al reventarse. Lo digo porque pasan muchos coches en el Paseo de la Reforma, y el martes, a uno se le ponchó la llanta. Entonces, el chofer lo estacionó en el borde de la acera y se enorgulleció: «No perdí el control».

—No me hagas perder el control —se queja Rufina en voz baja. El hombre la aprieta.

—¿Quieres ir a jugar por «ai»? —me dice Rufina con palabras dulcísimas, mansas.

Desciendo de la banca humillada. Rufina debe intuir cuánto me gustan los besos tronados. Ningún ahuehuete por alto, ninguna corteza que se deje arrancar, ningún pastito navaja ejerce el poder de dos que se abrazan.

Por hacer algo miro las estatuas de bronce en el Paseo de la Reforma, héroes dice mi tío Artemio, que fueron asesinos. Los miro con desconfianza. Mucho más alto que ellos están los sabinos; enormes, sus ramas se extienden, forman una bóveda protectora. Hacia ellos sí se puede aspirar.

A mis ojitos, la única dirección que los jala es la de la banca.

Desde un macizo de truenos, veo de pronto que una bola de gente la rodea, gente que salió de la nada en el

Paseo de la Reforma, gente que sigue llegando de las calles vecinas y se amontona.

Oigo a una mujer que grita:

—Bájenle el vestido.

Tengo miedo. No sé si correr como de rayo a la casa a meterme bajo la cama para esconder mi vergüenza o ir a ver qué es lo que ha sucedido. De nuevo, la misma voz aguda:

—Que le bajen el vestido.

¡Qué cobarde soy! Yo quiero a Rufina, quiero a su vestido, el de florecitas, el de mascota, el de percal, el de cocolitos, el vestido madrugador, el de agua y jabón al sol en la azotea.

Entre el cerco de piernas de los mirones me abro paso, qué bueno que soy pequeña y puedo colarme. Allí junto a la banca, en medio del círculo, tirada en la tierra, Rufina. Sola. Ya no hay hombre. En torno a ella se cierra el círculo, la plaza, el toreo, unos en barrera de primera fila, otros en los tendidos, todos a la expectativa. Rufina se convulsiona. Una estocada, otra, ahora unas banderillas, el vestido más arriba, las piernas abiertas, el calzón a la vista de todos, qué feo color el salmón, qué color tan horrible para chones, ¿por qué los harán de ese color? Mamá dice que deben ser blancos como las calcetas. Rufina trae las medias atornilladas con una liga arriba de la rodilla.

—Pues ¿qué no le van a bajar el vestido? —pregunta la voz. Imperiosa.

—Ésta es una enfermedad que manda el diablo —dice un hombre.

Una señora se persigna.

Me acerco.

—Esta chiquilla la conoce.

—Métanle un pañuelo en la boca.

¿Meterme un pañuelo en la boca? No, a mí no, a Rufina.

—Mírenla, se está mordiendo, se va a trozar la lengua.

—Pregúntele a la niña dónde viven.

Estoy a punto de decir calle Berlín número seis, cuando la señora que lleva el mando pega un grito:

—Ya se mordió, le está saliendo sangre.

Hasta ese momento me atrevo a ver a Rufina. Su trenza deshecha, un hilo de sangre escapa de entre sus labios. «Sí, ya se mordió», alcanzo a pensar y lucho contra las lágrimas.

Rufina es una muñeca de trapo, un guiñapo, los brazos enlodados, la mueca de su boca, su pecho que sube y baja como un pájaro, se azota, algo quiere salírsele de la jaula, su pecho ahora es un fuelle y desde adentro surgen los ventarrones, casi puedo verlos, pobre, cómo le ha de doler, el ajetreo de su respiración hiere, así como lastiman sus manos, títeres con hilos rotos, sus piernas dislocadas. La veo en su momento más desafortunado, nunca sabrá que la he visto así.

De golpe y porrazo, la señora que llevó la voz de mando dice que se tiene que ir, que ya se va, que de su casa llamará a la Cruz Roja, que la de la epilepsia va a volver en sí, que ya pasó todo, y poco a poco, así como el Paseo de la Reforma se cubrió de curiosos imantados por los desfiguros de Rufina, así se va vaciando. Terminó el espectáculo. Las señoras recogen sus bolsas del mandado, jalan a los niños renuentes, los hombres también vuelven a su quehacer, unos van a la parada del camión, otros regresan al lugar de donde vinieron: su miscelánea, su puesto de refrescos, su oficio de barrendero, de paletero, de vendedor de boletos de lotería. Yo también voy hacia el árbol y lo abrazo. No aguanto ver a Rufina y, comiéndome las uñas, espero a que se levante. La corteza del sabino me acuchilla los brazos, las axilas, el pecho, lastima, pero yo también quiero que a mí me lastime algo. Por un segundo tengo una aguda sensación de vacío, pero es sólo un relámpago que acallan los cláxones. Vuelvo los ojos hacia la banca. Desde aquí puedo ver a Rufina sentada abrochando su suéter de cocolitos.

La calienta el sol del atardecer, creo, espero que le esté entrando el solecito en la boca para secar su saliva pastosa, para cicatrizar la herida, absorber la sangre, calmar ese estertor, esa ronquera que venía de muy dentro. Espero que el sol le queme las piernas para que se dé cuenta y se baje el vestido.

—Ésa es una enfermedad que manda el diablo.

Lloro quedito, a que no me vea, a que no me oiga. No puedo impedirlo. Tengo miedo. Le tengo miedo al diablo. Pasan muchos autobuses. Suben, bajan. La gente tiene obligaciones, me ha dicho Rufina, muchas obligaciones. Los altos rojos se prenden un sinfín de veces. Los autobuses arrancan, se van. Oigo los arrancones, los enfrenones. Ya no me queda ni una sola uña que comer, las he dejado en la pura raicita. El cielo se ha ensombrecido y tengo frío.

Allá en dirección de Rufina algo se mueve. La veo alisarse el vestido, atornillarse las medias. No me acerco. Luego se limpia la boca con el brazo ensueterado; seguro enderezó la mueca de su boca. Se levanta trabajosamente. Sacude su vestido, medio teje su trenza y hace girar su adolorida cabeza, piñata rota; busca en mi dirección. No me ha olvidado. ¿O no es a mí a quien busca?

Camino hacia ella. No me mira. Sólo dice:

—Vámonos, niña.

Mientras caminamos rumbo a casa, no levanto la vista. Ella sigue lidiando con su vestido, echándose las trenzas para atrás; a mí me gusta cuando las trae para adelante. En la calle Milán se inclina hacia mí y huelo su aliento a maíz acedo:

—No vayas a decirle nada a tu mamá, niña Fernanda.

—No, Rufina.

***

Nos embriagamos el uno con el otro, los dos solos, tú conmigo, yo contigo. Viertes vino entre mis pechos, en mi vientre, y lo sorbes, luego lo derramas en mi lengua con tu boca. Tenemos todo el tiempo del mundo, el tiempo de nuestro amor. Lo único que pesa entre nosotros es esta cama grave, lenta, de madera bruñida, inamovible sobre el piso. La escoba, si es que aquí barren, tiene que pasar alrededor de las patas elefantiásicas. Es la cama la que nos fija en la tierra. Si no, atravesaríamos el espacio. Pero el amor se hace en una cama, ¿no? Llevamos horas y horas de besos, de lágrimas y besos otra vez, nuestro amor es un tesoro escondido, lo cavamos, lo buceamos, lo hacemos esperar, primero nos besamos tanto que ya no sabemos hacer otra cosa sino eso: besarnos. Siempre hay algo nuevo en nuestros labios, en mi paladar, en tu saliva, en tu lengua bajo la mía, en tu lengua sobre la mía hurgando entre mis encías. Mi frente está afiebrada y la recorres con tu lengua. Pones tus dedos sobre mis ojos y presionas. Veo estrellas. Luego los besas. Cerramos los ojos. No quiero olvidar nunca esa habitación que vamos a dejar. «¡Qué joven eres —me dices—, nada en ti se ha endurecido!», e inmediatamente me rebelo, con quién me estás comparando, quiénes han sido las otras, por qué en este momento sólo nuestro piensas en lo duro ajeno. «¡Qué maravilla tu piel, cuánta dulzura, eres un animalito tierno!», repites. Busco tus caricias como lo haría un cachorro, me meto bajo tus manos, hurgo trabándome entre tus piernas, si estuvieras de pie, tropezarías, quizá te haría caer, qué risa, escondo mi risa acunándome entre tus brazos. Soy portátil, me redondeo como los gatos, tu cuerpo es mi sitio, abrázame; a lo largo de tu cuerpo quepo muchas veces, cinco quizá o siete. Es bueno ser pequeña, ¿verdad? Entrelazamos nuestros dedos. Me cuelgo de ti. «En ti todo lo voy a descubrir —me dices—, eres una mujer por descubrir.» A mí me da temor, soy tu mujer de siempre, la diurna y la nocturna, soy tu mujer cotidiana, la del pan y los higos, el círculo que ambos recorremos. Soy lo que ya conoces. ¿Qué quieres descubrir?

***

Jorge y Fernanda son una pareja a todo dar dicen los amigos. Se completan. Tienen los mismos gustos. Ascienden juntos. A ratos, juntos también, parecen sonámbulos. Ella se aprieta contra él, él le pone la mano sobre un pecho y la besa estrujándoselo ante todos. A veces, son desvergonzados. Cuando invitan a cenar y a oír discos, con las mismas manos con las que la atenaza, él prepara la cena, salvo la ensalada, claro, porque ella las hace ricas. Su casa es como ellos, fervorosa, acogedora. Los invitados se sientan en el suelo y abren libros de arte bizantino, de cerámica de Acatlán, de Celeste, la que cuidó a Proust. Un buen fuego arde en la chimenea. «Quisimos chimenea porque el mejor amor se hace frente a las llamas. Mi mujer es una brasa.» A la hora de la cena, no es inusual que Jorge, amo y señor, cruce con todo su cuerpo la mesa: «bésame», exige y el tiempo parece suspenderse mientras todos dejan de comer y observan; vasos, mantel, filetes, ensaladera, cesta de pan. Les sale como un vaho parecido al que sale de la boca de los hornos. «Ésta es la casa que arde —dice la más ingenua de las invitadas—, y cuando regresamos a la nuestra, Jaime siempre me hace el amor. Por eso me gusta venir.»

A pesar de la chimenea, lo más notable de su casa es el ahuehuete; ninguna en la ciudad de México tiene un ahuehuete, ésos están en el Bosque de Chapultepec; Jorge y Fernanda consiguieron una casa con ahuehuete en la colonia Del Valle.

Fernanda fue la que la encontró; hubiera sido horrible sin el ahuehuete. Él se opuso: está fea, húmeda. Ya verás cómo la dejo, mi amor, ya verás, no podrás vivir en ningún otro sitio. Y la cubrió con una bugambilia, un plúmbago, un huele de noche, y cuando florecieron, las flores entrelazadas le taparon lo feo. Sólo quedaron las ventanas como dos ojos en un cuadro de Giuseppe Arcimboldo con flores en vez de verduras. Fernanda se acostumbró a hablarle al sabino, a abrazarlo aunque no alcanzara el perímetro de su tronco. Recoger trozos de corteza a punto de abandonarlo como las células muertas al cuerpo humano y sentarse bajo él a leer y ver el cielo entre sus ramajes era un ritual de casi todos los días. A lo mejor dos amantes se abrazaron aquí antes que nosotros, a lo mejor una niña vistió a su muñeca bajo esta sombra, a lo mejor escondida por el follaje, una mujer limpió una noche sus lágrimas recargada en el tronco, a lo mejor este árbol es de La Noche Triste. Al cabo de un tiempo, le contagió a Jorge su amor por el ahuehuete de tal modo que al salir o al llegar de la universidad lo saludaba: «Buenos días, árbol, ya me voy». «Que duermas bien, árbol.» También a él le dio por abrazarlo; entre Fernanda y él podían girar en torno a su tronco en la ronda del amor, sus brazos extendidos lo acinturaban y no grabaron el deleite del beso ni sus iniciales en la corteza porque Fernanda dijo que era una crueldad.

Dentro de la casa de la colonia Del Valle, Fernanda acomodó poco a poco divanes, libreros, libros, discos y alfombras de Temoaya, su único lujo además del aparato de sonido. Al contacto con su amor, los objetos fueron saltando de su prisión de piel y revistiéndose de fragancias agridulces; vinieron a sentarse a la mesa, a tirarse en los platos, a hacer que los tenedores y las cucharas vibraran. «Esas servilletas son abanicos. Óyeme, Fernanda —volvió a decir la ingenua con un pucherito—, tus cosas dan toques eléctricos.»

Entre los dos construyeron su felicidad caliente, cuidaron de su amor rompe barreras. Fernanda fue la de la escoba, el trapeador, el fregadero, la escobeta, pero lo disfrutó casi tanto como poner manojos de alhelíes y perritos en el florero o gigantescos agapandos y delfinios según la época. Al cabo, la supremacía de Jorge era más evidente aún que la de los delfinios. Señor mío, amo y señor, rey del universo. Jorge producía platillos suculentos para sus amigos del viernes o el sábado en la noche. Sorprendía a los maridos: «Anoche fue luna llena, ¿abrieron la ventana para que la luna bañara entera a su mujer?». Las esposas se extasiaban: «¡Qué suerte tienes, Fernanda, te sacaste la lotería con ese marido!» Jorge era el amoroso, la carne de su carne además de la carne sangrante y en su punto en la mesa, nunca término medio, el chef, el *cordon bleu*, ella su pinche, la que picaba, rebanaba, hervía. Él daba el toque de magia; ella, entre tanto, corría a abrir la puerta.

***

—¿No me reconoce, señito?

—La verdad, no.

—¿A poco no sabe quién soy?

Una mujer vencida miraba a Fernanda, el pelo entrecano, los hombros encorvados, la expresión amarga, el vientre ajado, los senos caídos bajo el delantal. A su lado, en cambio, una muchacha de trenzas lustrosas contrastaba con el abandono de la madre. Era un venado.

—¿De veras, niña Fernanda, no me recuerdas?

La palabra «niña» sonó familiar aunque dolorosa.

—Perdóneme…

—Niña, soy Rufina…

Un bulto debatiéndose en el suelo, el vestido levantado, asaltó la memoria de Fernanda. Era un recuerdo que ella había sepultado por feo, por triste. La mujer insistió:

—Rufina, la que te cuidó de niña.

¿Quién había cuidado a quién?

—Ando muy amolada, niña, por eso pensé en ti, sólo tú que eres buena me aceptarías con mi criatura. No te pesaríamos. Yo te hago el quehacer, ella en las tardes estudia corte y confección.

En un abrir y cerrar de ojos, ya estaban adentro. Jorge dijo que bueno, que ni modo. Lo conmovió la niña venado, la forma inquieta en que erguía su cabeza sobre su cuello largo. «Tendrás más tiempo para hacer lo tuyo», dijo Jorge.

No fue así. Para guisar, Rufina utilizaba todos los trastes que poseían. «Necesito otra sartén.» «Hace falta una cazuela más honda.» Después de cada comida, platos y cubiertos permanecían horas en el fregadero junto a la batería de cocina, porque Rufina iba a reposar a su cuarto.

¿Por qué escogía ese momento? Fernanda nunca se atrevió a preguntárselo. La venadita escapaba a la academia de corte y confección y alguna vez le sorprendió que Jorge inquiriera: «¿Qué no ha llegado Serafina?», y se inquietara. «Es muy tarde para que ande en la calle a estas horas.»

Todo lo que a Fernanda se le había hecho sencillo ahora se complicaba. Hacía falta otra escoba, se acababa el Fab, la licuadora se descompuso. Aumentaron el gas, la luz, el teléfono, el agua y el volumen de desperdicios en el bote de basura. Fernanda tropezaba con Rufina a todas horas y en todo lugar. Sentía su respiración en la nuca, en el oído. El humo acre de su presencia penetraba hasta el menor intersticio. La página del libro olía a Rufina. En la calle también, un perro la amenazaba con sus ladridos y Fernanda pensaba de inmediato: «Rufina». Cada día se le hacía más pesado bajar a la cocina y decirle a su Frankenstein casero que por favor no guardara el aceite usado en un frasco grasiento. «Es para nosotros, niña», respondía rencorosa levantando una barrera igual a la de sus dientes parejos. Una tarde Fernanda se encontró a sí misma caminando en círculos en la recámara repitiéndose: «No es posible, no puede ser», porque se sentía sin fuerza para ir a la biblioteca con tal de no escuchar el sordo redoble de tambor de la omnipresencia de Rufina, avejentada y mecánica, desplazándose sin sentido por los recovecos de la casa. «Voy a decirle que se vaya.» Jorge la atajó. «¿Qué será de la niña? No es para tanto, ya te acostumbrarás.»

Una noche Fernanda insistió en que la presencia de Rufina había envilecido la casa. «Es más fuerte que yo, Rufina se me ha insertado como un clavo envenenado en la cabeza, en los brazos, en el corazón, en las manos. No la tolero.

La veo y me paralizo del horror. Ya no puedo comer. La vomito.» Para su sorpresa, Jorge no se solidarizó ni la tomó en sus brazos: «Estoy contigo, mi cielo, haz lo que tú quieras», sino que dejó caer con una nueva y cordial indiferencia: «Estás nerviosa, no pensarías así si no estuvieras cansada». «¿Cansada de qué? Si tú mismo dices que Rufina ha venido a aliviar el peso de mis tareas domésticas. De lo que estoy cansada es de ella, es ella de quien abomino.» La presencia de Serafina era tan esquiva que sólo acentuaba sus cualidades de venado.

Curiosamente también, Jorge le sugirió, cosa que le pareció insólita: «¿Por qué no te vas unos días? A Cuautla, o a Ixtapan de la Sal. Dicen que allí hay un *spa* fantástico del cual las mujeres salen regeneradas. Es caro, pero yo te lo disparo; es más, te acompañaría, pero no puedo dejar la universidad en exámenes finales».

En un verdadero estado de angustia, Fernanda salió a Ixtapan. Le hizo bien alejarse, ver el campo desde el autobús, respirar otro aire, meterse en el agua sulfurosa, los baños de lodo, sentir las manos impersonales de las masajistas que al finalizar rodeaban su cuerpo con anchas toallas blancas: «¡Qué bien conservada está señora, qué vientre tan liso!». ¿Conservada? Aún no estaba en la edad de la conservación. ¿Conservada como un durazno en almíbar? ¿Qué es lo que tenía que conservar? A la hora de la comida sin grasa, los grandes cristales del hotel daban al campo, y Fernanda se preguntó: «¿Me estarán conservando estas paredes de vidrio?». Y de pronto tuvo la certeza de que al que había que conservar era a Jorge y ante esa súbita iluminación regresó antes de lo previsto. «Me sentí tan mejorada que aquí estoy», diría al entrar y se amarían toda la noche.

***

Abrí la puerta con mi llave. Era día de descanso para Jorge, hoy, jueves, no iba a la universidad. «Tenías razón al decirme que no era para tanto. Jorge, mi apoyo, Jorge, mi dios, Jorge, la razón de mi vida, lo que yo más quiero en el mundo, allá en la soledad de Ixtapan olvidé a Rufina y la reduje a su justa proporción.» Entré feliz a mi casa cachonda, mi casa segura, florecida, mi casa con chimenea como la dibujan los niños. Busqué al amado en la biblioteca, en la sala, en la recámara. No había salido, allí estaba su coche. No quería llamarlo para que no se apareciera Rufina. Seguí recorriendo la casa, y cuando abrí la puerta del cuarto de visitas, me eché para atrás herida de muerte. Por un momento pensé, no es cierto, no he visto nada. Quise regresar la película, correr, salir a la calle, que me atropellara un coche, y en vez de ello abrí la puerta de nuevo. Desnudos sobre la cama, Jorge y la venadita habían levantado las caras al unísono; atónitos, sus ojos sesgados vueltos hacia mí eran los de una presa injustamente herida. Los había cazado, los sostenía en mi hocico, podía encajarles mis colmillos, trozarles la cabeza, y me sorprendió verlos iguales: «¡Cuánto se parecen!». Ambos empezaron a temblar. La venadita escondió el rostro contra el pecho velludo de Jorge. Entonces oí la voz ronca de Rufina tras de mí gritándole a su hija:

—¡Tápate, ponte el vestido, tápate!

Me abofeteó el recuerdo del vacío de hace años cuando vi a Rufina humillada en el Paseo de la Reforma. Desde la puerta, aventó por encima de mi hombro el vestido hecho bola y la niña sin más lo fue deslizando por su cabeza de trenzas destejidas, sus hombros líquidos y estremecidos. Como se le atoró en la punta de los pezones negros y yo los miraba petrificada, Rufina volvió a ordenar:

—Ayúdela, hombre, bájele el vestido.

Todo esto lo recuerdo ahora que estoy sentada en la banca del Paseo de la Reforma y el tiempo ha vuelto a girar. Hace años que vengo sola desde la casa hogar de la tercera edad en la calle de Berlín, porque me queda cerca. No he vuelto a vivir para mí, soy como un títere que hace, dice y obedece sin saber quién es. Veo con detenimiento a las muchachas de minifalda que muestran sus muslos y al sentarse enseñan los calzones, si es que traen calzones. Las observo exonerándolas por anticipado. Nunca se verán en el trance en el que yo me vi, el de bajarle el vestido a las dos mujeres que destruyeron mi vida, porque cuando Jorge no lo jaló encima del pecho de la muchacha, fui yo quien acudió, la saqué de la cama, grité y, no sé cómo, puse a las dos en la calle. Jorge ni se movió. Recogí la misma maleta que había traído de Ixtapan de la Sal, dejé mi llave en la mesa de la cocina, tomé un cuchillo y salí después de cerrar la puerta. En el último momento, aventé mi valija y corrí al jardín a decirle al sabino que olvidara lo que había visto, por favor, que ése era nuestro instante final, que no volveríamos a vernos, porque de haberme quedado, habría hundido en la espalda desnuda de Jorge el cuchillo que ahora le encajaba a él, una y otra vez, a él, sí, porque él, al cabo era árbol, árbol, le decía yo, eres árbol, mientras lo cubría de ranuras anchas y sangrientas, árbol, árbol, árbol, una y otra vez acero adentro, árbol, hasta que levanté los ojos y vi que sus ramas altas allá en el cielo parecían mirarme con una infinita consternación.

EL CORAZÓN DE LA ALCACHOFA

A todos nos fascinan las alcachofas: comerlas es un acto sacramental. Las disfrutamos en silencio, primero las hojas grandes, las correosas, las verde-profundo que la revisten de una armadura de maguey; luego las medianas que se van ablandando a medida que uno se acerca al centro, se vuelven niñas, y finalmente las delgaditas, finas, que parecen pétalos de tan delicadas. Es muy difícil platicar cuando se llevan las hojas de alcachofa a la boca, chupándolas una por una, rascándoles despacito la ternura de su ternura con los dientes.

Llegar al centro es descubrir el tesoro, la pelusa blanca, delgadísima, que protege el corazón ahuecado por la espera como un ánfora griega. No hay que darse prisa, el proceso es lento, las hojas se van arrancando en redondo, una por una saboreándolas porque cada una es distinta a la anterior y la prisa puede hacer que se pierda ese arcoiris de sabores, un verde de océano apagado, de alga marina a la que el sol le va borrando la vida.

La abuela nos hizo alcachoferos. A mi padre lo incluyó en esa costumbre cuando él y mi madre se casaron. Al principio papá, que las desconocía por completo, alegó que él no comía cardos. A nosotros, los nietos, nos domesticó a temprana edad. Una vez a la semana, a mediodía, empezamos la comida con alcachofas. Otilia las sirve muy bien escurridas en un gran platón, trae dos salseras, una con salsa muselina y otra con una simple vinagreta.

En una ocasión le dieron a la abuela la receta de una salsa que llevaba rajas de pimiento rojo dulce, huevo duro cortado en trocitos, pimienta en grano, sal, aceite y vinagre, pero dijo que era un poco vulgar, se perdía el aroma específico de la alcachofa. No volvimos a intentarlo. En alguna casa, a la abuela le sirvieron alcachofas con la salsa encima y entonces sí que los criticó: las alcachofas jamás se sirven cubiertas de salsa, imposible tocarlas sin ensuciarse los dedos. La experiencia más atroz fue en casa de los Palacio, ya que la abuela vio a Yolanda Palacio encajarle cuchillo y tenedor, destrozar su vestido de hojas, perforarla desde lo alto y apuñalar el corazón al que dejó hecho trizas. Quedó claro que no sabía comerlas. La pobre intuía que había que llegar a algo, como sucede con los erizos y, a machetazo limpio, escogió el camino de la destrucción. La abuela presenció la masacre con espanto y jamás volvió a aceptarles una invitación. Los Palacio perdieron hasta el apellido. Ahora son «los que no saben comer alcachofas».

Las alcachofas, a veces, son plantas antediluvianas, pequeños seres prehistóricos. En otras ocasiones, bailan en el plato, su corazón danza en medio de múltiples enaguas como las mazahuas que llaman vueludas a las suyas. En realidad, las plantas dan flor, pero las hojas se comen antes. La flor las endurece. La flor, final de su existencia, las mata. Al llegar al corazón hay que maniobrar con suma pericia, para no lastimarlo.

La abuela llegó a la conclusión de que la única casa en el Distrito Federal de veintidós millones de habitantes donde se sabe comer alcachofas es la nuestra.

El rito se inicia cuando colocamos nuestra cuchara bajo el plato. Así lo inclinamos y la salsa puede engolfarse en una sola cuenca para ir metiendo allí el borde de las hojas que chupamos con meticulosidad. Nos tardamos más de la cuenta; si hay visitas, su mirada inquisitiva nos observa. Al terminarlas tomamos agua:

—Después de comer una alcachofa, el agua es una delicia —sentencia la abuela.

Todos asentimos. El agua resbala por nuestra garganta, nos inicia en la sensualidad.

De mis hermanos, Estela es la más tardada. Es una mañosa, porque una vez comida la punta de cada hoja, las repasa hasta dejarlas hechas una verdadera lástima a un lado de su plato. Lacias, en la pura raíz, parecen jergas. Ella nunca pudo darle una hojita al hermano menor, Manuelito, porque nunca le quedó nada. Efrén es muy desesperado y es el primero en engullir el corazón verde casi de un bocado y en sopear un pedazo de pan en la vinagreta o la muselina hasta dejar limpio su plato. «Eso no se hace», le ha dicho la abuela, pero como todos están tan afanados en deshojar sus corolas, la acción de Efrén pasa a segundo plano. Sandra habla tanto que se distrae y muchas veces sostiene la hoja a medio camino entre su mano y su boca y me irrita, casi me saca de quicio, porque la pobre hoja aguarda, suspendida en el aire, como una acróbata que pierde su columpio: el paladar de mi hermana. Me cae muy mal que ingiera como si las formas no importaran; creo, de veras, que Sandra no merece la alcachofa. Se la quitaría de mil amores, nos toca a una por cabeza, una grande, porque las que ponen en la paella, según mi abuela, ni son alcachofas.

Cada uno establece con su alcachofa una relación muy particular. Mi abuela, bien sentada, las piernas ligeramente separadas, la cabeza en alto, conduce la hoja en un funicular invisible del plato a la boca y luego la hace bajar derechito como piedra en pozo a su plato, le rinde un homenaje a Newton con sus movimientos precisos. La figura geométrica que traza en el aire se repite treinta veces porque hay alcachofas con ese número de hojas. Las come con respeto o con algo que no entiendo, porque al chupar la hoja cierra los ojos. Lleva constantemente la servilleta doblada a la comisura de sus labios por si se le hubiera adherido un poco de salsa. Come, el ceño fruncido, con la misma atención que ponía de niña en sus versiones latinas, porque de toda la familia es la única latinista. Y se ve bien con la alcachofa en mano, la proporción exacta, la hoja tiene el tamaño que armoniza con su figura.

En cambio, mi padre y la alcachofa desentonan. Mi padre es un gigantón de dos metros. Le brilla la frente, me gustaría limpiársela pero no lo alcanzo, su frente sigue robándole cámara a la penumbra del comedor. Acostumbra usar camisas a cuadros de colores. La alcachofa se extravía a medio camino sobre su pecho, ignoro si va en el verde o en el amarillo y nunca sé si la trae, porque su mano velluda la cubre por completo. La alcachofa necesita un tono neutro como el de mi abuela o un fondo blanco. Nunca podría mi padre ser el modelo de «Hombre comiendo alcachofa», porque el pintor la extraviaría en el proceso.

Una vez rasuradas por sus dientes delanteros, papá archiva sus hojas, como expedientes en su oficina. Cada pila se mantiene en tan erguida perfección que envidio ese equilibrio, porque las mías caen como pétalos de rosa deshojada.

Mi madre es más casual. Las come entre risas. Fuma mucho, y dice la abuela que fumar daña no sólo el paladar sino las buenas maneras. Antes, mamá tomaba el vaso de agua para extasiarse como el resto de la familia. Quién sabe qué le dijo su psicoanalista, que ahora levanta su copa de vino tinto. La primera vez, la abuela la amonestó:

—Ese vino mata cualquier otro sabor.

Mamá hizo restallar un cerillo en la caja para encender su cigarro y la abuela tuvo que capitular.

Un mediodía, en plena ceremonia, papá fue el primero en terminar y nos anunció, solemne, su voz un tanto temblorosa encima de su pila de hojas de alcachofa:

—Tengo algo que comunicarles…

Como Sandra, hoja en el aire, no interrumpía su parloteo de guacamaya, repitió con voz todavía más opaca:

—Quisiera decirles que…

—¿Qué papá, qué? —lo alentó Sandra señalándole con la misma hoja que le cedía la palabra.

—Voy a separarme de su madre.

En ese momento, Manuelito bajó de su silla y se acercó a él:

—¿Me das una hojita?

—Ya no tengo, hijo.

Mamá miraba el corazón de su alcachofa y la abuela también había atornillado los ojos en su plato.

—Su madre ya lo sabe.

—Lo que no me esperaba, Julián, es que soltaras la noticia en la mesa ahora que comemos alcachofas.

—No creo que sea el momento —murmuró la abuela y se llevó el vaso de agua a los labios.

—Los niños no han llegado al corazón de la alcachofa —reprochó mamá de nuevo.

Sé que mamá y papá se amaron. Lo descubrí un día en que mamá distraída no me respondía. A los niños no se les hace tanto caso. Le hablaba en francés y no oía; en español, menos. Leía una revista *Life* de los bombardeos de la guerra; iglesias, casas destrozadas, tanques, soldados corriendo entre árboles, soldados arrastrándose en la tierra, los zapatos cubiertos de sangre y lodo, un cráter hondo de seis metros hecho por una bomba, pobrecita tierra. Mamá parecía un buzo metida hasta adentro del agujero negro. Buscaba con una intensidad angustiada, y entonces comprendí que buscaba a mi padre. Y que lo amaba con desesperación.

***

Mi padre se casó al día siguiente de que se fue o casi; años después murió la abuela y su ausencia nos lastimó a todos. Intuyo que murió triste. Aunque era muy pudorosa, mi abuela siempre andaba desnudando su corazón. Mamá tiene un curioso padecimiento en el que está implicado el hígado y la curo con medicinas que contienen extracto de alcachofa. Sigue fumando como chimenea, y en la noche vacío los ceniceros en una maceta del patio; dicen que las cenizas son buenas para la naturaleza, la renuevan. A ella desde luego no la han rejuvenecido.

Contrariamente a lo que pudiera pensarse, mamá y yo no hemos proscrito las alcachofas de nuestra dieta, aunque mamá alega que la vida la ha despojado de todas sus hojas y le ha dejado el corazón al descubierto. Chupar la hoja sigue siendo para mí una exploración y la expectativa es la misma. ¿Será grande el corazón de la alcachofa? ¿Se conservará fresco y jugoso? La finalidad de mis pesquisas es llegar al sitio de donde partieron todas mis esperanzas, el corazón de la alcachofa que voy cercando lentamente a vuelta y vuelta. Amé mucho a un hombre y creo que fui feliz porque todavía lo amo. Después amé a otros, pero nunca como a él, nunca mi vientre cantó como a su lado. En realidad, amé a los siguientes por lo que en ellos podría hallar de él. A ratitos.

Mi piel ardía al lado de la suya en el café, en la cama, todos los poros se me abrían como las calles por las que caminábamos, él abrazándome; qué maravilla ese brazo sobre mis hombros, cuánta impaciencia en nuestro encuentro. La magnitud de mi deseo me dejaba temblando. Él me decía que ese amor no iba a repetirse jamás.

Una mañana, al primer rayo de sol, entre las sábanas revueltas se inclinó sobre mi cara aún abotagada por el sueño y la satisfacción y anunció quedito:

—Han pasado dos meses, mi mujer y mis hijos regresan de sus vacaciones.

Sentí que la recámara se oscurecía, que su negrura me caía encima. Él me abrazó.

—No te pongas así. Ambos sabíamos que no podía durar.

Empecé a sollozar.

Entonces me habló de mi corazón de alcachofa, que todos en el trabajo comentaban que tenía yo corazón de alcachofa.

—También dicen que tomas las cosas demasiado en serio.

No volvimos a vernos.

Otilia se fue y mamá y yo lo sentimos porque no hemos vuelto a tener tan buena cocinera. El peso de los ritos alcachoferos ha marcado los últimos años de nuestra vida. Las primeras hojas mojadas en la salsa muselina o en la vinagreta todavía son un placer, nos infunden valor, pero ya cuando vamos a media alcachofa, a media operación en común, mi madre y yo nos miramos, no me quita la vista de encima y yo se la sostengo años y años. Tiene la mirada del que no sabe para qué vive. Quiere decirme algo...

algo herido, pero yo no la dejo. Quizá nos hemos rodeado de hojas más altas que nosotras como las alcachofas, quizá va a asestarme la horrible certeza de haber equivocado la vida, mi única vida.

LOS BUFALITOS

Tres mil liras cuesta el ingreso. Los bufalitos mojados dejan en el guardarropa sus mochilas parchadas a la manera cubista: *shocking pink*, verde limón, escarlata, amarillo congo, violeta, plata, oro, pero ninguno abandona su chamarra Canadienne, Frozen Wave, Lacoste, Adidas. Su olor a borrego mojado invade el recinto. Piafan, sus pezuñas Nike bailan en un solo sitio, levantan el lodo que trajeron de la calle, sus patas baten la tierra. Algunos traen libreta para tomar apuntes. El cuidador del Palazzo Re Enzo señala: «Por aquí», con el índice. Otro índice descomunal en la pared acompañado por una flecha apunta a la derecha, pero los bufalitos toman la dirección contraria: «*Ma ragazzi*... no vamos a empezar por el final», los reconviene una puntiaguda voz de mujer.

Sus vientrecitos rebotan cuando se agolpan empujándose y sus muslos se rozan al querer entrar todos al mismo tiempo; la suya es una confusión de piernas y brazos; tropiezan, qué torpe manada; por fin, se encaminan a codazos, lomo contra lomo, un solo hatajo de cabezas, hombros, pelambres que gira pesadamente. Uno de ellos masca chicle, lo hace bomba, lo truena, y recuerdo que alguna vez encontré un chicle pegado al marco del Kupka. ¿Por qué no sonó la alarma? ¿Cómo se me fue el vándalo? Ese día no comí. La maestra ni siquiera le ordena que lo tire. Las bestias encajan sus cascos en mi cabeza, quieren acabar con el museo, con Bolonia, acabar con el planeta, acabar con el universo. Hacen ruido en un recinto en el que, en tiempos normales, un estornudo puede provocar una conmoción. Me escandaliza la barbarie ajena porque sólo reconozco la alta civilización de los lienzos que cuido.

A la mitad del muro, resplandece frente a sus ojos un cuadro: *Los amantes*. Cuelgan lánguidas las ramas de un sauce, las hojas sombrean el rostro sonriente y ojeroso de la mujer, el vestido blanco iluminado por un rayo de sol, el cuello envuelto en ondulaciones de gasa atadas por un listón de terciopelo cobalto, toda la gracia de Renoir se condensa en la levedad de la luz dorada. Dos o tres amapolas se asoman entre el pasto, sin duda el amante las ha pisado al alargar la pierna a los pies de su amada. Una ligera brisa flota en el aire.

Los bufalitos levantan y agachan su testuz, embisten y se precipitan dentro de la pintura, destrozan el paisaje, hacen trizas el pasto, rompen las ramas, ensalivan a la enamorada. «*Bellissimo, bellissimo*», remedan a su maestra.

—*Sembra vero.*

—¿Qué estación creen ustedes que sea?

—Invierno —la desafían.

La maestra no los oye. Sólo escucha la brisa pintada. «¿Otoño o primavera?», pregunta sin pensar. Giacomo, el más aprovechado, responde buscando sus ojos: «Es el inicio del verano, el sol ha enrojecido algunas hojas en las acacias». La maestra le sonríe con creciente embeleso. Renoir la transporta a la dulzura del campo en Francia, a los jardines como pañuelos, las hojas más tiernas, los reflejos de la luz en el agua, las barcas de remo y las bañistas sonrosadas. «Pongan atención al balbuceo del agua.» Es cierto. Esta maestrita de escuela dio en el clavo. Nada es más fértil que el agua. Monet y Renoir buscaron sus reflejos cambiantes en el mar y en el río, en la nieve y en las puestas de sol que la cubren de vapores de oro. Juntos pintaron *La Grenouillère* y desde entonces la felicidad se nos llenó de ranas, las mujeres se aficionaron a su verdor resbaloso y las ancas de rana se volvieron *delicatessen*. Dame tu anca de rana, amor, para degustarla. A diferencia de la fábula, ahora los príncipes se convierten en sapos, porque el sapo es todo corazón como dijo el cuentista. «¿Han advertido los hoyuelos en las mejillas de la niña? Todas las mujeres de Renoir tienen hoyuelos y casi todas son pelirrojas.» «¡Ay, qué daría yo por tener un hoyuelo aquí!», una bufalita señala su mentón. «Observen con detenimiento —la ignora la maestra—, ésta es una fiesta para los ojos.»

¿Qué estación? Primavera. «Si acaso verano», Giacomo tiene razón, les aclara tan lánguida como la enamorada del cuadro. «Vean, las pinceladas se alargan, la luz del día se debilita, los colores se difuminan como el fuego que se apaga. ¿Es aquél un rosa pálido o un lila?»

La maestra navega en un espacio confidencial.

—Estas hojas como a la deriva parecen no haber existido jamás.

Un bufalito se separa de la manada. Otro pregunta si puede rascar el marco para ver si es oro. La maestra no responde, la envuelve una música que sólo ella escucha.

—Y ahora, veamos de lejos los efectos de la luz. Miren el cuadro desde acá y díganme qué ven.

Fija los ojos en los enamorados del lienzo. Veo sus piernas flacas, de pájaro quebradizo, como quebradizas las pinceladas de los impresionistas. Los bufalitos se pican el trasero, chocan entre sí, dan manazos, se echan punes y culpan al vecino, ríen, los cabellos cándidos de una muchacha rozan la mejilla de un gordito que los atrapa con su boca y los chupa.

—*Bellissimo. Di rara bellezza.* Acerquémonos de nuevo y denme su impresión.

Una bufalita le pone las manos en la cara a otra bajita, que muge porque le ha tapado los ojos. Se empitonan. Otro aprovecha para abrazarla por detrás, hacerle cosquillas. La bufalita más alta se quita el suéter y todos la miran a la expectativa del centímetro de piel que pueda aparecer entre el *blue jean* y la blusa. La maestra, ausente, repite: «¿Qué ven? Monet y Renoir descubrieron el instante. Dentro de quince minutos la luz será distinta. Los objetos cambian de tonalidad bajo la luz del sol, miren cómo el agua reverbera con un brillo irisado, el impresionismo es el centelleo de la luz. Todo está en movimiento, todo se transforma continuamente como ustedes. Ya casi no son niños, mañana no serán los mismos. Éste es un momento excepcional en su vida, ven, ése es el impresionismo, el recuerdo del deslumbramiento anterior. Renoir fue muy valiente, Pissarro y Monet también». La maestra baila extasiada. «Los pintores consultaban el sol, entrecerraban los ojos para aventar la luz a puñados en su tela. Daban una pincelada y con los ojos de su cerebro recuperaban la frescura de la hierba, la impresión óptica quedaba en su retina, clic, sí, eso es, una fotografía, clic, el jardín de Monet en Giverny podría ser una fotografía; tomaban de nuevo su distancia y de lejos apreciaban el efecto para regresar casi sin aliento a dar otra pincelada que dejaban caer como pluma de ganso sobre el lienzo, aprisa, aprisa, se va la luz y ¡zas!, estallaba la obra maestra. Alguna vez Renoir declaró que una mañana en que a él y a Monet se les acabó el color negro, nació el impresionismo.»

Las bufalitas imitan a su maestra, se acercan, se alejan, sus pechitos son pelotas de *ping-pong*, van y vienen en el movimiento de sube y baja del amor, se mecen como ella en un columpio invisible frente al lienzo (¡ah, Watteau!), a ella también le tiemblan los pechos tras la blusa blanca. Ninguna de las bufalitas lleva sostén, sólo una gorda trae los pechos amarrados a su torso de Walkiria.

En torno a mí jadean, así son las niñas, siempre están recuperando su aliento, pasan su lengua de becerro sobre sus labios, saboreándolos, y yo quisiera darles su primer beso. Bueno, no a todas, pero sí a esa que parece un primitivo flamenco. Seguramente sus ancestros proceden de los Países Bajos.

De repente vienen hacia mí. Su súbita acometida me toma desprevenido, tengo que hacerme a un lado para que no me arrollen, me miran con sus ojos fuertes, no se dan cuenta hasta qué grado son sugestivas, vibrantes, todo en ellas inquieta; hasta sus pestañas largas y húmedas derrochan energía; un estremecimiento las recorre y se prolonga en el cuadro. Quisiera reconvenirlas, respetuosamente claro está. «Señoritas, tengan piedad de mí, soy un hombre trabajado por la vida, miren bien mi epidermis surcada de arrugas y de cicatrices.» ¿Cómo decirles a estas becerritas de panza que me acuesto tan extenuado que no puedo dormir? Vuelven su cabeza desdeñosa, su piel relampaguea como un fuetazo. Son verdaderos agentes provocadores. Una me examina frunciendo el entrecejo y pienso en su culito que a su edad debe estar apretadísimo.

Ellos llegan con sus zapatones, sus tenis de talla descomunal, guarnecidos de parches de colores que lastiman la retina, aerodinámicos, interplanetarios, porque desde que el hombre pisó la Luna, todos los estudiantes se visten como extraterrestres y sus bolsas de tela inflamable han suplantado a los materiales nobles. ¿Y si le echara yo un cerillo a todo ese plástico?

A la maestra le estoy tomando afecto. ¡Cómo mira los

lienzos, Dios mío, como si no deseara nada más en el mundo, como si eso fuera todo lo que ella pudiera anhelar jamás! Avanza a pasos lentos, embobada. Se desentiende de su grey abominable. Algunos se han sentado en el suelo sobre sus cuartos traseros a tomar notas, qué bichos, ven los cuadros a cuatro patas, resoplando. En cambio, la maestra va de una sala del museo a la otra sobre sus patitas que no tocan el suelo, creo que levita. Me siento muy afortunado de poder verla desde mi rincón de sombra. Los bufalitos ahora me inspiran simpatía, sobre todo porque hace un momento se quedaron en suspenso ante un Cranach y la maestra exaltada levantó la mano izquierda frente a sus ojos como para atajarse el sol y dijo con una emoción que les hizo guardar silencio: «Creo que nunca volveremos a pasar una tarde como ésta». Después volvieron a rascar el suelo, a testerearse los pitones y uno se acercó tanto al Carlo Crivelli que tuve que levantar la voz. Otros se dieron de codazos socarrones frente al niño Jesús de Petrus Christus, que montado en las piernas de la Virgen exhibe su sexo: «Mira, es del tamaño de un *escargol*». ¿*Escargot* en francés? El niño me dejó sorprendido y le agarré antipatía. ¿Por qué decía *escargol*?

De nuevo tuve que llamarle la atención al dichoso Bruno:

—Si pisas más allá de la raya, va a sonar la alarma. Automáticamente serás expulsado del museo.

—¿Cuál raya? —me desafía con su nariz ancha y sus ojos bovinos—, no veo ninguna raya.

—Lo que te digo es que no puedes tener la nariz pegada a la tela.

Quién sabe qué oyeron en mi voz que sentí que todos me miraban en medio de un gran silencio. Al cabo de unos segundos lo rompió la maestra:

—Este museo es una verdadera persona, miren, nos va guiando, sólo puede oírse la voz de los lienzos y es una voz armoniosa, femenina. Shhhhht, shhhhht —la maestra se lleva un dedo a la boca.

En efecto, los bufalitos ya no hablan tanto, aunque Ruggiero y su compañera siguen sacándose los mocos e intentan pegarlos en la mejilla del otro. Ensimismados, escoltan a la maestra como si se hubieran convertido en su sombra. Ella los ha hipnotizado. Como a mí.

A lo largo de los años he comprobado que a los adolescentes no les interesa el arte y su única pregunta es ¿a qué horas nos vamos? Algunos se detienen, sí, pero son los adultos quienes tienen mayor capacidad de asombro, quizá porque han sufrido. Rara vez sucede lo que ahora atestiguo: bufalitos domesticados que doblan su testuz y escuchan.

La maestra aparta un mechón que le cae sobre la frente y constata con voz grave: «Creo que ésta es una de las tardes más hermosas que me ha tocado vivir», y la miro pensando que también podría ser la mía. ¿Cuál fue la tarde más bella de mi vida?

—La hora del día, la luz es crucial —confirma.

De pronto vuelve los ojos hacia mí, y yo que pensaba que no me había visto, e interroga con su voz de niña:

—Es el Renoir, ¿verdad, guardián?, el que lo tiene fascinado.

Los bufalitos también me miran, supongo que por morbo. Salgo de mi hondo barranco y respondo con mi voz destrozada por el tiempo:

—El Renoir me encanta, pero me identifico con el Rembrandt.

Me examina y estoy seguro de que adivina que vivo en una habitación con muchos libros, una cama sin hacer, una parrilla eléctrica y una taza de té con hojitas apelmazadas en el fondo. Es la primera vez que me ve, pero lo sabe todo de mí, o casi.

—En lugar de comer, Renoir corría al Louvre. ¿Alguno de ustedes dejaría de comer y vendría a alimentarse espiritualmente? —pregunta en mi dirección aunque interrogue a sus alumnos. Probablemente lo dice por mi evidente flacura o porque quiere atribuirme las pasiones de los impresionistas. Llevo tantos años sentado en este taburete de madera que he pasado a ser parte del mobiliario y estoy acostumbrado a que la gente me ignore.

—Vamos a ver este Monet. Era contemporáneo de Renoir, y como él, rompió con las rígidas reglas del clasicismo. También Monet se olvidaba de sí mismo al grado de que por poco se le congelan el rostro, las piernas y las manos cuando, en medio de la más espesa tormenta, pintó a Londres bajo la nieve.

De nuevo me mira. ¿Qué verá? ¿Qué verá en mí sino a un hombre cansado, de pelo gris como su uniforme, gris como mi saco raído, gris como la pared vacía de la entrada? La maestra les indica otro cuadro y caminan hacia él sin garbo alguno. El aire está muy cargado.

Ahora es la maestra quien me observa desde la otra sala. La intrigo. Quizá piense que se está perdiendo de algo. Tiene miedo de que se le vayan los sentimientos, las sensaciones, los encuentros, los trenes. Oigo sus pasos yendo y viniendo, repiten el juego, para atrás, para adelante. Qué simple su espíritu. El atolondramiento de sus pechitos sigue conmoviéndome.

«De cerca es una costra», se queja el que pronunció la palabra *escargot* y responde al nombre de Bruno. La mirada de ese búfalo rebota en los lienzos. «Son manchas, yo también puedo manchar igualito.» «*Brutto, molto brutto.*»

«Basta», grita ella con una energía insospechada. Vivo en el breve intervalo de su ira. Algunas cabezas se vuelven hacia mí. «Bruno, tú no has tomado una sola nota…» No le está hablando a Bruno, cualquiera que sea esa bestia peluda; me habla a mí, quiere que yo me dé cuenta; su candor la hace casi bella…

—¿Cuántas liras cree usted, maestra, que vale esta obra?

—Miles de millones…

Al bufalito le gusta la respuesta y comienza a estimar el arte.

***

En el último mes del año escolar, cuando los colegios organizan visitas guiadas, los maestros han llegado al final de sus fuerzas, y los palacios señoriales con tesoros artísticos de Florencia, de Venecia, de Bolonia quedan a merced de la cornamenta de los bovinos; no sólo de sus ojos redondos y voraces, sino de sus vientres y sus excrecencias. Para entonces, los maestros ya no reaccionan, dejan a los niños que hagan lo que quieran. Los gritos en clase, los castigos semanales, la discusión con los padres de familia, que invariablemente culpan a la escuela del poco aprovechamiento de sus vástagos, han acabado con su energía.

Mi museo es un antiguo palacio de recintos amplísimos, techos altos, nobles proporciones que atestiguan la grandeza de su pasado. Hasta el vasto espacio es aristocrático. Extraño la arrogancia con la que debieron moverse los miembros de la corte. Lacia, volátil, libélula de sí misma, la maestra Roberta, así la llamó una bufalita, por fin libre de responsabilidad, se transporta, perdiéndose en la pintura, aunque de vez en cuando advierta al más insolente, al más alto, Bruno: «Recuerda que una mala calificación en Historia del Arte bajará tu promedio».

Al pasar de nuevo frente al taburete en que me he derrumbado después de tanta intensidad, porque de mí no queda sino este montón de huesos mal cubiertos, la maestra viene hacia mí y dice con cierta aprensión pero en voz alta: «Mañana volveré, pero yo sola». ¿Qué no se dará cuenta de que todas las desventuras se me echaron encima? ¿Por qué pretende cambiar mi destino? ¿O qué es lo que busca?

Aunque me he repetido toda la noche que no iré al Palazzo Re Enzo, que llamaré temprano a mi suplente, en el momento mismo de abrir los ojos en la madrugada estoy absolutamente seguro de que a las diez en punto entraré por la puerta del museo. He tenido pocas certezas a lo largo de la vida y ésta es una de ellas. No me pongo el uniforme sino un saco de *tweed* que me da confianza. Llego al Palacio y un sobresalto de júbilo me hace adivinar que allí está, que no ha mentido, que acudió a la cita, sola, sin sus hordas intergalácticas. De pronto, sin más preámbulos, me tiende un paquete: «Un recuerdo...», dice con coquetería. Es el primer regalo de mi vida. Me quedo estupefacto. «Ábralo», me alienta con ojos risueños. No sé abrir regalos. Contengo la respiración, algo especial e incomprensible está a punto de ocurrir, algo que hace que el pecho me duela. Es una diminuta ánfora de Murano. «¡Ah, sí! —le digo casi sin aliento—, Renoir también pintó en Venecia la plaza de San Marcos.» Juntos recorremos la sala de los impresionistas deteniéndonos ante cada lienzo en un rito que aún ahora me sobrecoge. Mientras hablo me mira con insistencia y eso me turba. Al terminar, me ofrece: «Si usted quiere, mañana podría venir a la misma hora y veríamos la sala del Cinquecento fiammingo. Decidí quedarme en Bolonia varios días».

En la noche, oigo su voz, repito sus palabras, vuelvo a mirarle las piernas, sus pechos ofrecidos, le quito la blusa, la desnudo, huele a mandarina, y recuerdo la reverencia en sus ojos en el Re Enzo, la avidez con la que escuchaba el menor de mis comentarios. Hasta parecía admirarme. Jamás a lo largo de mi ya larga vida me había sentido tan bien. Llevo conmigo el vasito de Murano, cabe perfectamente en el bolsillo pechero de mi saco y se acomoda como un ser viviente en el armario de mi corazón. ¡Cuánta suerte la mía! La maestra me cambia la vida. ¡Qué anhelo verme reflejado en sus ojos, oír su risa, mirar el resplandor de sus dientes, su forma de venir hacia mí, delicada, abierta, ofrecida! La otra mañana, por poco y me besa. Estoy seguro de que pensó en abrazarme y algo la detuvo. No comprendo este inmenso regalo que me es dado al final de mi vida; tengo el corazón deshecho. Puede hacer conmigo lo que quiera. Cada día estoy más cerca del momento en que me atreveré a tomarla entre mis brazos, donde sea, en pleno museo, en la calle, en la plaza pública. ¡Oh, cómo quiero besarla! Mis ojos felices se deslizan por su rostro milímetro a milímetro, me la como a besos, mis labios bajan hasta su pecho, descubren sus pezones y siguen hasta el vientre. Por primera vez entiendo que no nací sólo para vigilar a los demás, aunque proteger a El Tintoretto, Bellini, Carpaccio y Francesco Guardi no sea nada deleznable y tenga yo burilados en el alma cada uno de sus trazos. Ahora ya no estoy tan seguro de mis más íntimas convicciones. Le he pedido poco a la vida, pero desde que amo a Roberta quiero arrebatarle todo lo que desconozco, estirarme cuan largo soy en el jardín de las delicias, romper las amarras. Amar también es una acción civilizadora.

Me ha dado por salir al atardecer a sentarme a una mesa de café, cosa que nunca he hecho. Pido un Campari y lo disfruto sorbo a sorbo mientras veo a los paseantes. Una pareja en una mesa vecina se besa largamente y hace un mes me habría cambiado de sitio, pero ahora los miro y pienso en el momento en que podré besar a Roberta con esa misma fogosidad. Los observo e imagino que soy yo. Oigo lo que ella le dice a él cada vez que recobra el aliento: «Amor mío, cómeme, cómeme el corazón».

Es hora del cierre y me barren fuera del café. Todos los meseros de Italia hacen lo mismo. Toman la escoba y la arrastran entre las mesas. Camino por calles borrachas hacia mi casa y me descubro feliz. El agua me refleja. Soy un hombre de cuerpo entero. Soy un árbol que camina. Mañana iré a comprarme un pantalón, quizá un *blazer*, camisas claras. Necesito trusas. Algo moderno. Renovarse o morir, qué lúdico el lugar común. La gente cree que a los guardias nos han sepultado en vida, que no sabemos sino del rincón asignado a esa vigilancia de cancerbero que nos vuelve vengativos. Enfermos de luz eléctrica, aguardamos rencorosos y ensimismados la hora de salida. Sólo tenemos ese pasado sordo, lleno de espera. Nunca me ha preocupado ser un hombre rutinario, pero sé que, al sentarme en el banco del museo, mi espíritu no se dobla igual que mi pantalón. Un visitante le informó a su compañero que los guardias cumplíamos la misma función que «Madame Pipí», la cuidadora de retretes. «Ninguno de estos custodios ha impedido jamás el robo de un cuadro», dijo despectivo. Lo cierto es que mi cerebro está exacerbado de tanto acechar el menor movimiento y adivinar las intenciones del público que finge ensimismarse. Los observo, listo para atrapar el menor de sus equívocos. De tanto contemplarlos, los veo como la formación de una gotera que jamás deja de caer. Tirita y se fosiliza. La fila-estalagmita entra, se detiene, abre la boca, se acerca mucho a los letreros al lado de los lienzos, camina hacia la otra sala, continúa con esa expresión expectante de los sordos. Los escolares toman nota y todo ello se presta a la melancolía, encarnan la rutina, la domesticidad, lo que no me gusta de mí. A la mayoría se le va lo más importante, la tropa pasa sin ver los Rembrandt. Sólo hace años me emocionaron dos mujeres. La más joven le describía en voz baja a la mayor un descendimiento de la cruz de Rosso Fiorentino que trajeron de Volterra sólo por unos días. «Ah, sí, ya veo, ya veo», respondía la mayor con una voz que venía desde el fondo de su juventud. Me acerqué. Estaba ciega. Seguro, no lo era de nacimiento, porque recordaba, y aunque sus párpados permanecían cerrados, su rostro veía.

Ahora, el rostro de cereza Renoir de Roberta enrojece mi vida, abre las puertas, hace que la sangre corra por mis venas en un flujo vertiginoso.

A punto de llegar a mi casa, al doblar la esquina de gruesos muros oscuros, la presencia de otra pareja me sorprende. Soy su cómplice. Pero a los diez metros, algo me inquieta y vuelvo la cabeza hacia atrás. La certeza me apuñala. Es Roberta besándose con alguien.

Regreso. Necesito comprobarlo. Oigo el pegajoso aliento, los resoplidos malolientes que van subiendo por sus pantorillas, luego sus corvas, el hombre ladea su cerviz, me estalla la cabeza en latidos, «¡Roberta!», grito y al reconocerme los que se besan se separan azorados. Levanto mi brazo en el aire y Bruno (porque es él) prorrumpe a bramar. De su pecho de futbolista sale un sonido gutural, repugnante. Lo he interrumpido en un acto fisiológico. Ella me mira como si de repente descubriera todas las cosas tristes y brutas del mundo, ¡qué negro es su rechazo! Roberta y Bruno todavía bufan, vueltos hacia mí, están a punto de dar cornadas secas en contra del burladero que les impide proseguir su faena, y que soy yo. Entonces dejo caer el brazo, me hago para atrás, recojo mi rostro de hombre de setenta años y les doy la espalda. Una voz interna me desgarra: «Olvida todo, olvida tus fracasos, olvida el pasado, excepto lo que vas a hacer ahora y hazlo». Camino hacia el Palazzo Re Enzo, me arranco el saco de *tweed* que tanta confianza me dio, lo tiro y, antes de que llegue al suelo, sé que la copita de Murano se romperá. Busco entre la lluvia de mis lágrimas la diminuta puerta trasera de la que tengo llave, porque nadie trabaja durante cincuenta años sin llegar a ser empleado de confianza. Entro y prendo la luz, ilumino una a una todas las salas hasta llegar a la de Renoir. Frente a *Los amantes*, me detengo, acomodo con la mano la potencialidad de mis genitales, que todos sepan, que todos los vean, testuz, testículos, mi hombría, tomo vuelo y, el cuello doblado, embisto con la fuerza de mi gran cuerpo negro contra el Renoir. De un salto lo penetro y los enamorados vuelven los ojos espantados y al verme tan descompuesto se levantan al unísono, algunas briznas de hierba loca en la bastilla de sus ropajes; vienen hacia mí, me abrazan, me besan, pasan sus dulces manos entre mis cabellos grises, me peinan, acarician mi barba hirsuta. La novia sobre todo me besa, es una fruta en mis labios y me jala hacia el perfume total de sus senos blancos más atractivos que los de Roberta. Hundo mi rostro entre esos pechos, desaparezco, pierdo realidad, el verdor fresco me envuelve, tengo cerezas en vez de ojos, oigo el croar de las ranas, mi sexo, lo sé, se ha aquietado, vuelto sobre sí mismo es apenas un caracol, mi cuerpo entero gira en espiral, soy más bello que todas las conchas del mar, me ahogan mis propias lágrimas, mi cuerpo me lleva cada vez más adentro, más adentro, más adentro, ya no lo siento, lo voy perdiendo, me enredo fácilmente en torno a la cabeza de mi enamorada, todavía soy su listón azul cobalto, soy luz y color, me diluyo, soy apenas una pincelada, quisiera decirles lo que sé sobre la teoría de la luz, pero ya no hay tiempo porque me he vuelto una impresión óptica, me voy, me voy, soy el pequeño disco rojo de sol reflejado en las aguas que Monet pintó en El Havre, soy todo el naranja de un amanecer ilusorio, soy la señal en el ojo del pintor, un punto rojo, soy… ahora sólo yo ignoro lo que soy.

CHOCOLATE

—Si hoy no viene, mañana iré a buscarlo.

—Pero, señora, ¿a dónde? —gruñó Aurelia.

—¿Recuerda usted que dijo que vivían por Santa Fe?

—Señora, Santa Fe es toda una loma, altísima de grande… Ni calles tiene, puros baldíos.

—No importa, iré.

Un primer viernes apareció Chocolate, un perro de ese color. Grande, fuerte, pachón, con patas de calcetín blanco y una pecherita también impoluta, sus ojos, continuación de su pelambre, más expresivos que los de Emiliano Zapata. La abuela, que esperaba un taxi en la esquina, lo llamó «perro», «perro», y al verlo hurgar en el bote de basura, le ordenó a Aurelia traer una telera.

—¿No me regala a mí también un pan? Soy el dueño del Chocolate —se acercó un pordiosero.

Así se inició un ritual ya no de los viernes, sino de cada día entre las doce y la una de la tarde. Mi abuela salía a la esquina y, al verla, los ojos de Chocolate se volvían líquidos y se acercaba bajando la cabeza para pegar su frente contra las piernas de mi mamá grande. Embestía durante unos minutos hasta que la abuela lo apaciguaba: «Ya, Chocolate, ya, Chocolatito», y entonces movía la cola y ponía su hocico húmedo en su mano enguantada. La abuela le daba su pan. «¿Tienes sed?», le preguntaba, y Aurelia traía leche en una escudilla. También el dueño del Chocolate recibía unas monedas. «Pa' mis cigarros.»

«Pa' mi chupe.» La conversación no pasaba de: «¿Cómo amaneció hoy el Chocolate?». «Bien», respondía el viejo.

En la esquina de Morena y Gabriel Mancera, la gente se detenía no sólo a ver a la señora de sombrero, zapatos de hebilla y bastón, sino al perro que al lado del desasimiento del mendigo, resultaba un fuego de artificio. Era tan evidente su deseo de gustar que uno concluía: «Éste no es un perro, es un amante». Durante algunos minutos trotaba, otros se levantaba sobre sus patas traseras y en el momento en que empezaban a flaquear, tomaba vuelo, se impulsaba y las cuatro patas retozaban alto en el aire. ¡El ballet ruso jamás habría logrado semejante proeza! La gracia de sus cabriolas atraía la vista de todos; había en ellas picardía y seducción, como si fuera a jugarnos una broma que ya desde antes nos hacía reír. ¡Qué despliegue de agilidad! Era asombroso comprobar que un perro tan robusto tuviera propiedades de duende. A todos divertía con su jaraneo. La curvatura de sus músculos formaba rondas infantiles y hacía creer a su público que la vida es un juego de niños. «Ese can debería estar en un circo.» «¿De qué raza es?» «A lo mejor es el diablo», exclamaban. Todo este fantástico despliegue de habilidades era el tributo que Chocolate le rendía a mi abuela.

—¿El Chocolate no tuvo frío ayer? En la tarde llovió y pensé que... Dígame, ¿se enfrió?

—No —refunfuñaba el viejo.

—¿Tiene cobija?

—No.

—Aurelia —ordenaba mi abuela—, tráigale una cobija.

—¿De las usadas, verdad?

—De las nuevas. Traiga usted una blanca.

Aurelia iba de mala gana. Protegía los bienes de la abuela como cancerbero.

—¿Y dónde está su casa? —proseguía la abuela.

—¿Cuál casa?

—La del Chocolate.

—Pos él vive conmigo.

—Dígame dónde.

—Pos por allá por la loma.

—¿Cuál loma?

—Pos Santa Fe.

—¡Ah! ¿Y qué le da usted a mediodía?

—Lo que caiga.

—No le entiendo. Mejor que me lo diga el Chocolate. En fin, está gordito, se ve bien.

El viejo mascullaba algo entre dientes; tenía razón la abuela, no se le entendía. A lo mejor él era quien no entendía la actitud solícita de la señora grande.

—Esta noche arropa usted muy bien al Chocolate en la cobija.

El viejo ni siquiera parecía verla. La abuela le ordenaba, impaciente:

—Mire usted, pone la cobija doble y envuelve al perro como un taco para que no se destape.

Después mi mamá grande habría de comentarle a Aurelia: «Qué viejo más limitado, pobre Chocolate. Estaría mucho mejor conmigo».

—¿Y la escudilla que le regalé la semana pasada para su comida? —le rezongaba Aurelia al mendigo.

***

Mi abuela era de las que decían con una sonrisa y la altanería de su nariz respingada: «No le hablo a usted, sino al perro».

***

Veintidós perros, a veces veintisiete y en alguna ocasión treinta, ciento veinte patas, treinta colas acompañaron mi infancia y adolescencia, pero entonces las criadas protestaron y la abuela decidió mandar a algunos al asilo de trescientos cincuenta perros y veinte gatos mancos, tuertos, cojos, tullidos, roñosos, calvos, atemorizados, machucados. «Es sarna», explicaba ella con toda tranquilidad, aunque alguna vez la contagiaron. Aurelia, la recamarera, y Cruz, la cocinera, compraban polvos de azufre amarillo y la abuela los ungía despacio para no humillarlos. Si tenían uñas de bruja o de vedette de tan largas, me tocaba llevarlos al veterinario a que se las cortara. Eran piedras esas uñas. Volaban como bólidos mortales y el veterinario Appendini usaba unos pesados alicates. «Quítese, niña, no vaya yo a sacarle un ojo», advertía.

En realidad, los perros, sus ojos dos preguntas, fueron mis hermanos menores, yo les llevaba cierta ventaja por ser la nieta, pero no mucha. Los preferidos dormían en la cama de mi abuela, y a mí eso nunca me tocó, salvo cuando iba a morirse y sentía mucho frío. Los perros se movían bajo las cobijas, a veces gemían.

—¿Por qué, abuela?

—Es que sueñan.

—¿Qué sueñan?

—Sueñan conmigo. Sueñan que los acaricio.

Mientras la abuela desayunaba acompañada de su jauría, Aurelia, en la planta alta, levantaba del piso los periódicos orinados y trapeaba con agua y creolina. Las cacas en conos de papel periódico iban a dar a la basura para que los pepenadores los abrieran como una caja de chocolates de «See's». De esa casa encalada y blanca, de sábanas con monograma, sillones y sillas firmadas, cuadros atribuidos a Da Vinci, salía más mierda que de toda la cuadra, quizá de toda la colonia Del Valle.

***

Alguna vez aventuré «un hot dog», cuando Cruz le preguntó a mi mamá grande por el menú, y no caí en gracia. Salí con mi cola de perra entre las piernas, aunque desde luego, de toda la jauría fui la perra más consentida, la cachorrita de hocico húmedo (señal de buena salud) que la abuela llamaba Trufa por su tierna frescura.

Cincuenta años después, aún oigo sus patas en la escalera; descienden atropellándose, mordiéndose, un relámpago de hienas, los detesto, me horrorizan, los amo, me obsesionan, gruñen, ladran, porque al llamarlos uno por uno, la abuela los electrizaba. «Buenos días, señores perros, buenos días, señoritas», los saluda: «Violeta», «Tosca», «Rigoletto», «Norma», todas las óperas, saltan en torno a su bata celeste disputándose el pan dulce: «Para ti una flauta, Dicky, para ti la concha, Amaranta, tú, el cuerno, Simón, tú, una banderilla, Mimosa, tú, Chango, sólo un bolillo porque le diste tan mala mordida a Brandy que por poco muere».

Cuando se hacían viejos, mamá grande me enviaba al veterinario para que los durmiera. Me tendía un bulto envuelto en una toalla, «*il faut L´endormir*», indicaba, «la muerte es sueño», contradiciendo a Calderón. Sin embargo, para mí hasta la muerte de un perro es un gran escándalo. Llevé a Blanquita (su mirada me buscaba), y le metieron un fierro en el culo y otro en la boca y el doctor me pidió: «Súbale al *switch*». (A la Blanquita nunca le tuve simpatía porque se rascaba durante horas, y bruscamente hundía su hocico entre su pelaje para abrirle un surco y taladrarlo a mordidas, ta, ta, ta, ta, ta, su labio superior mostraba unos dientes amarillos crueles y largos. Se ensañaba contra sí misma hasta sacarse sangre. Sin embargo, ese día me sentí muy mal.) La perra se encorvó y saltó como una trucha que intenta escapar para caer cadáver sobre la mesa de operación. Al bajar la escalera del consultorio, sentí que yo era la que llevaba el fierro en el culo.

El jardín es un camposanto canino, cada metro cuadrado de tierra cobija a un perro. Almendrita yace bajo el rosal de rosas amarillas, un flamboyán cobija a Robespierre, y así hasta llegar al Duque, al que le tocó un huele de noche. Los perritos florearon, ya son perritos, como llaman en México a los hocicos de lobo de todos colores que atrapan en el aire a los insectos.

***

Hacía ya tres semanas que día tras día mi mamá grande y el mendigo sostenían el mismo diálogo en la esquina de Morena y Gabriel Mancera. Si la abuela había salido, Chocolate y el viejo aguardaban sentados en el borde de la acera hasta verla bajar del taxi, mostrando los múltiples encajes de su fondo. Ella se apresuraba hacia ellos; el Chocolate corría a su encuentro, el viejo se hacía el desentendido. Si acaso el Chocolate llegaba tarde, también la abuela iba y venía de la puerta abierta del jardín a la calle.

Pasaron meses, cambiaron las estaciones. La abuela se veía muy bella con su sombrero de paja y su vestido ligero, o su sombrero negro de invierno y su traje negro escotado, la medalla de la Virgen de Guadalupe colgada de su cuello. Los automóviles reducían la velocidad frente a la casa y los conductores la miraban de arriba abajo. Seguro el pordiosero se dio cuenta.

Un día Chocolate no apareció, ni al siguiente. A la semana, la abuela ordenó:

—Mañana iremos temprano a buscarlo.

A las nueve y media, la señora grande, que difícilmente estaba lista antes de las doce, salió a la esquina. «¡Tasi... tasi... tasiii!», gritaba Aurelia. Nunca pudo pronunciar la equis. Cuando alguno le hacía la parada, sonreía seductora.

—¿Está libre?

—Para usted sí, mi reina.

El taxista nos dejó a las tres a medio llano, la abuela, Aurelia y yo. Quizá las conversaciones con el dueño de Chocolate habían ido más allá de preguntar por su salud, porque mi abuela no se arredró al descender del automóvil y un segundo después de cerrar la portezuela, empezó a llamar en ese páramo desolado:

—Chocolate, Chocolate.

El sol quemaba los ojos. Bajo su sombrero con *voilette*, un velo casi invisible que envolvía los rasgos de su cara en un halo de poesía, apoyada en su bastón que termina en forma de silbato para llamar a los taxis, la abuela avanzaba y veía yo cómo el polvo iba cubriendo sus zapatos, sus piernas, el ala de su sombrero.

Preguntó en las escasas viviendas, Aurelia tras de ella.

—¿Conoce usted a un perro llamado Chocolate?

—¿El de doña Cata?

—No.

—¿Cómo es su dueño, señorita?

(A la abuela le choca que la llamen «señorita».)

—Un viejo, un pordiosero.

—Ah, entonces no.

—El perro es fuerte… ¡Ah!, pero ustedes mismos tienen una perra, ¿cómo se llama?

—Paloma, seño, y acaba de parir. Tuvo doce, mejor no la agarre porque está criando.

La gente le llegaba a la abuela a través de los perros. Una gente con perro era ya un poco perro, y por lo tanto digna de atención. Esta pareja con su perro crecía ante sus ojos; la mayoría de sus relaciones se establecían a partir de los perros.

—¿Y qué le dan a la Palomita?

—Pos tortillas, huesos…

—¿Y sus cachorros?

—Los ahogamos. Quedó una, pero la Paloma no la quiere, y la verdad…

—La recogeré a mi regreso. Estará mejor conmigo.

La siguiente parada fue en la miscelánea El Apenitas, y desde lo alto de la belleza acalorada de su rostro, la abuela preguntó al dependiente:

—¿Conoce usted a un perro llamado Chocolate?

—¡Uy, ese nombre es muy común!

—¿Ha visto a un perro grande y fuerte que responde al nombre de Chocolate? —insistió mi abuela.

—Todos los grandotes se llaman Chocolate y los chiquitos también Chocolate o Chocolatito.

La abuela repartía billetes de a peso, de a cinco, con su mano enguantada, y los perros-gente se le quedaban mirando. Al final, ya desesperada empezó a gritar desde la miscelánea hacia las calles polvorientas y destrozadas.

—¡Chocolate, Chocolate, Chocolate!

—Señora, van a venir veinte perros, todos chocolate, pero ninguno será el suyo.

—Es que es un nombre muy común —repitió Aurelia, harta. (También yo me sentía fastidiada de que el nombre del perro fuera un impedimento para encontrarlo: «De haberle puesto Nabucodonosor, ya estaría aquí», deduje.)— Señora ¿puedo tomar un refresco? Ya no aguanto la sé. ¿Usted no quiere un vaso de agua? Aunque no creo que aquí tengan agua… No, mire, niña —Aurelia me señaló el desierto—, ni a agua llegan porque no se la han entubado… Así que un refresquito.

—Tome usted, Aurelia —condescendió la abuela—, yo no tengo sed.

De pronto, como si algo la iluminara, preguntó:

—¿Y los tubos?

Más que de convicciones, mi familia ha vivido a retacitos de instinto. Instinto femenino. El instinto es igual a la Divina Providencia.

—¿Los tubos? Los tubos están mucho más arriba. Si camina se va a cansar. ¿Por qué no manda mejor a su muchachita? —miró el tendero en mi dirección.

Airada, la abuela le espetó:

—Puedo caminar perfectamente.

Una vecina ratificó:

—Yo he visto un perro de esas señas, pero los tubos están muy de subida.

Levantó su brazo y al ver su sobaco negro, brillante de sudor, me turbé.

—'Onde que aquí no hay quien la lleve, doña.

—Yo puedo.

No era cierto. El ascenso fue penoso. Gotas de agua salada bajaban de su frente a su labio superior. Caminamos como exploradores tanteando el suelo para no venirnos abajo. Las huellas de sus zapatos de tacón cada vez más profundas en el polvo y el agujero redondo de su bastón me dolían. «Algo malo va a sucedernos», pensé. Ahora nos seguían media docena de chiquillos curiosos que señalaban caminos donde encontrar posibles Chocolates.

***

Era traviesa mi abuela. Cuando invitaba a comer a Piedita Iturbe de Hohenlohe, aparecía en la mesa una hermosa fuente de cristal cortado y, en el fondo, cuatro ciruelas negras. Como éramos seis, nos quedábamos viendo la compota tratando de adivinar lo que sucedería. Las pasas flotaban, resultaba difícil sacar una de las frutas fallecidas del compotero. Yo sólo me servía la miel y, para disimular, la paseaba en el plato con la cuchara.

En la noche aclaraba: «Es para darle una lección a esa snob», sonreía mi abuela, el bullicio de su travesura a piel de labios.

***

—Por aquí sé de una familia que tiene un Chocolate.

—No es cierto, seño, pura mentira. Éste nomás la quiere tantear.

—Sí es verdá, seño, allá mero viven, allá tras lomita. Yo la llevo. El perro es alto, un perro bien burrote, del color del café aguado.

—Color de frijol —contradijo otro.

—¿Frijoles aguados o frijoles refritos? —preguntó un tercero.

Los chiquillos, ajenos a su imperio, la cercaban con su actitud burlona que la cansaba mucho más que la búsqueda.

Cruzaban frente a ella y su voz reventaba el calor:

—¿El Chocolate? Yo ayer lo vi. Bajaba rumbo al camposanto. ¿Me da un quinto?

Al séquito se unían perros flacos, uno de ellos amarillo y enteco como el collar de limones secos contra el moquillo que alguna mano compasiva enrolló en torno a su pescuezo. El perro se sentaba sobre sus patas traseras, intentaba rascarse y en el esfuerzo se le iba el alma. Empezó a resollar lastimeramente. La abuela fue hacia él.

—¡Ni se acerque señora, se le va a echar encima y la va a morder!

—¡Está tísico!

—¡Muerde, ese perro muerde!

—¡Señora, cuidado!

La abuela levantó el perro en sus brazos y por primera vez los niños guardaron silencio. Le abrió el hocico. Alrededor de sus ojos, lagañas negras endurecidas formaban costras de piedra. El perro recargó su pobre cara sobre su hombro y yo miré a la gente con orgullo. Sí, es mi abuela, quería decirles, ésa es mi abuela. Basta con que ella vaya hacia ellos con sus brazos tendidos para que los animales se le entreguen. Inmediatamente adivinan sus buenas intenciones.

—¿De quién es este perro?

—No sabemos.

—No debe venir de lejos porque está demasiado enfermo para caminar. Si no es de nadie, me lo llevaré.

La abuela siempre preguntaba si los perros eran de alguien como si los perros callejeros fueran el más preciado de los bienes.

—¿No es de nadie? —insistía.

Un niño aventuró:

—Sí, del gobierno.

—Todos los perros de la calle son del gobierno —enfatizó otro.

Ya para entonces Aurelia, exhausta, porque además

tiene una pierna más corta que la otra, buscaba otro tendajón. Lo vio y ya sin permiso pidió una Chaparrita, como ella, y le preguntó al dependiente:

—Usted, de casualidad, ¿no sabe de un perro café que anda con un barrendero o un pordiosero, sepa Dios qué será ese hombre?

—Pos no, pero puede que doña Matilde sepa, porque ella les vende comida a los pepenadores.

—¿Y dónde está la señora Matilde?

—Pos aquí a la vuelta.

—¿Tras lomita? —preguntó desconfiada Aurelia—. Es que llevamos dos horas buscando al condenado animal.

Doña Matilde parecía una olla de barro. Con razón daba de comer.

—Don Loreto tiene un perrito de esas señas.

—¿Y dónde vive?

—¿Cómo? —rio Matilde.

—Sí, ¿cuál es su casa?

—¿Cuál casa? ¿Qué casa va a alcanzar don Loretito? Vive en uno de esos tubos grandotes del drenaje que dejaron tirados en el llano.

Por fin, al vislumbrar lo que creyó ser un tubo y ante la posibilidad de encontrar al Chocolate, la abuela se desembarazó del Amarillo en la última miscelánea:

—¿Podemos dejárselo un momento mientras vamos a los tubos? —señaló al Amarillo.

—Sí, cómo no, lo que se les ofrezca. Al cabo de aquí el perro no se mueve, anda mal.

Los tubos habían quedado en la cima de la montaña. Los niños también gritaban sin hacer caso de las órdenes de la abuela: «¡Cállense, niños, váyanse, niños!», y ahora caminábamos en medio de una aridez violenta que hacía que los ojos ardieran, ya ni siquiera había chozas de cartón con techos de asbestolit; la abuela, a pesar de su fortaleza física, tomaba aire con su nariz afilada igualita a la de Beatriz d'Este y miraba hacia el desbarrancadero. De nuevo emprendía la escalada y su cuerpo parecía ser su voluntad. Ya cerca de los tubos, empezó a gritar con la voz agrietada por la sequedad y la esperanza:

—Chocolate, Chocolate, Chocolate.

No sé de dónde le salió tanta voz.

Nada se movió. Los niños corrieron hacia la acrópolis convertida en tubos. La voz cada vez más ajada los guiaba: «Chocolate, Chocolate». Un único fresno joven y escuálido crecía en la cima.

—Antes había muchos encinos, pero los cortaron porque en Santa Fe van a poner un Seguro Social.

Aurelia de plano renqueaba. Ya no había miscelánea; tendría que esperar para tomarse el tercer refresco. Todo esto le parecía largo e inútil. Arriba nos desafiaban aros de concreto tan grandes que a través de ellos podía verse el cielo; de entre los tubos surgió el perro café. Inmediatamente nos reconoció y vino hacia la abuela con la misma donosura que en la esquina de Morena y Gabriel Mancera. Ésta lo tomó entre sus brazos a pesar de lo grande, y se dispuso a bajar la cuesta con su trofeo.

—Camina tú mejor, Chocolatito, nos vamos a casa.

Pero el Chocolate no dio un paso, se limitó a mover la cola desaforadamente:

—Mire usted, señora, está llorando. Vente, Chocolatito, anda —intervino Aurelia.

El perro sólo se puso a ladrar como quien llora.

—¿Qué te pasa? —se exasperó la abuela—. Vámonos.

—Está engreído con su dueño —gritó Aurelia.

La abuela recordó al viejo y volvió los ojos hacia los gigantescos túneles abandonados.

—Hay que pedírselo al pordiosero —indicó Aurelia.

Me armé de valor para entrar en uno de ellos y a los cinco pasos vi en su interior una forma acuclillada, un montón de trapos y periódicos, un cúmulo de miseria, coronado por un sombrero de fieltro, El tubo apestaba a orines y excrementos, pero seguí avanzando, mientras el corazón me latía con fuerza.

Dentro del tubo, mi voz resonó con un gran eco:

—Hemos venido por el Chocolate.

Salí a gatas y encontré a mi mamá grande, más roja que un camarón, los ojos clavados en el túnel de concreto.

Me lanzó una de sus miradas bálsamo y nos quedamos una frente a otra, agradecidas. Aurelia nos espiaba con sus ojos de lince.

—Vente, Chocolate, vámonos.

El perro de nuestras penurias no dio una sola señal de entendimiento, no ladró ni movió la cola. Sólo cuando la abuela dijo «Chocolate» en tono lastimero, pareció dudar.

No sé cómo entendió mi abuela que el Chocolate no se iría sin su amo, porque un minuto después ordenó al montón de trapos que parpadeaba bajo el sol:

—Véngase, venga usted también.

El viejo tardó mucho en reaccionar; entre tanto, la abuela perdió su voz de mando y su tono se hizo solícito, apremiante. Los papeles habían cambiado, ahora era el viejo el que tenía algo que dar y se había hecho inaccesible. Parecía que hubiera colgado un letrero encima del cascarón del tubo: «No molestar».

—El Chocolate no puede quedarse aquí, compréndalo, va a morirse —alegaba.

Fragmentos de frases, palabras sueltas: «no hay que ser egoísta», «dele una oportunidad a su perro», «¿qué tiene usted que ofrecerle?», resonaban en mis oídos.

Por toda respuesta el viejo se levantó y empezó a meter mano dentro de sus tiliches. «Espere a que recoja mis cosas.»

—¿Qué cosas? Yo no veo más que porquería.

(A la abuela la rodeaba un montón de gente desarrapada y silenciosa.)

En silencio también, bajamos la cuesta, pero la abuela puntual se detuvo frente al tendajón y gritó para que la oyeran adentro:

—Vengo por el Amarillo.

También recogimos a la cachorrita roñosa y malquerida en la miscelánea, ya para llegar a la carretera, un taxi apareció en medio del polvo.

Al verlo, con un súbito vigor, el viejo se enderezó y con más vigor aún se sentó al lado del chofer. La abuela cubrió a Chocolate con su capa, acomodó a la perrita en el suelo y Aurelia y yo nos empequeñecimos a pesar de que el Amarillo ocupaba cada vez menos espacio.

***

Es así como me hice a los dieciséis años de un nuevo abuelo. Como jamás conocí al mío, habría podido serlo, aunque no jugara golf ni *bridge* ni se vistiera en Harrods de Londres, ni hiciera cuentas desoladas porque había perdido sus haciendas.

Aurelia y Cruz los bañaron. El Chocolate no costó trabajo, la hija de la Paloma tampoco, el Amarillo se fue limpio al cielo de los perros. Al viejo lo metieron a la tina a remojar. Después hubo que vestirlo, y la abuela proporcionó las camisas de su difunto marido, los cuellos duros de Doucet Jeune et Fils, la camisa mil rayas, el saco de *tweed*, el pantalón de casimir gris Oxford, las mancuernillas de Ortega, la corbata de seda de Cifonelli. Todo le quedó pintado. Nunca imaginamos que fuera así de alto, él que siempre andaba encorvado. Su pescuezo delgado escapaba del cuello y la corbata le fluía como un arroyo. Se dejó vestir sin pestañear.

—Lo único que me ha pedido son unos cigarros que se llaman Faritos y se compran tras de catedral —me advirtió mi mamá grande.

Fui por los Faritos. El viejo los fumaba después de comer, meciéndose bajo el sabino que daba mejor sombra. Se veía más contento que Chocolate, víctima de la envidia de los otros.

Al pobre cuerpo llagado del Amarillo lo cargué para enterrarlo.

***

Mi abuela fue una joven viuda de velos negros y profundo escote blanco. Tomó muchos trenes y descendió en Karlsbad, en Marienbad, en Vichy, en Termoli, para la cura de aguas. Viajaba con sus propias sábanas y su samovar. Le decían «la *madonna* de los *sleepings*». Ya cuando no pudo ser pasajera volvió a casarse, muy tarde, al cuarto para las doce. Un mediodía confirmó:

—Créeme, está uno mucho mejor sola.

A partir de entonces se aficionó a los perros.

***

Mamá también los amó. Para mí, la de la tercera generación, el amor es un perro que mueve la cola y viene a darme la bienvenida.

***

Ser perro tiene sus ventajas y lo he comprobado en infinidad de ocasiones. A mi abuela le inspiré confianza porque tengo ojos de perro fiel. Fui la Tití, la Cucú, la Didí, la rorra, la Nenita, la Nenuchka, la chiquitita, la petite Fleur, la que hace caquitas de chivo redondas que caen ploc, ploc, ploc en el agua transparente del excusado, la que canta al subir la escalera, la rayito de sol. Decía que mi nariz era de perro sano y siempre tuve la frente y las nalgas frescas. Ella permitía que la lamieran, aunque reía y escondía su boca si intentaban besarla, pero a mí me gustó que me besaran sobre todo los gatos por su lengua rasposita. ¡Ah, el color de la lengua gatuna, rosa, concha de mar, íntima!

Ser perro también me ayudó a asumir a los hombres tal y como son, en toda su galanura, en toda su desventura, sin tenerles asco; los perros me enseñaron a aceptar sus humores, su mierda, sus colmillos encajados a traición. Los tomé en brazos como mi abuela y a los que no amé les he pedido perdón. Aún veo a Chocolate bailar frente a mi abuela como ningún hombre lo hizo jamás frente a mí, salvo uno que un día saltó la reja de mi casa y logró que mi voluntad oscilara entre él y el danzante callejero que un día llenó la calle con las mil patas de su seducción.

Dicen que la infancia y la adolescencia regresan cuando uno va a morir. Recuerdo ahora con frecuencia mis años perros, mis días perros, mi paraíso perruno oloroso a carne de caballo hervida en peroles para el rancho del mediodía. Rememoro también un rito nocturno que siempre me alteró porque, ya desnuda, a la luz de una lámpara diminuta, mi abuela hacía girar su camisón y buscaba detenidamente, no sólo sobre su cuerpo sino en los pliegues y holanes de la seda, al temible enemigo: la pulga. Esa inspección podía durar media hora. O más. En la oscuridad, la blancura de su cuerpo enceguecía, pero no tanto como para que yo no descubriera sus senos de pura leche, sus muslos, dos hostias que levantaba en la penumbra, sus brazos de concha nácar y sus manos que hurgaban al acecho del diminuto insecto negro. Era mi doña Blanca, y aunque no sabía aún lo que significaba, yo era su Jicotillo. Desde entonces nunca he podido oír la ronda infantil sin pensar en los pilares que debí haber abatido para llegar hasta ella, y añoro a la pulga, casi invisible, que podía brincar de un momento a otro hasta el techo o venir a caer sobre el triángulo negro de mi propio sexo en cuyo bosque frondoso no la hallaría yo jamás.

Aunque no he vuelto a encontrar a alguien o a algo que sustituya esa turbación nocturna en la que la abuela me inició sin saberlo, una sola tarde creí que se repetiría el ritual incitante y misterioso cuando un amante me dijo: «Pareces pulga».

Desde que mi abuela murió no ha vuelto a picarme pulga alguna, pero colecciono pulgas vestidas en recuerdo de esa mujer blanca con un puntito negro que le chupaba la sangre y que yo amé con toda la fuerza de mis dieciséis años. Me hizo descubrir una sensualidad que el Marqués de Sade habría incluido en alguno de sus tratados de la virtud.

COATLICUE

—En vez de tirar los gusanos, esa mujer los amontona en una lata y les habla —Miguelina señaló a la jardinera—. Qué asco, ¿no, señora?, una lata de gusanos.

—¿Para qué los quiere? No se comen.

—Lo mismo le pregunté y me respondió de mal modo que a lo mejor se hace una falda.

Lo primero que vi fueron sus encías rojísimas, como anchas rebanadas de sandía. Pensé: «Tiene boca de mandril», pero cuando me avisó: «Soy la nueva jardinera ¿me deja guardar aquí mi escoba y mi podadora?», sus ojos pesaron en los míos y le dije que sí. ¿Por qué pensaría en mí antes que en los demás vecinos? Nunca lo he sabido y ahora es demasiado tarde para averiguarlo.

Ella y sus instrumentos entraban y salían de mi casa. Miguelina le ofreció un café, la jardinera lo llevó a la calle y devolvió el pocillo. Semanas después, Miguelina le dijo que pasara a tomárselo: «Un descansito no le viene mal, usted no para en toda la mañana». En la mesa de la cocina, al verla inclinada sobre el café negro, sus encías me parecieron aún más desagradables. Pero Miguelina, recién llegada del pueblo, necesitaba compañía. Yo era la señora, la patrona, en cambio la Coatlicue podía ser la confidente, quizá la cómplice.

Ya entraba a la casa con risueña confianza y a mí me parecía oír el lamento de lejanas chirimías. Afuera, barría el jardín del mundo, arrasaba con la basura y con los brotes tiernos, las flores poco firmes. Para ella nada era estable, todo se movía, incluso lo pasado. Yo, que guardo en una caja los pétalos muertos de las rosas y pongo un ramito de lavanda entre las sábanas, miraba sus podas y barridas tras el vidrio de la ventana.

Como mi casa es pequeña, la agrando con espejos. La jardinera se encandiló con ellos aunque la reflejaban precisamente a ella. Más que su rostro o su cuerpo, el espejo proyectaba su desasosiego, una inquietud casi dolorosa. «O está enferma o quizá loca», pensé. Miguelina, hipnotizada, le regaló los aretes que yo le había dado. El brillo del oro pareció cambiarla; hasta su uniforme anaranjado dejó de ser burdo para volverla a ella de oro rojo. Estoy segura de que esa entrega al espejo la resarcía de la sordidez del cuarto alquilado en el que vivía, criadero de ratas y alacranes, el retrete compartido, el fragmento de espejo roto recargado en la pared, el clavo que no detiene nada, las latas de Mobil Oil, la palangana desportillada, los jirones de vida allí atorados como jergas ya inservibles.

A veces la jardinera encontraba cosas en el parque, a poca profundidad, y en agradecimiento me las traía. Ya no se diga huesos de perro o de gato sino cucharas, e incluso una vez una batidora eléctrica en buen estado. «Voy a enrasar la tierra para que el pasto crezca parejito», advertía. A mí me asombraba su afán por nivelar. «Si no, entre chipotes y hoyancos los rosales no se dan.» Yo era más modesta y por mi gusto habría sembrado chinitos o maravillas, pero ella quería rosales. Le expliqué que preferiría flores más sencillas. Me miró con franco desprecio. «¿Por qué? Todos los vecinos de esta plaza pueden darse el lujo de unos rosales. Los chinitos déjemelos a mí.»

Alguna tarde, la Coatlicue vino a decirme que tres de sus compañeros barrenderos del Centro Histórico hallaron una piedra de gran formato, anterior a la Conquista, y el regente ordenó enviarla a la Universidad, para que fuera medida y pesada con el propósito de darla a conocer. «Se trata de una diosa descuartizada, los puros tronquitos de las piernas y unos bracitos apenitas; su hermano la dejó así, pero la van a componer», me explicó de bulto.

Miguelina iba dejando caer informes sobre la Coatlicue. «Renta un cuartito en Iztapalapa», «ya sus hijos están grandes y se casaron, son muchos, como cuatrocientos», «cobra por quincena, ¿usted no podría pagarme por quincena también?», «es buena gente, me prestó cien pesos», «¿y cuándo piensas pagarle?», «dice Cuatli que no corre prisa». ¿Tanto ganaría una jardinera del Departamento del Distrito Federal? «Va a hacer un mole de olla, el domingo, por eso no voy a ir a mi casa.» «Miguelina, tu mamá te espera, está enferma.» «Cuatli dice que mi jefa se va a poner buena, no hay pedo.» «¿No hay qué?» «Bronca, pedo, tos, problema pues...»

Una mañana las vi salir abrazadas y sentí envidia de Miguelina. ¿De dónde sacaba imperio esa mujer grotesca? Al día siguiente encontré repleto mi bote de basura y Miguelina explicó:

—Es de Cuatli, se la voy a tirar mañana.

—¿Por qué no la tiró ella?

—Voy a hacerle el favor, al cabo que nosotras sacamos repoquita.

En la despensa también vi comestibles nuevos:

—Se los estoy guardando para cuando se los pueda llevar a su casa.

—¿Ah, sí? ¿No le estarás planchando su ropa también? —ironicé.

—No, pero ayer se la lavé.

En la mañana fui yo quien salió a abrir la puerta cuando

sonó el timbre. Era ella, quien de inmediato enseñó sus encías escarlatas.

—Oiga, Coatlicue —quise decirle…

—Gracias por todas sus bondades, señora —me atajó—, qué bueno que hace usted algo por los de abajo.

Se adelantó hacia mí y me di cuenta de que yo también había ido hacia ella impulsada por un magnetismo irresistible. En unos cuantos segundos sentí que me besaba el pelo y la frente y se habría seguido hasta mi hombro si la dejo. Su aliento en mi cuello me excitó. Qué experiencia tan misteriosa, qué sorprendente mi propia naturaleza. ¿Qué diablos me pasaba? «Esta mujer me está hechizando, ahora es mi turno.» Pensé en Miguelina, yo temblaba, me faltaba el aliento, y ella se daba cuenta porque sus encías también palpitaban junto a mi piel. Esta jardinera repulsiva se mantenía impávida a escasos diez centímetros de mi persona, olía a sangre y nada ni nadie me había intranquilizado tanto como ella. A pesar de lo inesperado de mi situación, me mantenía sin pestañear bajo su escrutinio.

***

Mi casa es sólida y lógica, porque soy una mujer práctica que no se anda con contemplaciones. Vivo al día, de frente a la realidad. Hago lo que me toca hacer. Cumplo. Sin embargo, la presencia matutina de la Coatlicue cambió mi modo de apreciar la casa: me pareció pequeña, accidental, prescindible, bajo un cielo cada vez más alto y amplio en el que parecía caber sólo un pájaro que ascendía. Entonces lo intuí. Desde que la Coatlicue había entrado en nuestras vidas, los pájaros ya no cantaban al amanecer. Todos nuestros sentimientos, todas nuestras sensaciones nos erizaban la piel. Como el pájaro en el cielo, empezó a ascender la temperatura de nuestras emociones, vivíamos al rojo vivo como sus encías. Yo, que raramente perdía el control e incluso tengo que hacer un esfuerzo para enojarme (y entonces siento como si estuviera actuando), ahora hervía al menor contacto de una mano encima de la mía, miraba tras de mí y me sobresaltaba de no encontrar a mi perseguidor.

Perdía pie, perdía mi sólida confianza, descubría en los rincones cosas que jamás había visto antes. Una piedrita verde jade amaneció en el borde de la ventana. Miguelina dijo: «Antes no estaba». A punto de conciliar el sueño, una pluma cayó sobre mis labios. Prendí la luz. La pluma también era verde y no provenía de la almohada. Al día siguiente, le pregunté a Miguelina por el alto plumero de limpiar plafones. «Son de gallina negra», informó. Todas mis ideas se hicieron no verdes (ojalá y eso hubiera pasado) sino endebles, como la pluma.

La fiebre se posesionó de mi cerebro, de mis manos. Iniciaba tareas que inmediatamente canjeaba por otras, decidía que salir era imperativo pero volvía a sentarme exhausta; llevaba en la mano llaves, las perdía, y aparecían en el sitio más inverosímil; se me rompían las uñas; sin motivo rodaban lagrimones de mis ojos; recibía un mensaje telefónico urgente, me disponía a responder y se borraba de mi memoria. ¿Qué alimaña ponzoñosa me había picado? Algo hermosamente repugnante nacía dentro de mí, como un arbolito de roja fiereza que no podía bosquejar ni definir.

Miguelina crecía ante mis ojos al contarme lo que sabía de Coatlicue. Empecé a creer más en sus cuentos que en mi propia cordura. Su confidente había trabajado en Catedral, pero no en la de ahora, sino en el templo mayor de antes. También allí barría plaza y escalinatas cuando vio caer del cielo una bolita de plumas, muy suavecita, la metió entre sus dos pechos. Al buscarla, supo que estaba embarazada. Oyendo a Miguelina recordé la nocturna pluma verde sobre mis labios. La coincidencia me atemorizó. No creo en concepciones inmaculadas, pero de inmediato me llevé las manos al bajo vientre para protegerlo.

—Yo por mí los mataba a todos —oí una mañana a la jardinera decirle a Miguelina y las interrumpí.

—¿A quiénes mataría?

—A mis hijos.

—¿Cómo puede decir semejante salvajada?

—Los parí. Son míos. Puedo matarlos cuando quiera. Todos los paridos tenemos que morir.

Sus ojos brillaban rojos en la penumbra.

Quise tranquilizarme. Las conversaciones entre la jardinera y mi muchacha provenían de una mentalidad prelógica, anterior a mi cartesianismo. Al mismo tiempo, había en ellas algo terrible que evidenciaba mis propias limitaciones, yo estaba incapacitada para lo sobrenatural. Lo que yo escuchaba adquiría un aspecto bestial e inesperado porque lo asimilaba mi estatus burgués, mi desarraigo, yo, descendiente de catedrales medievales y santos de cantera. Alguna vez había declarado que lo prehispánico me era ajeno. «Las catedrales europeas tienen gárgolas, nadie sabe quiénes las esculpieron, a lo mejor eran locos o criminales», alegó Luis. «Sí, pero puedo reconocerme en ellas —respondí acremente—, en cambio nada tengo que ver con Huitzilopoztli.» «¿Acaso sabes tú, Marcela, lo que sucedió mil años antes de Jesucristo, tres mil años antes de la Conquista en 1521? ¡Vamos, Marcela, no nos vengas con tu superioridad europeizante, porque ya ni francesa eres. Tu tradición quedó enterrada en los Campos Elíseos!»

Aunque Luis era el más obsesivo creador de rutinas que pueda concebirse, era mi gran amigo. Recurría a él tanto a principio de año para pagar el predial como a fin de año para saber qué marca de automóvil comprar. «¿Qué haría sin ti?», inquiría yo y él se inclinaba halagado. Habíamos sido amantes, pero un día dejamos de serlo sin gritos ni aspavientos. Él era un solitario, la compañía de sus libros le bastaba. Seguramente pensó que la ruptura lo hacía ganar tiempo para su trabajo. «Los asuntos del corazón se comen las horas», lo escuché decir alguna vez. Para mí fue tan fácil dejar de verlo como ir a poner una carta al correo, creo que más porque él no puso ninguna objeción. Desde entonces nos veíamos con gusto porque compartíamos la misma afición: la historia. Tampoco él me extrañaba porque su última obra lo absorbía, pero yo siempre podía acudir a su buen sentido y respondía con la misma sonrisa un poco desencantada a la más peregrina de mis demandas. En realidad yo lo cansaba con mi fogosidad y mi entrega a causas en las que él no creía. «Estamos envueltos en grandes diseños que no manejamos, es a lo único que pertenecemos, no te agites tanto, Marcela.» Mi vida sin él adquirió otro ritmo, hasta recuperé ímpetus olvidados, volví a los baños de multitud, asistí a las manifestaciones de protesta, caminé del Ángel al Zócalo, me «involucré» (¡horrible palabra!, según Luis), pero ahora, desde la aparición de la Coatlicue, me disgustaba lo que yo era, insegura, echada a un lado, llena de furia sorda contra Miguelina y la jardinera. Al mismo tiempo, el deseo inmenso de tomar a la jardinera en mis brazos, desplazar a Miguelina, me atosigaba de día y de noche. Qué fácil dejarse vencer y escoger algo opuesto a mi vida entera. Me atemorizaba mi propia dualidad porque sospechaba, para colmo, que Coatlicue me sitiaba, subía subrepticiamente a hurgar entre mis cosas, sabía exactamente dónde encontrarlas, cuando yo jamás le había dado acceso a mi intimidad. Yo tenía el poder de correrla y lo único que deseaba era cuidarla hasta el final de sus días; pero a lo mejor esto no sucedería, a lo mejor se voltearían los papeles y ella me despediría a mí de la vida, me pondría de patitas en la calle de la Amargura. ¿No estaba ya adueñándose de la casa? ¿Y de la mente de Miguelina?

***

Volvió a imponerse al llevarme un domingo a una fiesta de pueblo. Le pedí a Luis que me acompañara no sin comunicarle mis agravios contra Coatl. «Tú le abriste la puerta, tú te buscaste el problema. Pero tengo curiosidad de conocer a tu nueva torturadora.» Durante el trayecto volvió a decirme irónico: «A ver qué precio pagas por este error». «¿Qué error?» «El de la Coatlicue.» «Ah, sí? ¿Y qué otros errores he cometido?» «El de dejarme, por ejemplo», respondió con una sonrisa y su simpatía le quitó importancia a sus palabras.

A la hora, llegamos a un baldío en el que ni siquiera vi un huizache y sí postes improvisados y una estruendosa sinfonola. Muchos hombres esperaban a las mujeres rascándose las verijas recargados en esos postes de concreto. Entre ellos, Miguelina reía tontamente tapándose la boca. La Coatlicue, diligente, atendía las mesas en las que había pilas y pilas de tortillas. «Se van a enfriar», pensé. Corrían ríos de pulque curado de apio, curado de fresa, curado de guayaba, curado de ajo, o sea de ajodido, explicó la Coatlicue, porque se acabó el dinero. Tomé del de guayaba porque el olor de la guayaba va más allá del asco, y tragué rápidamente la baba nauseabunda. Al primero siguió un segundo vaso. Desde mi embriaguez noté que los cubiertos se convertían en un río de cuchillos como en el mural de Orozco. Busqué los ojos de Luis. Tenía buena relación con sus compañeros de mesa, me hizo un gesto amistoso con la mano. La sinfonola tocaba y todos empezaron a corear meciéndose de un lado a otro.

Para mí, sólo para mí, en mi «meritito honor», así lo anunció la Coatlicue, bailaría la danza del parto y se abrió de piernas acuclillándose como si fuera a orinar para luego ponerse de pie y mirarnos desafiante, pétrea, obscena. Segundos después inició su danza, en un trance, que fue contagiando a todos. Miguelina estaba irreconocible. La tierra misma me pareció más oscura; un gigantesco asteroide la había golpeado. También yo sacudía mi humanidad, éramos meteoros, me dolían atrozmente los huesos, las sienes a punto de estallar.

Vi entonces venir hacia mí un monolito decapitado, sin manos. Dos cabezas de serpiente que se amenazaban la una a la otra con los colmillos y varios chorros de sangre se desenroscaban como torcidas venas, caían en arroyos rojos sobre su torso. También de sus muñecas salían serpientes. Di un salto atrás. De su cintura hasta sus pies se movía un enjambre de serpientes ondulantes en torno a sus piernas de piedra negra. Otras serpientes salían de entre sus muslos. Los enormes pies tenían garras de ave de rapiña. El monolito, verdugo y víctima a la vez, no me perdía de vista, y ante mi espanto, por sus ojos pasó una sonrisa. Insinuante, víbora de sí misma, por poco tira la mesa.

—Por el sudor de las piedras y el alma de mis cuatrocientos hijos —dijo la Coatlicue, echando sangre por los ojos—, vas a bailar conmigo.

Miguelina no estaba en ninguna parte. «¡Luis! —grité—, ¡Luis!», pero nadie reaccionó. ¿Lo habrían matado antes que a mí? Luis, el servicial, el buena gente, Luis, ¿por qué no estás a mi lado? Me levanté, no era cuestión de huir o dar un paso en falso. Sentí que caía en una grieta. Ni un solo rayo de luz. De la mano de la Coatlicue, sucia de sangre, llegué hasta el centro de la Tierra: «Diariamente devoro al sol, lo meto en mi vientre para parirlo de nuevo al día siguiente —la escuché decir—. Lo mismo hago con la luna y con todo cuanto existe. Tú también puedes hacerlo si no sueltas mi mano». «Yo no quiero parir —protesté— ni bajar más.» «Te mostraré los trece cielos.» Alcancé a pensar en Orfeo y Eurídice y en ese momento empecé a temblar.

La música de las chirimías, los teponaxtles, era cada vez más violenta y sanguinaria, los troncos ahuecados retumbaban en mis sienes. ¿Por qué había bebido ese maldito pulque? ¿O me habría envenenado la Coatlicue? Tenía que escapar y la única manera de hacerlo era usando mis piernas. Tenía el cuerpo cortado, me dolían las rodillas, los brazos a la altura de los codos, la espalda, un temblor inequívoco surgía de adentro. Escuché una oleada de carcajadas. ¿Qué estaba yo esperando? Seguramente toda la concurrencia veía mis desfiguros. Conseguí deslizar mi mano fuera de la de Coatlicue y eché a correr.

Cuando ya no escuché risas ni voces humanas ni el horrible sonido de las chirimías, caminé a buen paso. ¡Qué bueno que he caminado toda la vida! El pulque me hacía tropezar con las piedras, pero no disminuí la velocidad. La Coatlicue podía alcanzarme con su escoba de varas. Mi terror me volvía ciega y sorda y casi no veía el paisaje, aunque después de una buena hora me di cuenta de que hierbas de un verde sucio, opacas y duras, crecían entre mis pisadas. ¿O serían líquenes como en el principio del mundo? Mis pensamientos también avanzaban rápidamente. Iban y venían en un continuo clamor. Dialogaba con Luis, con mi madre, con mis amigos, intentaba explicarme lo que estaba yo haciendo, caminar, pero ¿a dónde? Reconstruía el pasado desde que llegué a México. ¿Por qué no permanecí al lado de Luis? Pendeja, pinche pendeja —me injurié.

Poco a poco mis ideas perdieron fuerza y se hizo el vacío. Seguí caminando aprisa y ahora sí empecé a sentir que un sudor frío corría por mi espalda, entre mis pechos. Era del ejercicio, pero también del miedo. Había yo tomado algún camino, pero ¿cuál? Seguro el bueno de Luis me había seguido y me alcanzaría en algún recodo. Hasta me pareció oír su voz: «¡Marcela, Marcela! ¿Te has vuelto loca?». Me detuve un momento. Era mejor regresar, pero en la tierra seca no aparecía un sendero. Empezaba a oscurecer y allá en el horizonte noté la luz diminuta de la primera estrella. «Va a caer la noche y yo en esta llanura. Tengo que encontrarme.» Quise ahuyentar el miedo, abrí la boca para cantar: «Guadalajara en un llano, México en una laguna», pero de mi boca no salió sonido. ¿Tanto así me había paralizado el miedo? Entonces dije «Mamá» en voz alta y pude escuchar mi voz. Vaya, no quedé muda. Nadie en el horizonte, ni un perro flaco, nada. De pronto un zopilote bajó en círculos desde la altura sobre algún animal muerto. «Eso me va a pasar a mí.» El zopilote desapareció y lo extrañé. La luz en torno a mí estaba volviéndose morada, «Guadalajara en un llano, México en una laguna». La idea de la persecución de la Coatlicue se había borrado ya de mi mente, pero también la razón por la cual me encontraba yo caminando.

Por fin, distinguí un mezquite, silueta de varas en la

oscuridad. Lo agradecí como don del cielo y me acerqué a él. Tenía la boca muy seca y recordé que el alcohol siempre provoca una sed enorme. Me limpié con la manga el sudor de la frente y pensé con pena que orinaría a la sombra del mezquite. Pero ¿quién podía verme si no había un alma? Debía yo de estar muy lejos, pero ¿dónde? No creía que existieran las fuerzas del mal, pero ahora mi piel se erizaba ante la presencia de espíritus que querían destruirme. Era yo una intrusa y me lo iban a cobrar. Las peñas, la tierra, las piedras rechazaban todo lo humano. «Quieren acabar conmigo.» Y entonces me caí. Era fácil caerse en esta oscuridad, pero me enojé conmigo misma.

En ese momento vi unas tiras plateadas brillar en el suelo con una luz verdosa, y me alegré porque pisaba suavecito, suavecito. Debería descansar aquí un momento, pero no, ya lo haría en mi cama frente al ventanal que da al Parque Hundido. Entonces empecé a sentir que mis zapatos se hundían y escuché el splash, splash de mis pasos en el fango.

Quise retroceder y mi pie izquierdo desapareció hasta el tobillo. Lo liberé como pude y moví el derecho que también se perdió en el lodo. El aire ahora olía a humedad y me maldije por no haberlo percibido antes. O quizá rechacé el olor porque me pareció feo. No tengo una sola experiencia del campo, soy una mujer de libros, imposible adivinar cuándo la tierra seca se vuelve lodo. No podía ni retroceder ni avanzar y me estaba hundiendo.

Traté de empujarme con los brazos, pero sólo logré que el lodo llegara a mis pantorrillas. Intenté zafar primero una pierna, luego la otra, dejar los zapatos allá adentro y salir livianita sobre la punta de los pies. Los zapatos con agujetas pesaban y me jalaban. Me atenazó el pánico. El lodo subía ahora por encima de las rodillas y podía escuchar el mismo splash, splash, splash. De haberme quedado bajo el mezquite, no estaría en peligro, pero tuve miedo a la inmovilidad, a la gran noche y sus silencios. «¡Auxilio, auxiliooo!» Mi grito hizo que me hundiera otro poco. «¡Mamá!», grité, «¡Mamáááá!», yo no merecía esta muerte, «¡Mamá, sálvame!» Lo único que podía hacer era gritar mientras me hundía. Mi voz se oía clara en la inmensidad. «¡Mamá, mamá, mamáááá!» Mucho antes, mi abuela había llamado a su madre a la hora de la muerte y a mi propia madre le oí el grito más terrible que he escuchado jamás, cuando murió de veintiún años mi único hermano, un grito que la partió, grito cuchillo, grito final. Desde ese día ya no sería sino ese grito.

No es justo, me rebelé, no merezco morir así, no he hecho nada contra nadie, si acaso contra mí misma, mamááá, sollozaba yo, y sin más hice lo único que no debía hacer, doblar las rodillas e hincarme. Si rezaba me salvaría, moqueaba, las lágrimas me impedían levantar la vista al cielo para buscar a Dios. De tanto luchar tenía los brazos cubiertos de lodo, la cara salpicada de lodo, las manos enlodadas, la razón enlodada. Si es que alguna vez fui yo, ya no recordaba quién era.

Ya no tenía más gritos adentro cuando oí el ladrido de un perro. Entonces recuperé el ánimo y volví a aullar: «¡Mamá, mamá, mamáááá!», y en ese momento oí claramente la voz de la Coatlicue que decía apremiante, «por aquí». Las estrellas, la luz de la luna, todo daba vueltas en torno a mí. Llovía sangre. Oí otras voces y de pronto una lámpara eléctrica me iluminó. «Está aquí», volví a escuchar. Entonces Luis, que traía un palo en la mano a modo de bastón, me lo tendió y me jaló. «No te vayas a caer tú también», imploré entre sollozos. «Esto no es ningún pantano, es un mugre agujero», me sonrió, aliviado. Y empezó a jalarme hacia arriba, pero ya no tenía yo fuerzas. La Coatlicue estaba a mi lado y pensé que el pantano iba a tragarla también. «Cuidado, cuidado», grité alarmada. Dos brazos pasaron sus manos debajo de mis axilas y me sacaron con facilidad. «Está toda cagada», dijo la voz infantil de Miguelina. Había yo caído en una de esas fosas en las que se fermentan desperdicios para abonar la tierra.

—Habrías podido salir con facilidad de este ridículo agujero —murmuró Luis.

La Coatlicue y su séquito me miraban como no me gusta que me miren. Parecían decir: «¡Qué loca extranjera!». Una mujer me pasó su rebozo. «Tápese, yo después lo lavo.» Aguardaban a que llegara una *pick up* que me llevaría al lugar de la fiesta. Los demás regresarían a pie. El baile seguía en su apogeo. «Debes estar muerta», dijo Luis, «te pasó lo mismo que a Rosario Castellanos que fue a Acapulco sin saber nadar y en Caletilla se lanzó al seno del gran monstruo líquido. Nunca supo qué hizo con ella, pero se sintió arrastrada a distancias incalculables, rodeada de tiburones hambrientos. Había llegado al límite de la asfixia cuando una mano humana le sacudió el hombro preguntándole qué le pasaba. Estaba retorciéndose en la arena rodeada de un público estupefacto».

—Eres cruel, Luis, no me encajes el puñal de mi ridiculez.

—No soy más cruel de lo que tú eres contigo misma. ¿Qué necesidad tenías de salir corriendo y dejar a la Coatlicue a media pista? Tienes una imaginación calenturienta. Se llama Emma Sánchez Pérez y piensa, con toda razón, que tú deliras. Le inventas apodos. Es una buena mujer, tú le atribuyes tus fantasías.

La voz de Luis hería mis oídos. Yo había estado a punto

de morir y él no sólo ponía en entredicho mi sufrimiento, sino que me hacía sentir que toda mi vida era una equivocación.

—Luis —le dije—, quiero bañarme, vámonos, llévame a mi casa aunque ensucie tu automóvil.

En el tablado, la Coatlicue y Miguelina zapateaban, la fiesta seguía en grande. Luis se despidió con simpatía de sus nuevos amigos, fue hasta la tarima a devolver el rebozo y a advertirles a la jardinera y a la muchacha que nos íbamos. Desde lejos, como a una apestada, me dijeron adiós con la mano. El lodo sobre mi cuerpo se había secado y no respondí sino con monosílabos a los comentarios de Luis. Me estremecía de la vergüenza y la humillación. Aunque habían puesto un periódico en el asiento delantero, temía ensuciar el coche. Mi autocompasión subió a su punto más candente, pero cuando Luis dejó caer: «Han de haber pensado que todas las extranjeras están locas de remate», allí sí me entró rabia, no contra mí misma sino contra los de la fiesta. Si Luis no quería creerme, si Luis me lastimaba con tanta saña, con dejarlo de ver bastaba. «Gracias», le dije mientras él detenía la portezuela. En la regadera lloré tanto que por poco y me ahogo.

***

Amanecí molida y decidí mudarme y abandonar mi casa frente al Parque Hundido. Así la Coatlicue y Miguelina dejarían de torturarme. Que se fueran con Luis, los tres a la mierda. Como no quería verla ni mucho menos preguntarle a Miguelina cómo había terminado su cochina fiesta —por mí que se pudrieran todos—, decidí ir más temprano a la facultad y desayunar en la cafetería. Compré *El Universal* por su aviso de ocasión. La avenida

Ámsterdam me gustaba, allí encontraría un departamento si fuese posible cercano a la casa de Juan Soriano o a la de Fernando Vallejo. Estas resoluciones me hicieron llevadera la mañana. «¿Buen fin de semana?», inquirían los colegas. «Muy bueno, más que bueno, descubrí muchas cosas», respondí con optimismo, aunque en el fondo sabía que nunca encontraría la paz con la que solía vivir antes de la llegada de la Coatlicue.

CANARIOS

Lo primero es la jaula, adentro dos temores amarillos, dos miedos a mi merced para añadir a los que ya traigo adentro. Respiran conmigo, ven, escuchan, estoy segura de que escuchan porque cuando pongo un disco, yerguen su pescuezo, alertas. Al amanecer, hay que destaparlos pronto, limpiar su jaula, cambiarles el agua, renovar sus alimentos terrestres. Luego viene la grama que como el berro debe conservarse en un gran pocillo de agua, si no, se seca; el alpiste, las minúsculas tinas, el palo redondito y sin astillas en forma de percha sobre el cual pueden pararse, el plátano o la manzana, lo que tenga a la mano. Nadie me ha dado a mí el palo en el que pueda parar mis miedos.

Tiemblan su temblor amarillo, hacen su cabecita para acá y para allá, frente a ellos debo ser una inmensa masa que tapa el sol, una gelatina opaca, un flan de sémola para alimentar a un gigante, alguien que ocupa un espacio desmesurado que no le corresponde. Me hacen odiar mi sombrota redondota de oso que aterroriza.

Lo que pesa es la jaula, ellos tan leves, tienen ojos de nada, un alpiste que salta, una micra de materia negra y, sin embargo, lanzan miradas como dardos. No debo permitir que me intimiden.

Son perspicaces, vuelven la cabeza antes de que pueda yo hacer girar mi sebosa cabeza humana, mi blanco rostro que desde que ellos llegaron pende de un gancho de carnicería. Trato de no pensar en ellos. Ayer no estaban en mi diario trajinar, hoy puedo fingir que sigo siendo libre, pero allá está la jaula.

La primera noche, la colgué, tapada con una toalla, junto a la enorme gaviota de madera a la cual hay que quitarle el polvo porque a todos se nos olvida hacerla volar. La segunda noche, busqué otro sitio. El gato acecha, se tensa; alarga el pescuezo, todo el día permanece alambre de sí mismo, su naturaleza exasperada hasta la punta de cada uno de sus pelos negros. Lo corro. Regresa. Vuelvo a correrlo. No entiende. Ya no tengo paciencia para los que no entienden.

La segunda noche, escojo mi baño, es más seguro. Tiene una buena puerta. A la hora del crepúsculo, los cubro y ellos se arrejuntan, bolita de plumas. Cuando oscurece soy yo la que no puedo entrar al baño porque si prendo la luz interrumpo su sueño. ¿Qué dirán de la inmensa mole que se lava los dientes con un estruendo de cañería? ¿Qué dirán del rugir del agua en ese jalón último del excusado? ¿Qué dirán del piyama en el que ya llevo tres días, ridículamente rosa y pachón, con parches azules? He de parecerles taxi con tablero de peluche y diamantina. Y ahora ¿qué hago? Dios mío, qué horrible es ser hombre. O mujer. Humano, vaya. Ocupar tantísimo espacio. Mil veces más que ellos. Duermo inquieta: de vez en cuando me levanto y, por una rendija, cuelo mi mano bajo la toalla para asegurarme de que allí siguen sus plumas hechas bolita, su cabecita anidada dentro de sus hombros. A diferencia mía, duermen abrazados, como amantes.

A la mañana siguiente, los devuelvo a la terraza, al sol, al aire, a la posible visita de otros pájaros. No cantan, emiten unos cuantos píos, delgadísimos, débiles, entristecidos. No les gusta la casa. A mediodía, mi hija advierte:

—Se escapó uno.

—¿Por dónde?

—Entre los barrotes de la puerta.

—¿Qué no te dije que pusieras la puerta contra la pared?

—Ninguna puerta da contra un muro, las puertas dan a la calle.

—Tendrías que haber colgado la jaula con la puerta contra la pared.

—Ay, mamá, las puertas son para abrirse. Además, ¿cómo voy a atenderlos? Tengo que meter la mano para cambiar su agua, darles su alpiste —responde con su voz de risa atronadora.

—Ya se fue —rememoro con tristeza.

—Pues es más listo que el que se quedó.

Como es joven, para ella morir no es una tragedia. Cuando le digo: «Partir es morir un poco», le parezco cursi. «Ay, mamá, sintonízate.» Algo aprendo de ella, no sé qué, pero algo. Y añado en plena derrota:

—Estos pájaros no tienen defensas; están acostumbrados a que uno les dé en el piquito.

Busco con la mirada en el jardín, no quiero encontrarlo sobre la tierra.

—¿Hacia dónde volaría? —pregunto desolada. Y añado, lúgubre—: La vida no tiene sentido.

—Claro que lo tiene —trompetea mi hija—. Es lo único que tiene sentido.

—¿Cuál?

—Tiene sentido por sí misma.

Cuando oscurece meto al canario que no supo escapar. A pesar mío, siento por él cierto desprecio; lento, torpe, perdió su oportunidad. Cobijo la jaula.

Al día siguiente lo saco a la luz en este ritual nuevo,

impuesto por mi hija. «Es tu pájaro.» Trato de chiflarle, pero casi no puedo. Lo llamo «bonito» mientras cuelgo la jaula del clavo, un poco suspendida en el aire para que el prisionero crea que vuela. Regreso a mis quehaceres, las medias lacias sobre la silla, el fondo de ayer, el libro que no leeré, los anteojos que van a rayarse si no los guardo, qué fea es una cama sin hacer. ¿A qué amanecí? De pronto, escucho un piar vigoroso, campante, unos trinos en cascada, su canto interrumpe la languidez de la mañana. Gorjea, sus agudos arpegios llenan la terraza, la plaza de la Conchita, qué música celestial la de sus gorgoritos, es Mozart. Otros pájaros responden a sus armonías. Al menos eso creo. Es la primera vez que canta desde que llegó. ¿Es por su compañera de plumas más oscuras que atiborra el espacio de risas? Trato de no conmoverme, ¿cómo una cosa así apenas amarillita logra alborotar un árbol? De niña, cuando tragaba alguna pepita, mamá decía: «Te va a crecer un naranjo adentro». O un manzano. La idea me emocionaba. Ahora es el canario el que me hace crecer un árbol. Resueno. Soy de madera. Su canto ha logrado desatorar algo. Es una casa triste, la mía, detenida en el tiempo, una casa de ritos monótonos, ordenadita; ahora suelta sus amarras; estoy viva, me dice, mírame, estoy viva.

Su canto logra que zarpe de mis ramas una nave diminuta, el viento que la empuja es energía pura, ahora sí, el tiempo fluye, me lanzo, hago la cama, abro los brazos, me hinco, recojo, doblo, voy, vengo, ya no puedo parar, su canto me anima a ser de otra manera, salgo a la terraza a ver si no le falta nada, camino de puntas, no quiero arriesgar esta nueva felicidad por nada del mundo, cuánto afán, lo saludo, «bonito, bonito», «gracias, gracias», «bonito, bonito», «gracias, gracias», río sola, me doy cuenta de que hace meses no reía, entre los muros el silencio canta, inauguro la casa que canta, el canario es mi corazón, tiembla amarillo, en su pecho diminuto silba la luz del alto cielo.

EL PANTEÓN DE DOLORES

A Jesús Cañete Ochoa

—¡A ver, Duquesa, enséñales dónde están los barriles de huesos!

La Duquesa acompaña a unos muchachitos cargados de cubetas, palas y escobetas que persiguen a los visitantes:

—¿Le limpiamos su tumba?

Por lo menos una vez al año los parientes del muerto mandan quitar la hierba y refrescar la tumba. Mientras vigilan el aseo, platican con los niños jardineros.

—Oigan, niños, ¿dónde están los huesos?

—Por aquí, por la barranca. La Duquesa sabe. Allá hay un montón de calaveras.

La Duquesa mueve la cola. Su pelaje es negro como chapopote. Hace mucho que descubrió los huesos con su olfato perruno y ha sido testigo de cómo los estudiantes de medicina bajan a la cañada a buscar sus esqueletos, ya que en la barranca yace tirada la osamenta informe y anónima de los muertos pobres. ¡Mentira que la muerte empareje a todo el mundo! En el Panteón de Dolores —y en todos los panteones— hay muertos de primera, segunda, tercera, cuarta, quinta y sexta clases.

Y una Rotonda de los Hombres Ilustres cuya tumba más visitada es la de Agustín Lara, quien le cantó a Granada.

En la entrada del cementerio, a la vista de todos, se levantan las tumbas encopetadas de los vanidosos. Su familia presume por ellos: capillas decoradas, monumentos y criptas en las que caben varios miembros de la familia y hasta pueden invitar a algún pariente, aunque no sea de su linaje.

—Fíjate, la pobrecita de Mimí está en la cripta de los Robles León, porque como en la nuestra ya no había lugar; los Robles León fueron tan finos de...

Cada uno de los muertos de categoría ha ido con el sastre de piedra a que le tomen medidas para la posteridad. En la Rotonda de los Hombres Ilustres, el monumento de Diego Rivera —con su inmensa panza gris de concreto armado— es de tipo tolteca, pero lo humanizan ramos de alcatraces siempre frescos. La tumba de Amado Nervo parece árabe, como tienda de beduinos en el desierto. La del compositor Manuel M. Ponce se desmaya rodeada de musas lascivas. En cambio, José Clemente Orozco conserva en la muerte la austeridad que tuvo en vida; tiene la pureza de un muro de tezontle. Pero la tumba más original de todo el Panteón de Dolores no se halla en la Rotonda, sino en la puerta de sexta clase, la de los muertos más pobres. Conchita Jurado, que se disfrazó de hombre y creó a don Carlos Balmori, exhibe su vida en un libro abierto sobre su lápida: «Conchita Jurado, humilde mexicana, genial e insigne actriz de un teatro único en el mundo, creadora del personaje más extravagante y embaucador que ha dejado huellas imborrables en los espíritus, resucitando el culto al becerro de oro».

El solterón y rico extravagante
que derrochó millones y millones
y en su fistol de colosal brillante
torció el cuello de muchas ambiciones.

La tumba del Padre Pro, implicado en la muerte del

presidente Álvaro Obregón, es una capilla ardiente de retablos y milagros, y en la puerta un viejo cascarrabias refunfuña:

—Si quiere usted hacerle una misa al Padre Pro, vale diez pesos. En San Ángel son muy económicas y él es sumamente milagroso. La misita con adornos es de a quince pesos.

Los deudos muy quitados de la pena se pasean por las calzadas leyendo letreros que los entretienen más y les exigen menos que una tragedia de Shakespeare:

Las naciones deben más
su energía a los muertos
que a los vivos.

El polvo que piensa
no vuelve al polvo.

Los epitafios no se quedan atrás:

Banderita tricolor
tendida junto al río,
cuando el descanso sea mío,
envuélveme en tu calor
que estaré muerto de frío.

Aunque hoy sea 2 de noviembre, el panteón no sabe a muerto. La niña Martita come una calaverita de azúcar que dice: «Martita», y se chupa los dedos. Las mujeres tienen ojos risueños y, después de atender a sus muertos, los hombres acuden a una pulquería, que invita, tentadora: «Aquí se está mejor que allá enfrente».

LA AMIGA DE FRIDA KAHLO

A la niña Carmen Haro Buxadé, mi nieta

Es fácil jugar solo. Sólo hay que pensar tantito. La niña Frida no podía salir de su recámara porque se le rebeló una pierna. La poliomielitis es un virus terrible; destruye las células nerviosas que controlan los músculos y por lo tanto los miembros del cuerpo se debilitan hasta dejar de servir. Imposible caminar; se adelgazan, se atrofian por falta de uso y el diagnóstico es: parálisis.

En esa época, en 1918, no había vacunas contra el virus de la polio, pero desde 1988 dos médicos, el doctor Salk, primero, y el doctor Sabin, seis años más tarde, descubrieron una vacuna oral que casi la eliminó.

Setenta años antes del descubrimiento, a la pierna derecha de la niña Frida la curaban en su casa metiéndola en una palangana con agua de nogal. ¿Exprimían la corteza o las nueces o hervían las hojas o cómo le hacían para que el agua fuera de nogal? ¡Quién sabe! «Lávale la pierna a la niña, yo me voy al mercado», le pedía su madre a Matilde, la hermana mayor. Casi todos los días, Matilde u otra hermana le frotaban su piernita derecha —la más flaquita— con agua de nogal.

La pierna buena crecía, la otra no; la buena pisaba fuerte, avanzaba confiada, sin pensarlo dos veces; la otra se avergonzaba. «Que no me vean», se escondía.

Su madre parecía una campanita de barro negro; no

sabía ni leer ni escribir, sólo contar el dinero para que no la engañaran en el mercado.

El nogal es un árbol fuerte de tronco arrugado que en México da diecinueve mil toneladas de nueces.

Después del baño de su pierna, Frida se dirigía hacia la ventana y desde allí veía el trajín de la calle de Londres, en el barrio de Coyoacán de la Ciudad de México. Pasaba el cilindrero con su vals *Sobre las olas* a pura vuelta y vuelta de manivela. Los acordes lanzaban olas sobre los muros azules de la casa y a veces en la noche llegaba el camotero con su pequeña locomotora. Frida le pedía a Matilde que le rogara al camotero que llegara sin avisar porque su silbato la estremecía. «Vete, no te lamentes en esta esquina de Londres y Abasolo», le decía Matilde.

—Dile que se vaya, que se lleve su pitido —la urgía Frida.

—Pero tengo que comprarle un camote.

—Dile que se lo meta por salva sea la parte.

Un violinista en la esquina le recordaba a su papá, que también tocaba el violín.

En la calle suceden muchas cosas que la entretienen a una: señoras que van a misa, el abonero que carga sobre una percha enaguas de percal y suéteres de cocolitos y toca de puerta en puerta, el panadero y su enorme canasta redonda sobre su cabeza, el afilador de cuchillos que le saca chispas a la navaja sobre una piedra redonda que gira y gira como la tierra alrededor del sol. Frida se sentaba al lado de la ventana para ver pasar la vida y se preguntaba cómo sería la suya cuando fuera grande.

Desde su recámara, aguzando el oído, podía escuchar lo que sucedía dentro de la casa, hasta el ruido de los vasos y las cucharas en el fregadero, el cuchillo cebollero pique y pique sobre la tablita, el hervor de la olla que se destapa.

Cuando ningún barrendero hacía oír su escoba de varas en la acera, desde su recámara Frida miraba hacia el jardín interior y allí, sobre el cristal de la ventana, con el vaho de su boca hacía un circulito y a través de ese cero escapaba y salía a jugar con una amiga con cara de calaca que sólo ella podía ver. A esa niña invisible le contaba que su pierna seguía igual de flaca, igual de inútil. También su muertita azucarada —a la que llamó Paloma— compartía con ella sus secretos y su sonrisa era tan eléctrica como sus palabras. «A ti no te va a derrotar ninguna cochina enfermedad. Yo te voy a querer toda la vida».

Tener a alguien que te quiera toda la vida es un regalo inmerecido. También lo es cuidar de los demás porque así uno se preocupa menos de sí mismo. Frida Kahlo tuvo a lo que más quería en el mundo, su papá; luego a su hermana Matilde, y ya casada a su venado Granizo, sus changos, sus pericos, sus perros pelones xoloescuintles, sus amigos y amigas y, a veces, a Diego Rivera, que fue su sapo-rana, su universo, la máxima revelación de su vida.

En el jardín de la Casa Azul de Coyoacán, entre los árboles, se hacía un clarito por el que se colaba el sol hasta el atardecer. Primero a Frida ese sol la sorprendió. Nunca lo había visto como ahora que tenía tiempo. Las hojas del árbol todavía en la sombra eran de un color y cuando les daba el sol se volvían más verdes y luminosas. En los muros de la calle, las ramas hacían figuras que a veces la abrazaban. «¿Por qué pasará eso?», se preguntaba Frida.

El hambre, el amor y la curiosidad son los grandes motores de la vida y Frida siempre fue curiosa. «¡Qué niña tan preguntona!», le decían sus hermanas. En cambio su padre Guillermo, que caminaba bonito por los corredores, le compró tubos de colores y varias telas «para que pintes todo lo que pasa por tu choya». Cuando le dolía la pierna que no quería sanar, su amiga le sugería: «Pinta unas enormes sandías, pinta unos melones, pinta un mamey, pinta una piña, ponlas en una batea y luego échate a andar con ellas en la cabeza». Lo mismo sucedía cuando perdía la esperanza. «Escribe todo lo que sientes en tu diario, así vas a vaciarte de tu tristeza».

Tres años después de entrar a la Preparatoria y de tener a Alejandro Gómez Arias de novio, el 17 de septiembre de 1925, un tranvía embistió el camión en el que los dos viajaban. Entonces la poliomielitis que la hacía esconder su pierna derecha detrás de la izquierda pasó a segundo lugar, porque el accidente le rompió la columna y, sin columna, los hombres y las mujeres y los caballos, los perros, los gatos y las vacas se quiebran en dos y ya no pueden ser como antes. Paloma, su amiga imaginaria, nunca la abandonó, Frida la había elegido bien: se sentaba al lado de su cama y le decía que no se apurara, que toda la gente hace un montón de movimientos inútiles, que ella tenía alas para volar y que ella, Paloma, la sacaría de la cama para echarla al viento en su debido tiempo.

Prendida de sus labios, Frida la escuchaba ávida mientras que Paloma decía animosa: «Tú eres una mujer fuerte. Tú aguantas un piano».

Frida quiso estudiar medicina, pero la fractura de su columna lo impidió y, en la cama, se propuso juntar sus huesos rotos, sus vértebras, sus peronés, sus tibias a través de la pintura. Pintó a sus hermanas, a sus amigas, a sí misma con sus animales, a Diego Rivera estampado en su frente, y se dio cuenta de que, más que el amor de Diego, lo que la salvaría sería meterse a fondo con los colores. Cada pincelada que hacía, cada pelito de sus changos, cada pelito de su bigote, cada hebra de sus vestidos, pintados exactitos, sin salirse de la raya, exigía su concentración.

Olvidaba su dolor para levantar su propia vida de opositora a la muerte, de disidente, de inconforme, de contestataria. Paloma la alentaba: «Ándale, síguele, van a aumentar tus fuerzas», y Frida se enojaba: «¿Cómo? ¿Con la columna rota?». «No, con las vértebras de tu espíritu». «Si no estuvieras clavada de claveles en la cama no pintarías como lo haces», aseguró el poeta Carlos Pellicer.

«Hoy es el 13 de julio de 1953 y te voy a llevar conmigo», le avisó Paloma una mañana, y se asomó por la ventana para ver las condiciones del cielo. «¡Qué bueno!, hace algo de viento, vamos a poder elevarnos con facilidad. Primero, voy a ponerme yo las alas y luego te las pongo a ti, como ordenan en Aeroméxico. Tú te paras en el quicio de la ventana y yo te doy la mano y nos lanzamos».

Frida moqueaba. Su llanto era tan fuerte como ella. Escondía su boca con sus dedos cubiertos de anillos.

—No llores, ya nos vamos; todas tus vértebras con todos sus cartílagos bien pegados van a regresar a tu columna; la pierna que te cortaron también; los fetos que perdiste van a volverse angelitos de carne y hueso y cuando sean mayores de edad te darán el brazo. Tus hijas trenzarán tu cabello con lanas de colores. Y flores. Millones y millones de estrellas nos acompañan. Rézale al Señor de las Misericordias y déjate llevar; agarra la onda, es otra dimensión, vas a salir del tiempo.

Los ancianitos de Coyoacán todavía recuerdan cómo vieron a dos mujeres tomadas de la mano sobrevolar la mansión colonial de naranjos centenarios y muros ocres del número 383, en la que murió Octavio Paz, y despedirse de él, «Adiós, poeta», aunque Octavio Paz se molestó: «Copionas, ¿cómo se les ocurre imitar a *Cien años de Soledad* y no a *El laberinto de la soledad*?

—Mucha música va a salir de esa casa —le dijo Paloma

a Frida, y le señaló el techo del 383 de Francisco Sosa y Santa Catarina.

Tres globeros las observaron sobrevolar el Jardín Hidalgo, rodear su kiosco y enfilar hacia la avenida Miguel Ángel de Quevedo, llegar a la glorieta de Universidad, pedirles a los coyotes de bronce que las alcanzaran y desaparecer detrás de una nube tan protuberante y acogedora como la inmensa barriga del pintor Diego Rivera.

ÍNDICE